# 冬姫

葉室　麟

集英社文庫

# 冬姫

目次

本書は二〇一一年一二月、集英社より刊行されました。
初出　「小説すばる」　二〇一〇年二月号～二〇一一年五月号

# 冬姫

# 橋姫の夜

## 一

「女はひとを怨《うら》むと妖怪になるのです」

と、乳母のいおは冬姫《ふゆひめ》に教えた。永禄《えいろく》十年（一五六七）、織田信長《おだのぶなが》の娘、冬姫は十歳だった。

いおは美濃《みの》の土豪の妻だったが、夫は戦《いくさ》に出て戦場で行方知れずになった。同じころに乳呑《ちの》み児《ご》を病で亡くし、乳がよく出たことから織田家の乳母となった。冬姫の母は体が弱く、冬姫を産んで間もなく亡くなったというから、いおは母親代わりでもあった。

いおは夜中になると、よく怪談話をした。

——ある公卿《くぎょう》の娘が、貴船《きぶね》の社《やしろ》に詣で、七日の間、籠《こも》って、

「我を生きながら鬼神になし給《たま》え。妬《ねたま》しき女を取り殺さん」

と恐ろしいことを祈った。嫉妬深い娘は、男を奪った女を呪い殺そうとする、というのだ。

神のお告げで、髪を五つに分けて結び、五本の角になぞらえた。顔に朱をさし、身に丹《に》を塗り、頭に鉄輪《かなわ》を戴《いただ》いた。鉄輪は五徳《ごとく》ともいい、炭火などの上に置いて鉄瓶をかける。

娘は鉄輪の三つの足にそれぞれ燃える松明《たいまつ》を立てた。

さらに両端に火を点じた松明を口にくわえて五つの炎を燃やし、夜ふけに宇治川《うじがわ》へ走った。その姿はさながら鬼のようで、見たひとは肝をつぶして死んだ。

娘は宇治川に二十一日間つかって、生きながら鬼になった。これが〈宇治の橋姫《はしひめ》〉なのだという。

「恐ろしゅうございましょう」

いおは冬姫を恐《こわ》がらせることを楽しむかのように笑った。

冬姫は恐かったが、痩せ我慢して、

「恐くない――」

と言った。すると、いおは頭の上に二本の指をたて、

「このように五徳に燃える松明を立てているのでございますよ。これで恐くないわけは

ありません」

と恐ろしげな顔をして見せた。冬姫が強情に頭《かぶり》を振ると、いおはまた笑った。

「五徳ですよ。五徳は恐いものなのです」

しきりに、五徳という言葉を繰り返した。そこまで聞いて冬姫は、姉の五徳（徳姫《とくひめ》）のことをいおが言っているのだとわかった。

冬姫の父は、子に不思議な名をつけるのが好きだった。

――奇妙《きみよう》丸
――茶筅《ちやせん》丸
など、ひとの名とは思えなかった。五徳も同じようにつけられた名だ。

（それに比べれば、わたしはましなほう）

と冬姫は思う。おそらく冬に生まれたというだけでつけられた名なのだろう。それでも、父らしい美意識がある名だった。冬という名には厳しい凜烈《りんれつ》とした響きがあった。

この年の正月に信長の前に子供たちがそろった時、五徳が三河《みかわ》へ嫁ぐことが披露された。

五徳の母は、信長が最も愛した生駒《いこま》氏の吉乃《きつの》である。吉乃は去年五月に病で亡くなっており、信長は五徳をとりわけ不憫《ふびん》に思っているようだった。

三河輿《こし》入《い》れが披露された時、五徳は得意顔で冬姫を見た。

その目に誇らしげな輝きがあったのは、子供たちの中で特別なあつかいをうけている
という自信があったためだろうか。
冬姫は宴が終わって部屋に戻ってから、少し気持が沈んだ。いおが幼い冬姫に怪談話
を聞かせるのは、肝を練るためだという。その話の中で、いおが五徳を悪く言うのは、
——先を越された
という思いがあるかららしい。
五月に、五徳は三河の徳川家康《とくがわいえやす》の嫡男信康《ちゃくなんのぶやす》の正室として輿入れした。五徳、信康と
もに九歳だった。信長にとって大事な同盟国への輿入れだけに供廻《ともまわ》りも美々しく三河へ
向かった。行列の出発を見たいおは、
「冬様の時はもっと大勢のお供がつきます」
と口惜《くちお》しそうに言った。当然、自分も供の中にいると言いたげな口ぶりだった。冬姫
は五徳の輿入れの話を聞いても、自身の身の上に結びつかなかった。
(いつかわたしも遠国《おんごく》にやられるのだろうか)
と思っただけである。
冬姫は水晶の数珠《じゅず》をいつも首にかけている。母の形見だからだ。冬姫は母の顔を知ら
ない。冬姫が生まれて間もなく産後の肥立ちが悪くて亡くなったと聞かされている。

「ほんに、お美しく、おやさしい御方《おかた》でした」といおは言う。だから、冬姫を守るために水晶の数珠を残してくれたのだと。

平安《へいあん》時代、水晶は魔除《まよ》けとして、原石のまま飾られていた。戦国《せんごく》時代になると細工を施され数珠にされるなどした。水晶の数珠は冬姫によく似合って、肌の色をより白く冴《さ》え冴《ざ》えと見せていた。

いおは断言する。

「これほどにしっとりと輝く肌をお持ちの姫様はほかにおられません。ですから、お館《やかた》様は冬様を一番、可愛《かわい》く思っておられるはず」

しかし、冬姫の兄弟、姉妹は多い。いったい何人いるのかさえ知らない。母親を亡くしている冬姫は、ひっそりと城内の片隅で暮らしていた。いおが言うように、父の愛を受けているようには、とうてい思えない。しかし、いおは、

「お顔がほかの方とは違いますもの」

と自信たっぷりに言う。姉妹の中で、冬姫が父の血を引いてとりわけ美しいというのだ。

何より、冬姫は叔母の、

――お市《いち》様

に似ているというのが、いおの自慢だった。織田家は美男美女の家系である。お市の

兄で若くして亡くなった秀孝《ひでたか》の美貌は、『信長公記《しんちょうこうき》』に、

――御歳《おんとし》の齢《よわい》十五、六にして、御膚《はだ》は白粉《おしろい》の如《ごと》く、丹花《たんか》の唇、柔和のすがた、容顔美麗、人にすぐれて
と伝えられている。

「お館様はお市様をとりわけ慈しんでおられました。だからこそ、近江《おうみ》の浅井《あざい》家へ輿入れされるよう図られたのです」

いおは、うっとりと言った。

冬姫の父信長は、七年前桶狭間《おけはざま》の戦いで今川義元《いまがわよしもと》を討ち取ってから勢力を伸ばし、今年八月、美濃を攻略して岐阜城を居城とするようになった。

そのうえで活発な外交を展開していた。近江の雄、浅井長政《ながまさ》に妹を嫁がせ縁戚とすることで美濃、近江の同盟を成功させた。

さらに信長は、この年の秋、武田信玄《たけだしんげん》の四男勝頼《かつより》に嫁がせていた姪《めい》が死ぬと、すかさず信玄の娘松姫《まつひめ》を嫡男である奇妙丸（信忠《のぶただ》）の室に迎えたいと申し入れ、信玄もこれを了承した。

松姫は七歳、奇妙丸は十一歳だった。信長は、婚姻による外交にも長《た》けていたのであ

る。いおは、大名家の姫が他家に嫁ぐのは、味方と所領を増やすためのいくさなのだ、という。

「お市様は北近江を取られました。冬様も同じようなお働きをなさらねばなりません」

いおは、丸顔をいかめしくして言うのだった。

冬姫は輿入れ先でお市や五徳がどのような暮らしをしているか気になった。いおに訊《き》くと、しばらく考えた後、

「三河の徳川様はまだ身代が小そうございますので、これからが気がかりですが、それにくらべて近江の浅井様は行く末、頼もしいと存じます。されど、お市様は長政様の初めての正室ではないのです。そのあたりが、少し案じられます」

と言った。浅井氏はもともと近江の守護大名京極《きょうごく》氏の家臣だったが、長政の祖父、亮政《すけまさ》の時に勢力を蓄えた。その後は六角《ろっかく》氏に臣従するようになり、長政も六角氏の家臣の娘を妻としていた。長政は六角氏に隷属することが不満だった。家督を継ぐと妻を離縁し、これを怒った六角氏との戦に勝ち、戦国大名として自立したのである。

「どうして」

冬姫はお市の身の上に何が起こるのだろうと思った。

「嫁いだ女人《にょにん》が長政様をつなぎとめることができていれば、六角様は浅井様というお味

方を失わずにすんだのです。気になるのは長政様という方が、女子《おなご》の縁にとらわれぬおひとかもしれぬということです。そのようなおひとであればお市様は苦労されましょう。武家の女は槍《やり》や刀ではなく心の刃《やいば》を研《と》いでいくさをせねばならないのです」

いおの言葉が冬姫の耳に残った。

翌永禄十一年九月——

信長は、足利義昭《あしかがよしあき》を奉じて上洛《じょうらく》を果たした。この際、近江の浅井、三河の徳川を含めて六万の大軍で京を目指し、途中、観音寺《かんのんじ》城に籠る六角氏を撃破した。義昭を十五代将軍に擁立し、天下取りへの道を歩み始めたのである。

二

永禄十二年（一五六九）——

このころ織田家に新たな女人が加わった。信長の側室となった、

——鍋《なべ》の方《かた》

である。側室を鍋と呼び、娘に五徳と名づける。信長は、愛する女性に台所道具の名をつけるのが好みなのだろうか。

「五徳のつぎは鍋でございますよ」

いおはいまいましげにつぶやいた。

鍋の方が岐阜城下に姿を見せた時、織田家の女たちは息を呑んだ。怜悧《れいり》で美しく信長の寵愛《ちょうあい》を一身に受けて、嫡男信忠、五徳を産んだ吉乃にそっくりだったからだ。

鍋の方は琵琶湖《びわこ》東岸、近江八幡《おうみはちまん》の土豪高畠源十郎《たかはたげんじゅうろう》の娘だった。近江国愛智郡《えちぐん》の八風峠《はっぷうとうげ》に近い八尾山城主小倉右京亮《おぐらうきょうのすけ》に嫁いだが、右京亮は六角氏に攻められ、切腹した。

鍋の方は観音寺城を落として六角勢を破った信長を頼って、

「夫の右京亮は、織田様に心を寄せたため六角勢に城を奪われました。子供二人が六角殿の家臣蒲生賢秀《がもうかたひで》の日野《ひの》城に人質として取られております」

と訴えた。かつて信長がひそかに堺《さかい》を見に行き、美濃からの刺客に襲われそうになったおり、小倉右京亮が千草《ちぐさ》越えの道案内をして信長を助けたことがあった縁にすがったのだという。

信長は訴えを認め、鍋の方の二人の子を日野城から取り戻した。六角氏が敗れた後、蒲生氏は信長に従属しようと目論《もくろ》んでいたため、話は容易に進んだ。

賢秀には、頑愚であるという評価とともに、

「臆病者である」

などという噂《うわさ》もあった。六角氏が織田勢に攻められた時、自らの居城になす術《すべ》もなく

籠っていたからである。雲霞《うんか》の如き大軍で観音寺城を落とした信長につくために鍋の方の子を引き渡すのは、賢秀にとってむしろ願ってもない話だった。

その後、信長は鍋の方を側室とし、岐阜城下に居館を与えた。

岐阜城下は楽市楽座《らくいちらくざ》で賑《にぎ》わい、その繁栄振りは宣教師ルイス・フロイスが『日本史』の中で「バビロンの混雑に等しい」と述べたほどだ。人口は八千人から一万人ほどだった。信長はしばしば鍋の方の居館に通った。

吉乃が亡くなってから後、信長からこれほど愛された女はいなかった。それだけに織田家の女たちは、嫉妬して鍋の方を陰で罵《のの》しった。

その中には奇怪な噂を流す者もいた。鍋の方が、

——女忍び

ではないか、というのだ。

近江の六角氏はかねてから甲賀《こうか》忍びと関わりが深い。近江の甲賀は山ひとつへだてた伊賀《いが》とともに忍者の発祥の地である。甲賀忍びは六角氏に仕え、将軍足利義尚《よしひさ》が六角氏を攻めた際には夜襲によって近江国栗太郡《くりたぐん》鈎《まがり》に布陣した義尚を苦しめた。この〈鈎ノ陣〉での活躍で甲賀忍者は諸国に知られた。

鍋の方が単身、子の救出を信長に訴え出た行動力や、さらに寡婦の身でたちまち信長の寵を得た閨《ねや》の技は、忍びの者が持つ力のように思われたのだ。

いおに言わせると、

「あの女は織田家に紛れこんだ毒花です。ひょっとしたら、御家を乗っ取ることを企《たくら》んでおるのやもしれません」

吉乃亡き後、寵を受ける鍋の方が織田家の奥を差配するというのだ。

いおの怪談話は、いつのまにか五徳から鍋の方の話へと移っていった。

城下の居館にいるはずの鍋の方が、夜中に岐阜城に現れるというのだ。

岐阜城は旧名を稲葉山《いなばやま》城という。長良川《ながらがわ》沿いに屹立《きつりつ》する稲葉山山頂に築かれた山城である。周囲は断崖絶壁の要害だった。

山上に天守、米蔵、太鼓櫓《たいこやぐら》などが建てられ、石垣で固められている。山頂から下る尾根筋に小曲輪《こぐるわ》が連なっていた。

信長は周《しゅう》の文王《ぶんおう》が岐山《きざん》に拠《よ》って天下を平定したことに因《ちな》んで、城と城下町の名を岐阜と改め、西側の山麓に豪華な居館を構えた。

四階建ての楼閣で、庭園や水路、濠《ほり》をめぐらし、敷地を石垣で固めていた。出入口は石垣の〈虎口《こぐち》〉となっていた。

鍋の方が、城下の居館から、夜な夜な稲葉山に駆けあがるのを見た者がいる、といおは話した。

宇治の橋姫のように顔に朱をさし、身に丹を塗り、夜の闇の中を走るという。

「真っ暗な山道を松明の火の粉を散らしながら、顔に朱をさした鍋の方が素足で走っていくのです」

冬姫は十二歳になっている。いおの怪談話にも慣れて、おびえることはなくなったが、夜中に山中を駆け廻る鬼女の話は気味悪くはあった。

「鍋の方は夜中に稲葉山に登って、何をするの」

いおはわが意を得たとばかりに、

「忠三郎《ちゅうざぶろう》様を呪うためですよ」

と厳《おごそ》かに言った。忠三郎の名を聞いて冬姫は頬を染めた。

忠三郎とは、蒲生賢秀《やすひで》が信長に臣属するにあたって差し出した人質の、

——蒲生忠三郎賦秀
である。幼名は鶴千代《つるちよ》だったが、信長はひと目みて気に入り、自らの官位、弾正《だんじょうの》忠《ちゅう》の「忠」を与えて忠三郎と名のらせたのである。

信長が忠三郎を冬姫の婿にしたい意向を持っていると言ったのは、いおだった。

忠三郎は十四歳のりりしい顔立ちの若者で、信長への受け答えにも利発さが出ていると言われていた。

この年、八月二十日、信長は八万の軍勢を伊勢《いせ》に進めた。すでに北伊勢八郡は信長の

勢力下にあったが、なおも抗《あらが》う南伊勢の北畠具教《きたばたけとものり》を討つためである。織田の大軍の前に名門伊勢国司家の北畠具教もついに屈して十月四日に降伏した。信長は茶筅丸を北畠家の養子として継がせることを決め、伊勢を平定した。この伊勢攻めの際に忠三郎は初陣《ういじん》を果たした。

武家の初陣では介添え役がついて、若武者に手柄をあげさせるのが習いである。ところが忠三郎は、敵味方が入り乱れて戦う最中、ふたりの介添え役とはぐれてしまった。父親の賢秀が心配して探すと、忠三郎は討ち取った敵の首を手に悠々と引き上げてきた。それもただの徒武者《かちむしゃ》の首ではなく兜首《かぶとくび》だったから賢秀始め蒲生家の一同は驚いた。

信長はこれを喜び、手ずから打《う》ち鮑《あわび》を忠三郎に与えて賞した。

信長が忠三郎を冬姫の婿にすることを決意したのは、この時だという。

いおは信長の意向を聞いた時、

「たかが近江の土豪の子のもとに冬様を――」

と嘆いた。しかし、しばらくして城内での忠三郎の評判を聞くと、いおは喜色を浮かべた。

「冬様はご運がお強いのかもしれません」

織田家の古老たちは、忠三郎を見て一様に、

「お館様の若いころによく似ておる」

ともらしていた。忠三郎は行動が機敏で頭脳が鋭く、気性が激しいところが信長を思わせるのだという。信長が忠三郎を冬姫の婿にするのは自らの後継者にする腹づもりがあるのかも知れないと、いおは穿《うが》った見方をした。

信長は家臣を召し抱えるのに、明智十兵衛《あけちじゅうべえ》、木下藤吉郎《きのしたとうきちろう》ら新参者を低い身分から能力によって抜擢《ばってき》している。織田家の後継についても、血筋より器量によって選ぶ可能性があると見られていた。

このころの信長には、嫡男奇妙丸のほか次男茶筅丸、三男三七丸《さんひちまる》、四男於次《おつぎ》がいる。奇妙丸は十三歳、茶筅丸と三七丸は十二歳、於次は二歳である。

信長は茶筅丸や三七丸に他家を継がせて勢力を拡大することを考えており、嫡男の奇妙丸に万一のことがあった時には、婿の忠三郎を後継者とするという思い切ったこともやりかねない。

だとすれば、冬姫に織田家を継ぐという機会も巡ってくるかもしれない、といおは喜んだ。しかし一方で、冬姫の前途への障害になるのが鍋の方ではないか、と危惧《きぐ》していた。

鍋の方は信長との間にまだ子をなしていないが、いずれ男子をあげれば後継者争いに加わることになる。その時、忠三郎が目障りになるだろう。

しかも鍋の方の前夫、小倉右京亮を攻め滅ぼしたのは蒲生賢秀の父、定秀《さだひで》だった。忠三郎にとっては祖父にあたる定秀は、すでに出家していて、隠居の身だが存命である。これまでのいきさつから、鍋の方は忠三郎を憎んでいるはずだ、といおは言う。

「いいですか、冬様が忠三郎様に嫁ぐことになれば、鍋の方が敵《かたき》になるということなのでございますよ」

いおが、なぜこれほど鍋の方を警戒するのか、幼い冬姫にはよく理解できなかった。秋になって稲葉山麓の館に移ってきた鍋の方は、美しいだけでなく、やさしげに見えた。

（亡くなられた母上も、あのような女人だったのではないか）

さびしさと母恋しさも相まって、冬姫は鍋の方に亡くなった母の面影を重ねていた。そのような自分の思いとは別に、憑《つ》かれたように鍋の方への敵意を募らせていくいおの言葉が疎ましかった。

冬姫は、しだいにいおの言葉に耳を傾けなくなっていった。いおの言葉には魔物がひそんでいるような気がしたからだ。

冬姫は胸にかけている水晶の数珠を握りしめて、いおがこれ以上魔物に魅入られませんようにと胸の中で祈っていた。

三

十二月に入って、冬姫のまわりに妖しいことが起きた。気づかぬうちに部屋の文箱《ふばこ》に文が入っていた。

——冬姫様、恋い慕わしく候《そうろう》

という恋文である。まだ十二歳の冬姫には気味が悪いというほかなかった。しかも末尾には、

——忠

と書かれている。

(忠三郎様がこのような文を寄越《よこ》されるだろうか)

冬姫は訝《いぶか》しんだ。この文を見せると、いおは血相を変えて侍女たちを叱りつけ、冬姫の部屋に入った者がいないかを調べ始めた。

冬姫の部屋や身近な場所に近づけるのは侍女しかいないはずである。しかし、どのように調べても冬姫の部屋に出入りした怪しげな者はわからなかった。

いおは、冬姫の身のまわりに目を光らせていたが、ある日、会心の笑みを浮かべた。

「冬様、これは、やはり、あの毒花の仕組んだことでございます」

いおは確信ありげに言った。

「毒花って、鍋の方のこと？」

「さようです。いよいよ女のいくさを仕掛けてまいったのです。ご油断なさいますな」

いおが以前、武家の女は槍や刀ではなく心の刃を研いでいくさをせねばならないのです、と言っていたことを冬姫は思い出した。あのやさしげな鍋の方と心の刃で戦うことなどしたくなかった。

「わたしはいくさなど嫌です」

冬姫が言うと、いおは珍しく悲しげな顔をした。

「わたしの夫は戦場で行方知れずになりました。おそらく敵方に首を取られて死んでおりましょう。いくさなど好む者はおりません。しかし、戦わねば生きていくことはできないのです。冬様がいくさをお嫌いなら、戦いに勝っていくさの無い世をおつくりになるしかありません」

いおの言うことは冬姫にはよくわからなかった。ただ、父の信長が近ごろ、

――天下布武《てんかふぶ》

という印形《いんぎょう》を用いるようになったと聞いたことを思い出した。

天下に武を布《し》くとは、戦いに勝って、いくさの無い世をつくるということなのかもしれない、と思った。

いおは冬姫を見つめて言った。

「ご安心なさいませ。これから、どんな恐いいくさがあろうとも、いおが必ず冬姫様をお守りいたします」

いおの思いが胸にしみて、冬姫はうなずいた。

数日後、

——月が中天にかかるころ虎口にてお会いしたく候

と書かれた文が冬姫の袂《たもと》に入っていた。末尾には、前回と同じく〈忠〉と署名がある。

いおは身を震わせて怒り、

「かような痴《し》れ者、許せませぬ」

と言うと、剛毅《ごうき》にもひとりで〈虎口〉へ行った。

その夜——

女の悲鳴を聞いて門番の足軽が駆けつけたところ、いおは袈裟《けさ》懸《が》けに斬られ、血に染まって倒れていた。

この時、居館の石垣の上を怪しい面をかぶり、松明を手にした女が飛ぶように走るのを門番の足軽が見た、という。

いおの死を聞いて冬姫は取り乱した。

夜毎《よごと》、いおは冬姫を恐がらせる話ばかりしていたが、自分をかばってくれるたったひとりの味方だった。幼いころから、いおの肌の温《ぬく》もりが冬姫を守ってきた。そのいおが、なぜ殺されねばならなかったのか。

（誰がこんな酷《むご》いことを――）

冬姫は泣き疲れて眠り、目覚めるとその思いが胸深くに渦巻いていた。

信長はいおが死んで数日後、館の大広間に側室と子供たちを一堂に集めた。

正室の帰蝶《きちよう》（濃姫《のうひめ》）、側室の坂氏《さかし》、鍋の方らが上座に居並んだ。

美濃の斎藤道三《さいとうどうさん》の娘である帰蝶は、斎藤家を亡《ほろ》ぼし、美濃を奪った信長との間柄が冷えて、孤独の中にいた。帰蝶の美しさは衰えてはいないが、どこかさびしげだった。

信長は皆の顔を見回し、冬姫が忠三郎のもとに嫁ぐことが決まったことの披露を行った。

信長は冬姫と忠三郎を並んで座らせた。

「蒲生家は、武勇の誉《ほまれ》高い俵藤太《たわらとうた》を祖先とする家柄である。藤太が大むかでを退治したことを知っておるか」

と言って、子供たちの反応を見るように見渡した。

俵藤太とは天慶《てんぎよう》三年（九四〇）に関東で乱を起こした平将門《たいらのまさかど》を討った藤原秀郷《ふじわらのひでさと》のことである。〈むかで退治〉は秀郷が琵琶湖の龍神《りゆうじん》に頼まれ、近江の三上山《みかみやま》を七巻き半巻いていた大むかでを瀬田《せた》の橋から強弓《ごうきゆう》で射て、退治したというものだ。

喜んだ龍神は秀郷に十種の宝を贈った。これによって秀郷の子孫には優れた武将が輩出したという。十種の宝とは、太刀、鎧《よろい》、旗、幕、巻絹《まきぎぬ》、包丁などである。矢を避ける〈避来矢《ひらいや》〉の鎧、いくらでも米が出てくる俵、どれだけ使っても尽きることのない巻絹などいずれも不思議な霊力を持つと言われる。

蒲生家に伝わるのは、兵糧《ひょうろう》を炊くとたちまち煮えるという〈早小鍋《はやこなべ》〉である。

信長の話に奇妙丸や三七丸は疑わしげな顔をしつつも興味ありげに聞き入った。

「どうじゃ。忠三郎、そなたも早小鍋で煮た兵糧を食ったことがあるか」

信長が出し抜けに問いかけたが、忠三郎は落ち着いた声で答えた。

「いえ、ございません。すでに底の抜けた、ただの鍋でございます。戦の役にはたたないと存じます」

「こ奴《やつ》が、先祖の宝に不遜《ふそん》なことを言うぞ」

信長は小気味よげに笑った。日ごろから迷妄な言い伝えを信じないだけに、忠三郎の態度が気に入ったようだ。

信長が機嫌よく冬姫と忠三郎の顔を見て、

「ふたりとも、これから仲良ういたすのじゃぞ」

と言った時、冬姫は勇気を出して思いの丈を口にした。

「仲良ういたす前に、忠三郎殿がまことにむかでを退治したご先祖をお持ちなら、冬の手助けをしていただきとうございます」

「何をせよというのじゃ」

信長は一転して、ひややかに言った。一座の者たちは、冬姫が信長の機嫌を損ねるのではないか、とひやりとした。

信長は逆らわれることをもっとも嫌う。緊張する人々の中で、冬姫の様子を面白げに見ているのは、鍋の方と忠三郎だけだった。

「わたくしは、いおの仇《あだ》を討ちたいと思います」

信長は冬姫の言葉を聞いて、鋭い目差《まなざ》しを向けた。薄茶色の透き通った、何もかも見抜かれてしまうような目だが、冬姫は恐いと思ったことはなかった。

(懸命に考えたうえでのことだから、父上はわかってくださるはず)

胸の水晶の数珠に手を添え、冬姫は念じた。すると、鍋の方が不意に片手をついて、

「冬姫様の乳母殿は、なにやら、わたくしを悪《あ》し様《ざま》に言っておられたと耳にいたしました。わたくしをお疑いならばお門違いですぞ」

と強い調子で言った。白い美しい顔が冬姫に向けられている。この時、初めて冬姫は、鍋の方の薄気味悪さを感じた。

(鍋の方はなんだか白蛇のような)

信長はじろりと鍋の方を見てから、冬姫に目を向けた。

「いかがじゃ。そなた、お鍋を仇だと思うているのか」

信長は射抜くような目で言った。

(父上は、鍋の方をかばうおつもりなのだろうか)

冬姫は悲しい思いで頭《かぶり》を振った。

「そうではないのです。いおは宇治の橋姫の話をよくしていました。いおを殺したのは、宇治の橋姫ではないかと思います。ですから、武勇の家柄の忠三郎殿ならば助けてくださると思ったのです」

「冬は面白いことを言う」

信長は甲高《かんだか》い声で笑った。そして忠三郎に顔を向けた。

「忠三郎、そなたの許嫁《いいなずけ》の願いだ。仇討を手伝ってやれ」

「承りました」

忠三郎が手をつかえ頭を下げてから、微笑を浮かべ冬姫にうなずいた。

冬姫は目の前が明るくなった気がした。忠三郎が自分を助けてくれるのだ、と心丈夫になった。そんなふたりに、鍋の方はひややかな視線を送っていた。

信長の声が雷鳴のように広間に響きわたった。

「よいか、わが館の女中を手にかけた者は、いずこかの間者《かんじゃ》に違いない。見つけ出して斬り捨てよ」

鍋の方の眉が片方ぴくりとあがった。

四

その日の夕刻、冬姫は忠三郎とともにいおが倒れていた〈虎口〉に行った。

〈虎口〉は土塁や石垣の出入口で、敵が攻め寄せた場合に備えて曲がり道などが作られている。いおは石垣の曲がり角に倒れていたそうだ。

風が強く、稲葉山の鬱蒼《うつそう》とした木々がざわめいていた。時おり、どこかできいきいと猿の鳴く声がする。

佇《たたず》んでいる間に、猿の鳴き声がいおの泣き声に聞こえてきた。悲鳴のような、しかし怒声のようでもあり、悲しみの声のようにも聞こえる。

冬姫は思わず涙ぐんだ。

「泣いている場合ではありませんぞ。泣けば、相手の思うつぼでしょう」

忠三郎がやさしく言った。

「乳母殿を殺《あや》めたのは冬姫様を悲しませたかったからでしょうから」

冬姫は袖で涙をふいた。

「なぜ、そんなことを」

「わたしと冬姫様の縁組を邪魔したいのでしょう」

「それでは、やはり鍋の方が――」

冬姫はいおが言っていたことを思い出した。やはり鍋の方は毒花なのだろうか。

「それはわかりませんが、鍋の方はわたしが冬姫様の婿になることを嫌だと思っているのは確かです」

「いおもそんなことを言っていました。鍋の方が以前に嫁していた小倉右京亮という方を、蒲生殿が討ったことを怨んでいるのだと」

「それは、戦国の世の習いで仕方のないことです。鍋の方がわたしを嫌うのは、お館様を欺いたことが明らかになるゆえです」

忠三郎はまだ十四歳とは思えない落ち着いた物言いをした。

「鍋の方が父上を欺いたと言われるのですか」

冬姫は目を瞠《みは》った。嘘偽《うそいつわ》りを何よりも嫌う父を欺くひとがいることが、信じられなかった。

「小倉右京亮殿が織田に心を寄せたがゆえに討たれたというのは偽りです。まことは、小倉一族の争いで右京亮殿は死なれたのです」

小倉家と蒲生家はともに近江の豪族で、かねてから婚姻を重ねた縁戚でもあった。

小倉宗家に男子がいなかったため、蒲生定秀の三男、忠三郎にとっては叔父にあたる実隆《さねたか》が小倉家を継いだ。

ところが小倉家は宗家と分家の仲が悪く、五年前の永禄七年（一五六四）に同族間の争いが起きて、実隆は戦死したのである。

蒲生定秀にとっては実の子を殺されたことになる。

争いは蒲生が支持した宗家側が勝ったものの、以後、小倉は蒲生に隷属し、右京亮の遺児も人質となった。

「鍋の方は人質となったわが子を取り戻すため、お館様に訴え出たのです。人質を取り戻したうえ、わが蒲生をお館様に討ってもらうつもりだったのでしょう。しかし、お館様は蒲生が役に立つと思し召《おぼしめ》して味方に加えられました。しかも、お館様はわたしを冬姫様の婿にされようとしています。お館様はひとの偽りをお許しになりません。鍋の方は、偽りが明らかになることを恐れているはずです」

幼い冬姫には小倉家の内紛はよくわからなかったが、鍋の方が子を取り戻し、夫の仇を討つため父に近づいたことはわかった。

しかし、側室である鍋の方が自らいおを殺めるような荒々しいことをするとは思えない。何者かが鍋の方に命じられていおを殺したのではないだろうか。だとしたら、どうやって仇を討ったらいいのだろう。

信長は鍋の方を寵愛している。鍋の方を討てば、信長の怒りを買うだろう。

冬姫は途方にくれる思いだった。

その夜、冬姫は夢を見た。闇の中をひた走る女の夢である。急峻《きゅうしゅん》な山道を女が走る姿が、燐光《りんこう》を放つように浮かび上がっている。

――宇治の橋姫だ

冬姫はうなされた。

女は真っ赤に顔を塗り、松明をくわえ、炎をまとうように走っている。会ったこともない女だ。

女は冬姫に向かってきた。女の顔が真正面から見えた。朱を塗って赤くなっているが、美しい顔だ。

(この女は誰なのだろう。見覚えのある顔――)

そう思った時、なぜか大人になった自分だと直感した。大人になった自分が何事かを怨み、鬼となって、闇の中を疾駆しているのだ。

冬姫はうなされて目が覚めた。夜着は汗でじっとりと濡《ぬ》れている。

部屋の隅にある燭台《しょくだい》の灯《あか》りが消えて真っ暗だった。

先日まで、いおが隣りの部屋に寝ていたのだ。冬姫が起きると、すぐに気づいて枕元に来てくれた。いまは誰もいない。寝汗が冷えて、ぶるっと震えた。暗闇が恐ろしかった。自分のことを気遣ってくれる者は、もう誰もいないのだ。さびしさで涙がこぼれそうになった。思わず傍らにある小袖を胸にかき抱いた。

（わたしも大人になれば、誰かを怨んで鬼になるのだろうか）

とおぞましく思った時、顔に何かが触れて落ちた。どきりとした。手に取ると紙のようだ。どこから落ちてきたのだろう。

冬姫は紙を持つと板戸を開けて廊下に出た。廊下の格子窓から月光が斜めに差し込んでいた。紙に書かれた文字がうっすらと読めた。

――月が中天にかかるころ虎口にてお会いしたく候

いおが〈虎口〉に行った時と同じ文面だった。ただ、末尾に〈忠〉ではなく、〈宇治の橋姫〉と署名されているのが違っていた。

（わたしが父上の前で宇治の橋姫のことを口にしたのを知っている）

ぞっとした。すでに月は傾きかけている。今夜待つ、ということではないだろう。明日の夜、〈宇治の橋姫〉と名のる者が〈虎口〉で待っているのだ。

翌朝、冬姫は前夜の文を忠三郎に届けさせるため、ときという侍女を呼んだ。忠三郎に見せれば、どう対処すればいいか考えてくれるのではないかと思ったのだ。

しかし、文を見たときは戸惑いを見せた。

「この文を蒲生様にお渡しするのは難しゅうございます」

「なぜなのです」

「ご家中の殿御に、たとえ姫様からの文でありましても、侍女が直《じか》にお渡しすることはお咎《とが》めを受けるのです」

ときは困惑した表情で言った。

「ではどうすればよいのです」

「お側役《そばやく》の赤川三郎右衛門《あかがわさぶろうえもん》様にまずお届けして、赤川様から蒲生様にお渡しいただくのがよろしいかと思います。ただ――」

「ただ？」

ときは目を伏せて口早に言った。

「赤川様は女中衆には嫌な仕打ちをなさる方でございます。わたくしがお届けしても蒲生様にお渡しいただけるかどうか」

「そうなのですか。それでも他にやりようがなければ、赤川三郎右衛門に届けてください」

忠三郎に文が届かないのであれば、今夜、ひとりで〈虎口〉に行くしかない、と冬姫は思った。いおと同じような目にあうのではないか、と恐ろしくはあったが、何もしないではいられなかった。

ときは文を赤川三郎右衛門に届けて、忠三郎に渡してくれるよう頼んだが、三郎右衛

門は面倒くさげに、

「預かりおく」

と言っただけで芳しい返事はなかった、という。

夕刻まで待っても、忠三郎から何も言ってくることはなかった。

（文は渡してもらえなかったのだ）

たとえ信長の娘であっても自分の言うことを聞いてくれたのは、やはり、いおだけだった、と思った。広い館の中で味方してくれる者は誰もいないのだろう。たったひとりで、いおの仇を討たねばならないのだ、と覚悟を決めた。

夜になって、冬姫はひとりで部屋を出た。

誰にも見つからないよう中庭から居館の外へ出て〈虎口〉に向かった。外の闇は深かった。黒々とした木々の間に、石垣がそびえている。

三日月が中天にかかり、居館を薄く浮かび上がらせている。胸にかけている水晶の数珠が淡く光った。冬姫は数珠を握りしめた。

（母上、お守りください）

ゆっくりと歩を進め、〈虎口〉に通じる石段に出た。〈虎口〉の先の門では篝火《かがりび》が焚《た》かれ門衛がいたが、このあたりには誰もいない。しんと静まり返っていた。

薄暗い石段を降りていくと、前方の石垣の上にぽつんと赤い火が灯《とも》った。火はゆっくりと動いている。

松明の火だろうか。

冬姫は揺れる火を見つめた。

（あそこにいおを殺した〈宇治の橋姫〉がいるのだ）

と思った。やがて被衣《かずき》をかぶった女の姿が浮かんだ。手に松明を持っている。

「降りてきなさい――」

冬姫は勇気を振り絞って叫んだ。

女はかすかに笑ったようだ。気味の悪い声が響いてくる。

女は突然、手に持っていた松明を冬姫に向かって投げた。

松明は火の粉を散らしながら飛んできて、冬姫の足下に落ちると、ぱっと燃え上がった。一瞬あたりが明るくなった。

冬姫は目を瞠った。石垣の隅にひそんでいる男の姿が見えた。刀を振りあげている。

冬姫が悲鳴をあげた時、男は凄《すさ》まじい刃風《はかぜ》をあげて斬りつけてきた。

あおむけに倒れる冬姫の体すれすれに、刀が振り下ろされた。胸にかけていた数珠が断ち切られ、水晶玉がきらめきながらあちこちに飛び散った。

男はさっと近づき、冬姫を上から刺そうとした。その時、

「冬姫様――」

叫ぶ声と同時に、黒い影が飛び込んできて、男の刀を抜き打ちで弾《はじ》き返した。青い火花が散った。

（この声は忠三郎殿。助けに来てくださったのだ——）

男は忠三郎に斬りつけた。忠三郎は一歩も退《ひ》かずに斬り結んだ。がち、がち、と刀を打ち合う音が響いた。男の息遣いが荒くなり、体をぶつけるようにして忠三郎に突進した。

忠三郎はこれをかわして男の足を斬り上げた。

男がうめき声をあげて転倒した。石段に落ちた松明はめらめらと燃えている。その灯りに、倒れた男の顔が浮かび上がった。

「赤川殿——」

忠三郎は息を呑んだ。

五

捕らえられた赤川三郎右衛門は、秋霜《しゅうそう》の如き厳しい視線を向ける信長の前に引き据えられ、

「冬の文箱や袂に文を入れたのは、そなたか」

と問い詰められると、

「冬姫様の侍女、ときでございます。それがし、かねてからときと通じておりましたゆえ、ときを使って文を入れたのでございます」

と白状した。

「なぜ、そのようなことをいたした」

「蒲生忠三郎殿が怪しげな振舞いをしていると冬姫様に思わせて、縁組を壊すことが狙いでござった。しかし、乳母殿がときの仕業だと見抜かれました。ときが追及されれば、それがしの企みが明らかになりますゆえ、〈虎口〉に乳母殿が出てくるように仕向けて斬ったのでございます」

「ところが、冬がいおの仇を討つと言い出したため、いっそ冬を斬ってしまおうと考えたのだな」

信長は無表情に言った。

「さようでございます」

三郎右衛門は観念して頭を下げた。

ときは誘い出しの文を忠三郎に渡すよう冬姫から命じられたが、とっさに理由をつけて三郎右衛門に届けることにした。三郎右衛門は文を受け取ると、そのまま懐に入れたのだという。

忠三郎はそのような経緯を知らなかったが、冬姫の身を案じて陰ながら警固していた。

すると、冬姫が夜中に部屋を脱《ぬ》け出したので後を追ったのである。ときは石垣の上で冬姫を待ち受け、松明を投げて三郎右衛門に合図した。三郎右衛門は冬姫を斬って、その罪を忠三郎になすりつけるつもりだった。

三郎右衛門は額に汗を浮かべ苦しげに話した。

「それがしは、北畠家を継がれる茶筅丸様の護《も》り役《やく》となることが決まっており申した。されど、茶筅丸様が伊勢に赴かれ、冬姫様の婿に忠三郎殿がなれば、相続の機会を忠三郎殿に奪われるかも知れませぬ。そのことを思い、伊勢に参る前に禍根《かこん》を断ちたかったのでござる」

御嫡男奇妙丸様に万一のことがあれば、織田家の家督を継がれるのは茶筅丸様でござる。

信長は三郎右衛門の話を聞きながら、頰に皮肉な笑みを浮かべていた。

「であるか」

とのみ言い、忠三郎に向かって、

「ようしてのけた。もはや人質としてこの城におるにはおよばぬ。冬を連れて日野に戻るがよい」

と命じて座を立った。

三郎右衛門はただちに打ち首となり、ときは追放された。

家中には、侍女のときが追放ですまされたのは軽すぎる処分ではないか、と訝る声があったが、信長の裁断に異を唱える者はなかった。

忠三郎が冬姫を伴って日野城に向かったのは、間もなくのことである。

折悪しく雪が降り出し、野山や街道をおおったが、気短な信長は出立《しゅったつ》が遅れることを許さなかった。

このため冬姫は、雪道を輿で近江へ向かうことになった。冬姫につけられた侍女の人数や道具類は、いおがかつて予言した通り、五徳をしのぐものだった。

冬姫が出立した日、信長は鍋の方の居室を訪れた。広縁《ひろえん》に胡坐《あぐら》をかき、雪におおわれた庭を眺めた。

館の庭には、山麓の溜池《ためいけ》から水を引き入れて池が作られている。小石や白砂が敷かれ、鮮やかな緋色《ひいろ》の鯉《こい》が泳いでいた。その池の周囲にも白い雪が積もっている。

信長はかたわらに控えた鍋の方にぽつりと言った。

「お鍋、わしの目を晦《くら》ませると思うたか」

「何を仰せられますか」

鍋の方は表情を変えず、頬に笑みを湛《たた》えてさりげなく信長を見た。信長は庭に目をやったまま振り向こうともしない。

「しらを切るでない。赤川三郎右衛門を唆《そそのか》したのはその方であろう」

「滅相もないことでございます」

「そなたを城下に住まわせていたおり、何度か三郎右衛門を遣わしたことがある。そのおりに三郎右衛門を手なずけでもしたか」

「そ、それは――」

「そなたは、偽りを忠三郎に暴かれるのを恐れて、冬との仲を裂き、できれば忠三郎を葬ろうと企んだのだな。三郎右衛門が茶筅丸のためにやったなどと申したのは、そなたをかばうためであろう。奴め、そなたに操られたとも知らず、だまって打ち首になりおった。馬鹿な男よ」

鍋の方は青ざめた顔で信長の背を見つめた。確かに、すべては信長の言う通りだった。

鍋の方は三郎右衛門に、

「わたくしは、蒲生の息子が織田家の婿になるのが許せませぬ」

と胸のうちを明かしていた。三郎右衛門は鍋の方の妖艶さに心奪われており、言われるがままに動いたのである。

三郎右衛門がしくじった場合、茶筅丸のための働きとしておけば、自分が疑われないと鍋の方は考えていた。けれど忠三郎に邪魔されて三郎右衛門が失敗するとは思わなかった。

鍋の方の名を出さないまま三郎右衛門が処刑されたので、安堵《あんど》していたのだ。しかし、その謀《はかりごと》は信長にすべて見抜かれていたようだ。

「お館様は恐ろしい方でございます」

「そなたが偽ってわしに近づいたことなど疾《と》うに知っておったわ。わしは上洛のおり、かつて将軍足利義輝《よしてる》を討った逆臣の松永久秀《まつながひさひで》を殺さなかった。久秀は悪人ではあるが役に立つ男ゆえ、生かして使おうと思ったのだ。わしは、たとえ蝮《まむし》であろうとも役に立つなら懐に入れる」

「わたくしを蝮と言われますか」

鍋の方は、自分を嘲笑《あざわら》う信長を心の底から憎いと思った。信長こそ、企みを見抜きながら、鍋の方がどこまでやるのか蝮のような目で冷徹に見ていたのである。

信長はゆっくりと振り向いた。

「そうだ。そなたは恐ろしい女子ゆえ、冬と忠三郎はこの城から出して日野へやった。この城にいては、いつ二人の寝首を掻《か》かれるか知れぬでな。ときと申す侍女は甲賀者であろう。そなたはかねてから甲賀者を使っておるようだな」

追いつめられた鍋の方は手をつかえた。

「もはやお二人には手出しはいたしませぬ」

信長は頭を振った。

「やりたくばやってもよいぞ。そなたへの備えを怠るようであれば、忠三郎もそれまでの男ということだ。この戦国の世を生き抜いていくことはできぬ。それに、あの冬には、そなたもかなうまいて」

信長が面白そうに言うと、鍋の方は眉をひそめた。

「わたくしが冬姫様におよばぬと――」

「夜の〈虎口〉にひとりで乗り込みおった。あ奴はわしによう似ておる。それゆえ、冬を守るため忠三郎をつけてやったのだ」

信長は愉快そうにからからと笑った。

鍋の方の目に、一瞬殺気が宿ったが、すぐに消えた。

(わたしは冬姫にかなわないのではない。この信長に勝てないのだ)

張り詰めていた緊張の糸が切れたように、鍋の方の心に虚《むな》しさが湧いた。

小倉右京亮の子をなした身でありながら、信長の側室になったのは何のためだったのか。

蒲生定秀によって奪われた城を取り戻し、わが子に継がせるためであった。しかし、信長にとって鍋の方の思いなど塵《ちり》のようなものだ。

(このまま信長の側室として生きていくしかないのか)

いや、何か道があるはずだ。女いくさの道がある、と鍋の方は思った。

見上げると、空からゆったり牡丹雪《ぼたんゆき》が舞いおりてきた。

「冬の琵琶湖は美しゅうございます。冬姫様によう似合いましょう」

鍋の方は雪を見つめながら言った。

そのころ冬姫は輿に揺られながら、もの思いにふけっていた。輿のかたわらを烏帽子《えぼし》、直垂《ひたたれ》姿の忠三郎が騎馬で進んでいる。雪景色の中、冬姫の行列は進んでいた。

(近江に行ってもさびしくはない。わたしの胸の中には母上がいつも生きていてくれるし、いおもいる)

あの夜、赤川三郎右衛門に切られて飛び散った水晶玉は、翌日、忠三郎が見つけて拾い集め、繋《つな》ぎ合わせて持ってきてくれていた。冬姫は大切なお守りが戻ってほっとした。母上の思いがこめられている数珠が、身代わりになったような気がする。そして、戻らないと思っていた水晶を、探してくれた忠三郎の気持が嬉《うれ》しかった。

これからも大切なものを忠三郎は守ってくれるのではないか。どのようなことがあろうとも、忠三郎と共に歩めば負けることはない、と思った。

胸にかけている水晶の数珠に触れ、冬姫はつぶやいた。

「わたしのいくさはこれから始まるのだ」

# 夜叉の笛

## 一

払暁《ふつぎょう》――

琵琶湖の水面《みなも》を白い霧がおおっていた。ぎぎっと櫓《ろ》を漕《こ》ぐ音が響く。霧の中から黒い影が浮かびあがった。湖面をすべるように小舟が進む。

舟を漕いでいるのは笠《かさ》を被《かぶ》り、蓑《みの》を着けた武士だった。

湖畔に被衣《かずき》をかぶった女人《にょにん》が数人の供を連れて佇《たたず》んでいる。ほっそりとしなやかな体つきで、被衣からわずかにのぞく顔は、鼻筋がとおり、気品のある美しさを漂わせている。

武士は湖畔の船繋《ふながか》りに小舟を寄せた。

舟から降りようとした武士の動きが不意に止まった。驚いたように目を見開いて自分の肩のあたりを見ている。蛍のようなものがぽっと光った。その光はぽつ、ぽつと増えていく。

武士は訝《いぶか》しげに手で払った。すると光は払われたそばから、さらに数を増していった。驚いた武士は蓑を脱ごうとした。しかし、手間取るうちに光はどんどん増え続け、武士の体を覆い尽くしたと思った瞬間、真っ赤な炎となって燃え上がった。

――うわっ

うめき声をあげて、武士は仰向けに湖に落ちた。大きな音を立てて水しぶきがあがったにもかかわらず、湖畔で見ていた女人や供の者たちに動揺はなかった。

被衣をわずかにかかげて、女人は湖に沈んでいく武士を見ていた。虚《うつ》ろな目をして能面のように表情が無い。感情のこもらぬ口調でぽつりとつぶやいた。

「蓑火じゃな」

言い伝えによると、雨の日、琵琶湖を舟で渡ろうとするひとの蓑に、蛍火のように小さな光が無数に取りつく怪火のことを蓑火という。すぐに蓑を脱ぎ捨てれば消せるのだが、なまじ手で払おうとすると次々に増え続け、光蘚《ひかりごけ》のように全身を覆って光るという。

「御方《おかた》さま――」

供の侍女が声をかけると、女人は茫然《ぼうぜん》とした表情のまま踵《きびす》を返した。武士が沈んだ湖面を振り向きもしない。ゆるやかに足を運んで、近くに控えていた輿《こし》に乗った。

輿は下人にかつがれて、ゆらりと動き出した。
向かう先は、琵琶湖北岸の山麓に連なる小谷《おだに》城だ。
女人は近江の大名浅井長政の正室であり、織田信長の妹でもある、
——お市
だった。どこからともなく笛の音が聞こえ、霧に包まれた湖の上を響き渡っていった。

二

永禄十二年（一五六九）十二月——

厳しい寒気にさらされながらの道中も終わろうとしていた。凍《い》てつく空の下、日野城が見えてきた。

冬姫は、輿の簾《すだれ》をあげて身を乗り出すように城を眺めた。野山には雪が積もっている。風が頬を刺すように冷たい。胸にさげた亡き母の形身である水晶の数珠《じゅず》に冬の陽差《ひざ》しがきらめいた。

近江の豪族蒲生氏の居城である日野城は、父織田信長の岐阜城とは比べようもないほど、小さく見すぼらしい。だが、岐阜城にはないひと肌のぬくもりにも似た親しみやすさを感じて、冬姫は安堵《あんど》の表情を浮かべた。輿の脇を馬で進んでいる烏帽子《えぼし》、直垂《ひたたれ》姿の蒲生忠三郎賦秀は、愛《いと》おしげな顔つきで冬姫を見守っている。

冬姫は日野城へ輿入れのため向かっていた。美濃から近江へは、鈴鹿《すずか》山麓を越えて西に琵琶湖を控えた近江平野に出る。織田家の姫君の輿入れ行列だけに、供は百人を超え、侍女たちや道具類を詰めた長持が延々と続く。

行列の中央にいるふたりは、十四歳と十二歳の夫婦である。

冬姫が妖しの者に襲われたとき、共に一瞬の生死の境をくぐったことが、冬姫と忠三郎を深く結びつけた。その絆《きずな》は何よりも強く冬姫を支えていた。

冬姫は空を見上げた。稲葉山山頂に築かれた岐阜城から見る空は、どこまでも突き抜けて高く世の中の広大さを感じさせた。いま日野城を前にしての空は、筋雲が流れ、穏やかで澄明《ちようめい》な光に満ちてふたりを包んでいる。

不意に笛の音が聞こえてきた。

このようなところで誰が笛など吹いているのだろう、と冬姫が嫋々《じようじよう》たる音色に耳を傾けていると、忠三郎の厳しい声が飛んだ。

「怪しげな者がおるぞ。見て参れ」

輿が止まり、供の者があわただしく走っていった。しばらくして供の者がふたり連れを引き立てて戻ってきた。

冬姫があわてて簾を下ろし、陰からのぞいて見ると、兜巾《ときん》をつけ柿色の鈴懸《すずかけ》の衣を着て背に笈《きゆう》を負った山伏と、薄緋色《うすひいろ》の小袖を身にまとった十三、四歳の少女だった。山伏は二十過ぎぐらいで精悍《せいかん》な顔つきだ。少女は手に笛を持っている。引き立てられたふたりは、輿の前に跪《ひざまず》いた。忠三郎が馬から下りてふたりの前に立った。

「なぜ、そなたはわれらに聞こえるように笛を吹いたのだ。なにか企《たくら》みがあってのことか」

「滅相もございません。われらは、織田の姫様のお輿入れとうかがい、献上いたしたきものがあり、控えおりましてございます」

「献上いたすものとは何だ」

忠三郎がいぶかしげにふたりを見つめると、少女は両手で捧《ささ》げるようにして笛を差し出した。

「この笛でございます」

「笛を？」

忠三郎は首をかしげた。

「それがしは、杉谷源四郎《すぎたにげんしろう》と申す甲賀の地侍でござる」

甲賀の地侍と名のる山伏に忠三郎は驚かなかった。蒲生と甲賀は笹尾峠を境界に隣り合い、かつては同様に南近江の大名である六角氏の勢力下にあった。

甲賀の地は地侍の独立性が強く五十三家に分かれ、大きな領主ができなかった。それだけに忍びの術を修行し、その腕を各地の大名に買われることが多かったのである。

源四郎は頭を下げた。

「織田の姫様に、わが妹を侍女としてお仕えさせたくお待ち申しておりました」

「そのために笛を差し出すと申すのか」

「これは、わが家伝来の〈姫夜叉《ひめやしゃ》〉という笛でございます。先ほどお聞きの通り、妹は笛の上手にて姫様のお慰めになろうかと存じます」

冬姫は笛を持った少女を見つめた。利発そうな娘だ。

「名は何というのです」

思わず輿の中から声をかけた。少女はびっくりして、輿に顔を向けた。

「もず、と申します」

はきはきと澄んだ声で答える。

「もず、とは変わった名ですね」

冬姫は首をかしげた。少女は恥ずかしげにうつむいた。

「鳥の百舌《もず》から取った名だそうです」

「まあ、おもしろい――」

続きを言いかけて、冬姫は口を押さえた。もずがうつむいたのを見て、とっさに後の言葉を呑《の》み込んだ。

「心無いことを言いました」

もずは驚いたように顔をあげた。

「わたしが生まれた時、百舌が鳴いていたのだそうです。それでつけた名だということでございます」

「そんな謂《いわ》れがあるのですね」

冬姫はもずへの詫《わ》びをこめて言った。

「そなたの妹を冬姫様は気に入られたようじゃ」

忠三郎は源四郎に声をかけた。源四郎は地面に額がつくほど低く頭を下げた。

「されば、ただいまより妹を召し使っていただけましょうや」

「そなたも仕官いたすつもりで参ったのではないのか」

「いえ、それがしは修験者《しゆげんじや》でございますれば……」

源四郎は頭《かぶり》を振った。

「そうか。ならば源四郎と呼ぶわけにもいかぬな。法名は何と申す」

「善住坊《ぜんじゆうぼう》と申します」

「杉谷善住坊か。覚えておこう」

忠三郎はさりげなく言うと、

「輿を進めよ」

と供の者に命じた。もずは輿の供の列に加わったが、源四郎は手をつかえたまま頭をあげなかった。地面を見つめる目が鋭い光を放っていた。

日野城に着いた冬姫を、忠三郎の父賢秀は丁重に迎えた。三十半ば過ぎで小柄だが頭が大きく福々しい顔をしている。

賢秀について、「頑愚にして天性臆病」などという評判が京で囁《ささや》かれていたが、冬姫にはとても真面目そうに思えた。賢秀は城中の大広間で冬姫にねんごろにあいさつし、

「きょうから、この城をわが家と思し召《おぼめ》されよ」

とやさしく声をかけた。

――冬姫様

と重きを置いた呼び方をするのに少し戸惑いを感じて、

「わたくしは嫁いだ身なのですから、どうか冬と……」

と冬姫が言うと、賢秀はゆっくりと頭を振った。

「何の、われらにとっては織田の姫様であることになんら変わりはございません。織田様は、われら蒲生を冬姫様にお仕えさせるとのお心積りかと存じます」

「そのようなことは――」

冬姫が異を唱えようとすると、賢秀は笑顔で手を振った。

「大名の婚儀はすべて狙いがございます。冬姫様の叔母上お市様は北近江の浅井家に、

姉君の五徳様は三河の松平《まつだいら》家に輿入れされました。いずれもお味方にせねばならぬ力のある大名でございます。それに比べ、蒲生は六万石の小大名に過ぎませぬ。いかに忠三郎をお気に召されたと仰せられましても、婿にと思し召されたのは冬姫様をお守りせよとの御意向と考えるほかございません」

「なぜ、父上はわたくしを守らせようとなさるのですか」

賢秀は頭に手をやって苦笑した。

「さて、それがしなどに織田様のお心の内はわかりかねまする。もしかすると織田家の血を守られたいとの思し召しかも知れませんな」

「織田の血――」

「さよう、信長様のお血筋でございます。戦国の世はどの大名もいつ亡《ほろ》びるかわかりませぬ。織田様の目には、これから経ていかねばならない戦《いくさ》がおわかりのことと存じます。その戦いに勝てばよし。万が一、敗れるようなことがあった場合に備えて、お血筋を絶やさぬようにされたのかも知れませぬ」

賢秀の話はまっすぐに冬姫の胸に届いた。しばらくの間考えた冬姫は、やがて小首をかしげて口を開いた。

「それならば、わたくしがしなければならないことは、わかりました」

「ほう、それは何でございましょうか」

笑みを浮かべているが、賢秀の目は厳しさを湛《たた》えている。

「父上がわたくしをお守りくださるのなら、わたくしは父上をお守りせねばなりません。違いましょうか」

賢秀はうなずいて、忠三郎に顔を向けた。

「冬姫様のただいまのお言葉で、われら蒲生の使命も決まった。そのこと、心得ておくがよい」

忠三郎は手をつかえ、

「いかにも心得ましてございます」

と答えた。

三

まだ十二歳だけに、輿入れしたといっても冬姫と忠三郎とは形ばかりの夫婦で、岐阜城にいたころと変わりない暮らしが続いた。違うのは朝夕、忠三郎と食事をともにすることと、時おり、もずの吹く笛の音に耳を傾けることだった。

笛の音にはいつも悲しみが籠められているように感じる。やはり、岐阜を離れた淋《さび》しさがそう感じさせるのだろうか。それにしても、このように悲しい思いが起こるのはなぜなのだろう。

「どうしてこのように悲しい気持になるのでしょうか」

冬姫が訊《き》くと、もずは笛の由来を話した。

「この笛はもともと二本合わせて作られ、夜叉、姫夜叉とそれぞれ名づけられたそうでございます。北面《ほくめん》の武士が持っておられたのですが、姫夜叉の方を公家《くげ》の姫君に献上されたのです。武士が夜叉の笛、姫君が姫夜叉の笛を歌会などで奏されるうちに、ふたりは恋仲になりました。ところが、武士は源平《げんぺい》争乱で東国へ出陣し、帰ってこなかったのです。それを悲しんだ姫君は、姫夜叉の笛を残して琵琶湖に身を投げ、亡くなったということでございます」

「なぜ、このように悲しい音色なのかと不思議に思っておりましたが、帰ってこなかった殿方を想《おも》っての話があったのですね」

「さようでございます。武士が持っていた夜叉の笛も、姫君を慕う悲しい音色なのではないでしょうか」

「そうだったのですか……」

物思いにふける冬姫の顔を見て、もずはおずおずと口を開いた。

「もし、およろしければ姫様も笛を奏されませぬか」

「わたしが笛を?」

「はい、若殿様もお喜びになられると思います」

もずはうっすらと頬を染めて言った。忠三郎のことが話題にのぼると、もずの目はいつも輝く。冬姫はそのことに気づいていた。だからといって、嫌な気がするわけではない。

もずもわたしと同じ様に忠三郎様のことを好いているのだろう、と思っただけである。忠三郎が喜ぶのなら笛を覚えてみようか。冬姫はもずが差し出した笛を手にした。すると冬姫が胸にかけている水晶の数珠がかちかち、とぶつかり合って音を立てた。

驚いて笛から手を離すと、数珠の音は鳴り止《や》んだ。しばらくしてから、また笛を手に取ってみた。今度は音がしない。

（不思議なことがあるものだ）

冬姫はそう思いながらも、もずに教えられるまま笛を口にあて吹いてみた。透き通った甲高い音が出た。

「お上手でございます。初めて笛を吹かれて、音が出せる方はめったにおられません」

褒められて嬉《うれ》しくなった冬姫は何度も吹いた。吹くにつれ、気持が晴れやかになっていく。やがて、笛を口にあてるだけで喜びが湧いて陶然となった。

熱心に稽古を続けた冬姫は、二十日後には忠三郎に曲を聞かせることができるようになっていた。

頬をわずかに紅潮させ、笛を吹き続ける冬姫の姿を忠三郎は愛しげに眺める。そんな忠三郎の横顔をうかがいつつ、もずは部屋の隅でひそかにため息をもらすのだった。

年が明けた永禄十三年（一五七〇）二月――

信長は尾張《おわり》、美濃三万の兵を率いて上洛《じょうらく》し、忠三郎も一千の兵を率いて従った。

冬姫と夫婦になってから忠三郎が遠くに離れるのは初めてのことである。出立《しゅったつ》の挨拶に出向くと、冬姫は涙を浮かべた。

「こたびの織田様御上洛は二条《にじょう》城落成祝いのためということです。案ずることはありません。むしろ、冬殿が近ごろ、やつれているようにも見えるのが気がかりです」

忠三郎は不安げに冬姫を見つめた。

「わたくしはやつれておりましょうか」

「少し、痩せられたような気がいたします。笛の稽古もほどほどにされた方がよろしいかと思います」

このところ冬姫は笛の稽古に時を忘れ、深更《しんこう》に及ぶことも多くなっていた。忠三郎は冬姫の耳もとに顔を寄せて囁《ささや》いた。

「もずは甲賀者の娘です。気を許さぬ方がよいやもしれません」

冬姫は驚いて忠三郎の顔を見つめた。日頃、侍女たちにもやさしく声をかける忠三郎が用心しなければならないと思うところが、もずにはあると言うのだろうか。

冬姫がわずかにうなずくと、忠三郎は微笑を残して出立して行った。

信長は、ともに京に上った徳川家康らとともに近江常楽寺での相撲興行や二条城で催された能を楽しみ、悠々と日を過ごしていたかに見えた。ところが、四月二十日になって、突然、越前《えちぜん》へ兵を発した。

これまで数度にわたって上洛をうながしたものの、応じようとしない越前の朝倉義景《あさくらよしかげ》を討つためである。信長はかねてからその機会をうかがっていたが、二条城落成祝賀に上洛しないことを理由に討伐の大義名分としたのである。

信長は、畿内と周辺二十一カ国の大名にも二条城落成祝いのためと称して上洛をうながしており、越前へ侵攻する軍勢はおよそ十万におよんだ。忠三郎は手勢とともに織田家の重臣柴田勝家《しばたかついえ》の指揮下に入った。信長の軍勢は琵琶湖の西岸を北上し、二十五日には越前の敦賀《つるが》方面へ進出した。

信長は駆けまわって状況を見まわした後、朝倉方の天筒山城《てづつやま》への攻撃を命じた。天筒山城は山城で、特に東南側は峻険《しゅんけん》な山容で攻め難かったが、信長はためらわずに突入を命じた。

忠三郎が織田軍に属して出陣した報《しら》せは、すぐに日野城へ届いた。

賢秀は眉をひそめて、

「織田様はいつも疾風迅雷の戦をなさるが、こたびは、また急なことですな」

とつぶやいた。

「何か気になることがおありなのですか」

冬姫が訊くと、賢秀は腕を組んだ。

「越前の朝倉家と近江の浅井家は、かねてから結びつきが深《ふこ》うござる。織田様は、お妹君を浅井長政様に嫁がすことで両家の盟約を結ばれたと聞いておりますが、はたして浅井家が織田様の朝倉攻めを黙って見過ごすであろうか」

冬姫は叔母お市の顔を思い浮かべた。美しく聡明《そうめい》なひとだった。

（あのお市様が辛《つら》い思いをされているのかもしれない）

そう思うと胸が詰まるような気がした。


忠三郎が出立した日の夜、冬姫はそれまで慎んでいた笛の稽古をした。中庭に面した自分の居室で吹くと、笛の音色は澄んで夜の闇に流れていった。

その時、冬姫は不意に体の中が熱くなるのを感じた。頭の中がぼうっと霞《かすみ》がかかったようになった。薄暗いはずの部屋が真昼のように明るく見える。

燭台《しょくだい》の灯《あか》りが恐ろしいほど真っ赤に燃えて見えた。胸がどきどきして息苦しくなった。

（どうしたことだろう）

思わず笛をやめて、片手を板敷についた。動悸《どうき》で胸の震えが伝わったのか水晶の数珠がかちかちと激しく鳴った。どのくらい時がたったのかわからないが、庭先に白い物がぼんやりと浮かんでいるのが見えた。

女人だろうか。打掛を着て座っているが、苦しげに身をよじって悶《もだ》えている。冬姫は自分の苦しさも忘れて女人に見入った。女人の顔に見覚えがある。考えをめぐらしているうち、はっと思い当たった。

――お市様

北近江の小谷城にいるはずのお市だ。お市の声が聞こえてきた。

――苦しい

――悲しい

――苦しい

――悲しい

冬姫の耳に繰り返し響いてくる。お市様はなぜ、あのようにお苦しみなのだろうかと不思議に思うと同時に、涙が溢《あふ》れてくるのを堪《こら》えきれなくなっていた。

お市の苦しみと悲しみが冬姫の心に押し寄せてくるかのようだ。お市の姿とともに、どこかから笛の音が聞こえた気がした。溢れる涙にかき消されるようにお市の姿はしだいに薄れ、漆黒の闇に覆われていった。

「いかがなさいました」

傍に控えていたもずが心配そうにかけた声で、冬姫は正気を取り戻した。

「小谷城のお市様の幻が見えたような気がするのです。なにか、ひどく苦しまれ、悲しんでおられるようでした」

「いかがしたことでしょう」

もずは目を瞠《みは》った。冬姫は手にしている笛をじっと見つめた。

四

越前に乱入した信長の軍勢は天筒山城を落とし、敵の首千三百七十を討ち取った。さらに天筒山と並ぶ金ケ崎《かねがさき》の城に籠《こも》る朝倉景恒《かげつね》を攻めると、景恒は敵《かな》わぬと見て退去した。勢いに乗った信長は、朝倉氏の本拠一乗谷《いちじょうだに》へ攻め入ろうとし、先手は木目《きのめ》峠へとさしかかった。

浅井長政が背いて朝倉方につき、兵をあげたとの報せが信長のもとに届いたのは、二十八日、早朝のことだった。最初、信長は信じなかった。

「馬鹿な。そのようなことがあろうはずはない」

長政を妹婿として北近江の支配を許し、厚遇してきたことで、信長は長政が朝倉方につかないと確信していた。

今回の朝倉攻めについてもお市を通じて、朝倉攻めに加わらないことを認める代わり、中立でいるよう申し渡していた。その返事はお市から届いていなかったが、他国への使者が途中で敵国の兵に捕らえられるか賊に襲われて消息を絶つことは珍しくないだけに、気に留めていなかった。信長は長政との密約の成立を信じていたのである。

しかし、浅井の謀反《むほん》が事実だという報告は相次いだ。

「やむをえぬ」

信長は嘆息すると、金ヶ崎の城には木下藤吉郎を残し、越前からの撤退を開始した。

この時、信長は供廻《ともまわ》りの者だけ連れて都へ向かって馬を走らせた。馬上で信長は、

「お市め、わしに何の報せも寄こさず、いかがしたことだ」

と繰り返しうめいた。

そのころ、小谷城では浅井勢にあわただしい動きが起きていた。

大広間では、浅井長政が鎧《よろい》に身を固め床几《しょうぎ》に腰掛けていた。その前に山伏の杉谷善住坊が額《ぬか》ずいている。色白で小太りの長政は、皮肉な目で善住坊を見据えた。

「これで、六角殿の思い通りになったのう。さぞ満足であろうな」

「仰せの通りとぞんじます」

「六角殿は、さすがに甲賀者を使うことに慣れておられる。お見事と言いたいが、お市が哀れでもあったぞ」

長政の言葉に善住坊は頭を上げなかった。聞き流せば、それまでのことだ、というふてぶてしさが態度に表れていた。

「もうよい、行け」

長政は苛立《いらだ》たしげに言った。善住坊は立ち上がると、そのまますするすると後ろに退《しりぞ》いた。まるで背中に目がついているような動きだ。長政がわずかに目をそらした間に、善住坊はかき消すようにいなくなっていた。

「物怪《もののけ》のような――」

長政はうめいた。

その日の夜、日野城の居室で笛を吹くと、冬姫はまたお市の美しい幻を見た。

――お市様
冬姫は呼びかけた。お市ははっとしたように虚空《こくう》に目を据えた。表情が強張《こわば》っている。

「誰、誰なのです」

と言うお市の声が聞こえる。

冬でございます、と声をかけるものの届かないようだ。お市は目を見開くだけで、やがておびえたように頭を振った。

「わたくしは、兄上をお助けすることができなかった」

――どうされたのです。何があったのですか

冬姫は必死に声をかけた。お市は板敷に手をつき、頽《くずお》れた。

「兄上をお助けするのが、わたくしの幼いころからの夢でした。兄上のために浅井家に輿入れし、兄上がなされようとしている大業のお役に立とうと思ってきました」

お市は昨年、長女、茶々《ちゃちゃ》を産んだ。子を産んだ後、気がふさぐことが多くなり、侍女に勧められるまま笛の稽古を始めた。

美しい音を奏でていると気が晴れた。しだいに笛を吹かねば落ち着かず、以前より気がふさぎ苦しい思いをするようになってきた。繰り返し笛に触れるうち、いつも頭が霞んだようになり、記憶も薄れ、物事の判断がつかなくなっていた。

なぜなのかはわからない。しかし、気づいた時は何者かに心を操られる人形のようになっていたのだ。気持を落ち着かせたくなると、笛を吹いた。何も考えずに笛を口に当てているだけで心が鎮まった。

気がつけば、信長は越前に侵攻していた。長政に越前攻めの同意を取りつけるよう信長から命じられていたのに果たしていなかった。しかも浅井家は着々と朝倉方に呼応しての出陣の準備をしている。それを知りながら、お市はなす術《すべ》もなく過ごしていたので

ある。

お市の脳裏に、炎に巻かれて琵琶湖に沈んだ武士の姿が浮かんだ。あの武士は信長からの密使だったに違いない。それなのに、お市は何も考えることができず見殺しにしたのである。お市は青ざめた顔をあげた。

「誰なのです。誰がわたくしを邪魔し、思いも寄らぬことをさせているのです」

――お市様
再度、冬姫が呼びかけると、その声が届いたかのようにお市は宙に目を向けた。

「誰かいるのですか。もしいるのなら、兄上に伝えて欲しいのです。わたくしは兄上だけを見て参りました。兄上のお役に立って褒めていただきたかった。それだけが望みでした、と」

お市は後の言葉を探しているのか、しばらく黙っていたが、やがて絞り出すような声で言った。

「わたくしは兄上をお慕い申しておりました」

その言葉が聞こえた時、冬姫は思わず両手で口を押さえた。胸の数珠がはじけ飛び、水晶玉が床に散らばった。

お市は幼いころから信長の姿を追い求めていた。颯爽《さっそう》として勇気にあふれ、天下のことに思いを馳《は》せていながらも、孤独にひとり荒野を疾駆するような信長に対して、妹が

兄を慕う気持を超えた想いを抱いていた。それは、

――恋
と呼べる想いだった。許されることのない想いであることはわかっていた。お市は兄への思慕を胸に秘めたまま浅井家に輿入れしたのだった。

うなだれたお市の姿は闇に溶け込み、消えていった。

冬姫は身を固くした。聞いてはいけない言葉を聞いた気がした。ひどく恐ろしく、そして哀《かな》しい言葉だった。

お市の胸に、どのような想いがあるのか冬姫にはわからない。それは覗《のぞ》き見ることのできない心の底深くにある想いなのだろう。

けれど、お市の言葉を届けるのは自分の務めだという気がした。

冬姫は笛を置き、手を叩《たた》いて近くに控えているもずを呼んだ。もずから献上された笛を吹くたび、お市の幻を見るのだ。

(もずは何事かを知っているに違いない)

冬姫は胸の中でつぶやいた。

「いかがなされました」

もずが来て手をつかえた。

「そなたに訊きたいことがあります」

冬姫の鋭い声に、もずは恐れるように目を見開いた。

信長の軍勢が朽木《くつき》越えで京に撤収したのは四月三十日のことだった。だが、信長にとっての危機がこれで終わったわけではなかった。

かつて信長が足利義昭を擁して上洛した際、居城の観音寺城を落とされ、伊賀に落ち延びていた六角義賢《ろつかくよしかた》、義治《よしはる》父子が姿を現したのである。浅井、朝倉の動きに呼応して立ち上がり、各地で一揆《いつき》を先導して京から美濃への道を遮断した。

この事態を知って、信長が美濃へ戻る道を切り開くため忠三郎は急ぎ日野の城へ戻った。

忠三郎が城へ入り、広間で賢秀と対策を協議しようとした時、冬姫が奥から出てきた。

「聞いていただきたいことがございます」

冬姫が真剣な表情で訴えるのに気がついた忠三郎は、鎧具足《よろいぐそく》姿であぐらをかいたまま応じた。

「うかがいましょう」

冬姫はしばらく目を閉じてから口を開いた。

「もずを城内の牢《ろう》に入れました」

忠三郎は眉をひそめた。

「もずが何ぞいたしましたか？」

冬姫はゆっくりと頭を振った。

「何もいたしてはおりません。ただ、不思議なことにわたくしは夜に笛を吹くと、お市様の幻を見るのです」

「小谷城にいるお市様の姿を見たというのでござるか」

「そうなのです。このたびの越前からの退き陣は、浅井様の裏切りがわからなかったためと聞き及んでおります。さすれば、お市様がなぜ長政様をつなぎとめられなかったか、と父上はお怒りのことと存じます」

忠三郎は賢秀と顔を見合わせた。

確かに信長は、輿入れさせた妹のお市が役に立たなかったと立腹していた。

「されど、お市様はお苦しみで、悲しまれておられます。わたくしはその姿を見たのです。そのことを父上にお伝えしたい、と思うのです」

「しかし、そのことと、もずを牢に閉じ込めたことにどのような関わりがあるのです」

「わたくしがお市様の幻を見るのは笛を吹いた時です。もずはきっと何かを知っているはずです」

冬姫はきっぱりと言った。

忠三郎は、冬姫とともに城内の牢に行くことにした。地下をくり抜き格子をはめた薄暗い牢である。階段を降りて行くと、笛の音が聞こえてきた。

「あれは――」

忠三郎が振り向くと、冬姫は答えた。

「牢に入れられるなら、笛を持っていきたいと申すので許しました」

忠三郎はうなずき、牢の前に立った。

「もず、話すことがあればわしが聞いてつかわそう」

牢の中で身じろぎしたもずは、陰りのある声で答えた。

「なにゆえのお疑いかわかりませぬ。あまりにもむごいお仕置かと存じます」

「冬殿がいわれのないことをされるひとではないと、わしは知っておる。たとえ厳しく見えようとも、それにはわけがあることだ」

冬姫は牢の前に腰をかがめた。

「もず、ひどいことをしていると思います。でも、わたくしはお市様のことを知りたいのです。お市様はいま悲しい思いをされておられます」

「わたしには何のことを仰せになっておられるのかわかりません」

もずは首を振った。

「わたくしは以前、大名家の女子《おなご》は輿入れして心のいくさをするのだ、と乳母に教わりました。戦場でのいくさは誰もが見ていてくれるいくさです。しかし、女子の心のいくさは誰も知る者が無く、ひとり苦しみ、傷つくのです。わたくしはお市様のことを父上にお伝えしなければなりません。お市様がどのように辛い思いをされているかを——」

冬姫は殺された乳母いおの言葉を思い出していた。幼い時から育ててくれたいおは、いつも冬姫に話してくれた。

——武家の女は槍《やり》や刀ではなく心の刃《やいば》を研《と》いでいくさをせねばならないのです

いまも、その言葉は冬姫の胸に息づいていた。

（お市様はいま敵に取り囲まれて、ひとりで戦われておられるに違いない。お助けできるのは、女子であるわたしだけだ）

冬姫は強く意を決していた。

もずはうつむいて聞いていたが、ふと、顔をあげた。

「冬姫様に申しあげます」

冬姫は格子に顔を近づけた。同時に、もずは笛を口もとにかざすと穴を両手の指でふさぎ、ふっと吹いた。吹矢が冬姫の顔に向かって飛んだ。

冬姫が目をつぶった瞬間、忠三郎の手が吹矢を遮った。吹矢は忠三郎の手の甲に突き立っていた。忠三郎はゆっくりと吹矢を抜くと針の先端に目を凝らした。

「毒は塗っておらぬようだな」

「さようなことはいたしませぬ。まして、若殿様に――」

もずは泣き出した。最初、甲高かった泣き声は、やがて少年の声へと変わっていった。

わたしは、あの杉谷善住坊の妹などではありません。

甲賀五十三家のひとつ杉谷家の下忍《げにん》として生まれました。れっきとした男でございますが、幼いころより女として育てられましたので、もはや心も女と成りはて、男に戻ることはできません。

侍女としてお仕えするのに何の不自由もなかったのです。

善住坊から命じられたのは、冬姫様が姫夜叉の笛を吹くよう仕向けることだけでございました。笛にはケシの花から取った薬が塗られております。

笛を吹くうち、しだいに薬が体に入り、幻を見るようになるのです。おのれを見失い、傍におる者に操られるようになるのでございます。

われら甲賀の忍びは永年お仕えしてきた六角様から命じられ、浅井家に輿入れされたお市様に夜叉の笛を献上いたしました。

お市様は笛を吹くうち、薬の虜《とりこ》になられ、もはや薬無しには生きられぬお体になっておられます。

さすれば、傍に仕える甲賀忍びの言うがまま、織田様からのお指図通りには動かず、却《かえ》って浅井様に織田様の動きを伝えてこられたのです。

織田様からの使者がお市様に会おうとすれば、われらが琵琶湖へと沈めて参りました。それゆえ、織田様の越前攻めは事前に浅井様に知られ、裏切られる破目に陥ったのでございます。


冬姫様にも姫夜叉の笛を献じ、同じように操ろうといたしました。それがまさか、小谷城のお市様と感応されて、その幻を見られるとは、われらが思いも寄らなかったことでございます。ただ、冬姫様が伝えられたお市様のお苦しみは、ありのままのことと存じます。


小谷の城の奥深くで大勢の侍女に仕えられながらも、お市様はご自分ひとりの胸に淋しさをひそめられ、しかも自分が自分でなくなるという恐ろしさの中におられます。

戦国の世の習いとは申せ、まことに酷《むご》いことでございます。

五

五月九日――

信長は岐阜に戻るため京を立った。

しかし、このころ六角義賢は鯰江《なまずえ》の城に立て籠って兵をあげた。鯰江に近い佐和山まで浅井勢は進出し、市原四郷で一揆が起きた。

岐阜への道は封鎖された。信長は近江の街道筋に備えて稲葉《いなば》一鉄《いってつ》、斎藤利三《さいとうとしみつ》ら美濃衆を近江守山《もりやま》に配置した。守山からさらに南部にかけ一揆が起こったが、稲葉一鉄たちはよくこれを退けた。

信長は守山まで来たが、その前途にはなおも各地で一揆が起きていた。守山で情勢を見ていた信長のもとに蒲生賢秀と忠三郎が駆けつけた。ふたりは陣営で床几に腰掛けた鎧姿の信長の前に進んだ。

「六角の奴《やつ》ばらがわしの行く手を塞いでおるそうだな」

信長は怒りで目を染めていた。

「さすれば、ただいま一揆の者どもを説得して参りました」

賢秀は落ち着いて説明した。

「なんだと、まことか」

「御意《ぎょい》。布施《ふせ》の布施公保《きみやす》、香津畑《こうつはた》の菅秀政《すがひでまさ》らを説いてお味方につけてございます。千草峠を越えて伊勢へ出ることができると存じます」

「であるか――」

信長は満足そうにうなずいた。すると、忠三郎が懐から書状を取り出して、信長に差し出した。

「冬姫様からの文にございます」

「なに、冬がわしに文を寄こしたとな」

「近ごろ、冬姫様は夢をご覧になられたとのこと。ぜひともお館《やかた》様にお伝えいたしたいとのことでございます」

書状を受け取った信長は、すぐさま開いた。

読み進むうちに表情が曇り、目の輝きが増した。やがて読み終えた信長は書状を畳んで、

「あいわかった、よう報せてくれた、と冬に伝えよ」

と言うと、床几から立ち上がった。ただちに千草峠へ向かうつもりである。

信長は馬に歩み寄りながら、

「それにしても、お市は哀れな。杉谷善住坊とやら申す者、許せぬ」

とつぶやいた。信長が馬にまたがると、賢秀と忠三郎も続いた。織田の軍勢は粛々と動き出した。


そのころ、日野城内の牢で格子越しに冬姫ともずは話していた。

「父上に宛てた書状にて、お市様のことをお伝えいたしました。きっとおわかりいただけると思います」

冬姫が嬉《うれ》しそうに言うと、もずはためらいがちに応えた。

「冬姫様は不思議なお方でございます」

「わたしのどこが不思議なのですか？」

「ひとの心がおわかりになるところが」

「わたしにはひとの心はわかりません。でも、悲しみはわかるような気がいたします」

「悲しみを――」

「そうです。なぜ、この世はこれほど悲しみに満ちているのでしょうか」

冬姫はもずをじっと見つめながら、胸にさげた水晶の数珠にふれた。数珠は澄んだ光をたたえている。もずは思わず顔を伏せた。

「もずの心にも悲しさがあふれていますね」

「わたしなどは卑しき忍びでございますから……」

「悲しみに卑しいも貴いもないと思います。お市様にも誰にも言えない悲しみがおありです。たとえ身分が高かろうと、その悲しみが癒されることはないのだろうと思います」

「わたしは男ではなく、女でもありません。そのような者は悲しみがあってもいたしかたのないことでございます」

「もずは女子です」

冬姫は微笑した。

「なぜ、そのようなことを」

「お市様の悲しみがわかった。女の心があればこそではありませんか」

「さようでございましょうか」

「それに、忠三郎様に毒を使ったりはしないと言いました」

「それは――」

もずはふたたび顔を伏せた。忠三郎への想いは胸の奥深く秘めているものだった。表に出してはならない、誰にも気づかれてはならない想いだ。それを冬姫に知られてしまったのかもしれない、とうろたえた時、冬姫はもずの想いとは違うことを言った。

「もずはひとを殺すことが嫌いなのだと思います」

思いがけない冬姫の言葉に触れ、もずは深いため息をついた。そして、

「織田様は千草峠をお通りになるのですか」

とぽつりと口にした。

「忠三郎様はそう進言すると申されていました」

「危のうございます」

「何か危ないことが起きるのですか」

「杉谷善住坊は〈二つ玉〉の異名を取る鉄砲の上手です。十二、三間（約二二～二四メートル）離れたところから、立て続けに二度、鉄砲を放って的をはずしません。おそら

く千草峠に待ち受けて織田様を狙うのではないでしょうか」

冬姫の表情が強張《こわば》った。

「すぐに使いを立て、用心されるよう伝えましょう」

「無理でございます。山の中に忍びが潜んで鉄砲で狙うのを防ぐことは武家にはできません」

冬姫は格子に手をかけてもずの顔を食い入るように見た。

「武家にはできなくても、そなたにはできるのですね」

もずはあわてて頭を振った。

「とんでもないことです。下忍が上忍《じょうにん》の邪魔などすれば、どこに逃げても探し出され殺されてしまいます」

「ならば、ここへ戻ってくればよいではありませんか」

「このお城へですか」

「そうです。力弱き者は助け合って生きていかねばなりません」

「姫様は織田様という強いお方に守られておいでです」

「いいえ、そんなことはありません。いまになって父上がなぜわたしを蒲生の家に輿入れさせたのかわかったのです。父上の力に頼らず助け合って生きていけとわたしに言われたのだ、と思います」

「そのようなことが――」

「あるのです。父上は強い方だけに、この世を生き抜くのが強さだけではないことをご存じなのだと思います。力弱き者が強い者より、もっと先まで生き抜けるのかもしれません」

冬姫は立ち上がって牢番を呼んだ。父上を助けるには、もずを牢から解き放つしかない。

近江には東海道、東山道、北陸道の三道が通っているが、千草峠を越える千草街道は古くからの間道《かんどう》で武家、僧、商人が東へ行く近道として利用した。

信長は藤切川を渡り、馬上、峠にさしかかった。表が黒い南蛮マントを着ている。風をはらんでマントが広がり翻《ひるがえ》った。赤い裏地がちらちらと見える。

その様子を近くの林の中から善住坊が見つめていた。

六角義賢が決起して、近江から美濃への道を遮断すれば、信長が千草峠越えを選ぶしかなくなると見抜いていた。

将軍足利義昭を擁して武威を振るう信長を、一介の地侍が討つことができる千載一遇の好機だった。

(甲賀者の恐ろしさを教えてやる)

善住坊は額の汗をぬぐいながら胸中で嘯《うそぶ》いた。いままで一度だって狙った的を外したことはなかった。善住坊はゆっくりと狙いをつけた。信長の端整な顔が視野に入った。引き金をひいた。雷鳴のような音が響き渡る。馬上の信長の体がぐらりと揺れた。

善住坊は続けて狙い撃った。だが、信長の体は倒れなかった。信長は馬の手綱を握ると体を起こした。

「わしを狙った不埒者《ふらちもの》を捕らえよ」

信長が馬上で怒号した。善住坊は杉の枝に体を結びつけていた綱をあわててほどこうとするが、うまくいかない。

まさか、しくじるとは思っていなかった。両手に突き刺さった吹矢を払いのけた。信長を撃とうとした瞬間、どこかから吹矢が飛んできて手に刺さり、狙いを狂わされたのである。

(おのれ、もずの仕業だな。奴め裏切ったか)

善住坊は小刀で綱を切ると、そのまま茂みに飛び降りた。織田の家臣にみつからないうちに逃げなければならない。

もずは近くの樹上から善住坊が逃げるのを見ていた。しばらくして、枝を蹴って隣りの木へ飛ぶ。さらに、猿のように次々に木に飛び移り、やがて姿を消した。

信長が近江から美濃への道を遮断されながらも無事に岐阜城に帰り着いたことは、間もなく小谷城のお市にも伝わった。

長政の背信を信長に報せることができず、苦しんでいたお市は安堵した。お市はしばらくの間、笛に触れることがなかった。すると、しだいに平静な自分を取り戻してきた。

やがて侍女の中に見知らぬ者がいることに気づいたが、

「そなた、何者じゃ」

と声をかけると、その侍女はたちまち姿を消した。また、顔を知らぬ従者を見据えると、その者もいなくなった。

(皆、わたしに憑《つ》いていた妖しの者たちだったのかも知れない)

ある日、お市は夜叉の笛を庭石に打ちすえて砕いた。

信長の面影が胸に湧いた。

——兄上

織田と浅井が戦うようになった以上、お市はもはや兄信長のためにできることはなかった。

信長の道を妨げぬよう、潔く死ぬだけである、と思い定めていた。お市はその日が来るのをひそかに心待ちにしていた。死ねば魂は信長のもとへ行くことができる。

ふと、時おり襲った苦しみの中で幻のように見た姫を思い出した。悲しげにお市を見つめ、何かを伝えようとしていた。

（誰だったのだろう）

六月四日、六角義賢は、近江南部で一揆をさらに扇動し野洲川《やすがわ》まで軍勢を出したが、織田家の柴田勝家、佐久間信盛《さくまのぶもり》が出動してこれを鎮圧した。この際、伊賀、甲賀の地侍七百八十人が討ち取られ、近江の半ば以上が平定された。

杉谷善住坊は逃亡したが、三年後の天正《てんしょう》元年（一五七三）九月、近江の寺に隠れていたところを見つかり、織田家に引き渡された。

その後、生きたまま土中に埋められ、竹のノコギリで首を切られる鋸引《のこぎりび》きの刑に処せられた。信長は自分を狙撃したという以上の憎悪を、善住坊に抱いたのかもしれない。

# まだら蜘蛛

## 一

三河、岡崎《おかざき》城内にある居館の中庭に、不思議な形をした棒が立てられている。

地面に突き立てた五尺（約一・五メートル）ほどの棒の上部に一尺（約三〇センチ）の棒が横向きに紐《ひも》で結わえつけられている。この横棒の上を蜘蛛《くも》がゆっくりと伝わって動いていた。

横棒の先端には別の一匹の蜘蛛が止まっている。〈敵〉が近づくのに気づいたのか、威嚇《いかく》するように脚を大きく動かした。

二匹の蜘蛛はやがて、ふれあうほどの距離にまで近寄った。

片方の蜘蛛がぴくりと動いた瞬間、もう一方の蜘蛛が襲いかかる。長い脚がもつれあった。二匹とも地面に落ちそうになったが、片方はかろうじて棒上に残り、しがみついてくる蜘蛛の脚を振り払った。つかむ物を失った蜘蛛は地面へと落ちた。

「不甲斐《ふがい》なや。また、負けましたのか」

打掛を着た女が、地面に落ちた蜘蛛を草履《ぞうり》で踏みつぶした。女は冷やかな笑みを五徳に向けた。

五徳は恐ろしさに体が震えた。

女が蜘蛛合戦をしようと言い出したのは七日前のことだった。京では公家《くげ》も、二匹の蜘蛛を棒の上で争わせる遊びに興ずるという。

棒の左側にのる蜘蛛は五徳、右側は女と決めて、競うことになった。勝負は一日に一度だけと定められた。

最初の日は五徳が勝った。翌日も五徳が勝ち、次々と六日続けて五徳の蜘蛛が勝った。

勝った最初の日、五徳はほっとした。たとえ遊びであろうとも女に負けたくはなかった。ところが、勝ち続けるうちに気味が悪くなってきた。負けた蜘蛛を女は容赦なく踏みつぶすのである。自分が勝つたび、目の前で蜘蛛が踏みつぶされ、五徳は気が滅入《めい》った。

「負けた蜘蛛をどうか殺さないでくださいませんでしょうか」

思い切って五徳は頼んだが、女は嗤《わら》った。

「笑止千万なことを申すものよ。そなたの父信長殿は、先だって比叡山《ひえいざん》を焼き討ちして僧侶をあまた殺したそうではないか。ほれ、このようにな——」

言いながら、女は草履で蜘蛛をつぶした。

元亀《げんき》二年（一五七一）九月——

かねてから信長は比叡山延暦寺《えんりゃくじ》に対して織田勢への協力を求めていた。違背して朝倉、浅井勢に肩入れした場合には、根本中堂《こんぽんちゅうどう》、山王《さんのう》二十一社ことごとく焼き払うと言い渡していたが、山門の衆徒はこれに応じなかった。

信長は憤って山に軍勢をのぼらせ、余すところなく焼き払わせた。これにより比叡山は一日にして灰燼《かいじん》の地と化した。山下ではひとびとが徒《かち》はだしで逃げまどい、山にのぼって日吉《ひえ》神社奥宮の社内に身を隠そうとした。

だが、織田勢はこれを逃さず、四方より鬨《とき》の声をあげながら社内になだれ込んで殺戮《さつりく》を繰り返した。僧たちとともに捕らえられた美女、小童《しょうどう》が、

「悪僧を誅伐《ちゅうばつ》なさるにおいては是非もないが、われらは助け候《そうら》え」

と哀願したが、信長は聞き入れず、ことごとく首を打ち落とした。比叡山の山麓には数千の屍《しかばね》が散らばり、この世のものとも思えぬ光景が広がったという。

「その残虐を思えば何ほどのことがあろう」

蜘蛛を踏みつぶした女は、心地よげに笑い声をあげた。

五徳は、父信長の所業を口にされて体が震えた。比叡山が炎上し、ひとびとが兵に斬

り殺される阿鼻叫喚《あびきようかん》の地獄絵図が脳裏に浮かんだ。

女がしていることは、それと同じことに思える。それにしても、五徳は蜘蛛合戦に勝ち続けていることに不安を覚えていた。

(わたしの蜘蛛が負けた時には、どんなことが起きるのだろう)

女は、どちらの側であろうと、負けた蜘蛛を殺してしまうのではないか。いや、もしかしたら、殺されるのは蜘蛛ではなくてわたしなのかもしれない。

七日目も勝ったのは五徳の蜘蛛だった。残された三日の間、勝ち続けられるとは到底思えない。五徳が青ざめていると、女はつぶやいた。

「比叡山の僧も哀れではあるが、わたしの伯父上も信長に殺されて、怨《うら》めしいことよ。まことに信長は第六天魔王じゃ。そなたの蜘蛛が勝ち続けるのも当然やも知れぬのう」

女の言葉に、五徳は身のすくむ思いがした。

女は徳川家康の正室であり、五徳が嫁いだ嫡男《ちやくなん》信康の生母である。

今川義元の妹と今川一門の関口親永《せきぐちちかなが》の間に生まれ、名を瀬名《せな》というが、

——築山殿《つきやまどの》

と呼ばれていた。

今川家は足利将軍家から御一家として遇された吉良《きら》家の分家にあたり、

——御所が絶えなば吉良が継ぎ、吉良が絶えなば今川が継ぐ

と言われ、足利将軍家の血脈が絶えた時には、吉良家とともに、将軍家を継ぐ家柄だった。

築山殿は、家康が今川家の人質だったころに正室となり、信康と亀姫《かめひめ》を産んだのである。名門の出であるだけに気位の高い女人《にょにん》だった。

「さて、さて、きょうの勝負はこれまでといたそうか」

侍女を従えて立ち去ろうとする築山殿の背に、五徳はたまりかねて声をかけた。

「お待ちくださいませ。わたくしはこれ以上蜘蛛合戦はいたしとうございません」

築山殿はくるりと顔を五徳に向け、ゆるゆると首を横に振った。

「それはならぬ」

「なぜでございましょうか」

「そなたの父に伯父上を討たれてから、わらわは酷《むご》い目に遭《お》うてきた。いわば、ずっと負け続けてきたのじゃ。それゆえ一度なりとも勝ちたいと願をかけた。蜘蛛合戦で十度の勝負をいたそうとな」

「されど、もう七度も負け続けておられます」

「そうじゃ、負けてはおる。だが、まだ、三度の勝負が残っておる。一度は勝てるやもしれぬ。その時、わらわは失ったものをすべて取り戻せる」

築山殿は憑《つ》かれたように笑った。

その狂気じみた笑い声が五徳の胸を鋭く刺した。目の前が暗くなって、五徳の体はぐらりと揺れた。

元亀三年（一五七二）一月――

十五歳になった冬姫は、夫の蒲生忠三郎とともに岐阜城を訪れていた。日野城に嫁いで以来、二年ぶりの里帰りだった。

この日、岐阜城では織田信長の嫡男奇妙丸（信忠）と茶筅丸（信雄《のぶかつ》）、三七丸（信孝《のぶたか》）の元服式が執り行われた。奇妙丸はこの年、十六歳。茶筅丸と三七丸はともに十五歳で、奇妙丸と共に元服を行うことになったのだ。

直垂《ひたたれ》姿の三人が烏帽子《えぼし》をかぶる儀式が行われた後、催された宴席には柴田勝家ら重臣が出席し、信長の正室帰蝶のほか、側室の坂氏、鍋の方が居並んだ。

冬姫は久々に会う帰蝶らに頭を下げた。信長の息子たちの元服という華やかな祝い事に女たちは明るい表情を見せていた。

かつて冬姫に異心を抱いた鍋の方だけが冬姫に笑顔を向けなかったが、それでもていねいな言葉遣いで日野城での暮らしのことを訊《たず》ねたりした。

信長は上機嫌で盃《さかずき》を傾けていたが、冬姫に目をとめて声をかけた。

「冬はいまだ、〈びんそぎ〉はいたしおらぬか」

「まだにございます」

冬姫は手をつかえて答えた。びんそぎとは年ごろになった女子《おなご》の垂髪の両頰に垂れた鬢《びん》を短く切ることで、いわば女子にとっての元服にあたる儀式である。

許嫁《いいなずけ》か父兄が切るものとされていた。びんそぎが終わっていないということは、冬姫と忠三郎がまだ本当の夫婦の間柄ではない、ということでもあった。

信長は忠三郎に顔を向けた。

「忠三郎、日野に戻ったならば、佳《よ》き日を選び、冬のびんそぎをいたせ」

ややためらった後、忠三郎は手をつかえた。

「さっそくに仕《つかまつ》ります」

「どういたした。そちはまだ早いと思うたか」

信長はにやりと笑った。

「いえ、決してさようなことは」

「ならば、なぜためらう」

信長に問い詰められて、忠三郎は困ったような顔をして冬姫を振り向いた。

「お父上様の仰せにございます。よろしゅうござるな」

忠三郎の言葉に、わずかに頰を染めた冬姫は緊張した面持ちでうなずいた。びんそぎをすれば、忠三郎と真の夫婦になる。それを思うと面映《おもは》ゆい気がしてうつむいた。

「まことにめでたいことにございます」

帰蝶が澄んだ声で祝いを述べた。その声がなぜか淋《さび》しげに聞こえて、冬姫は帰蝶をそっとうかがい見た。

帰蝶は美濃の斎藤道三の娘で信長に嫁したものの、ふたりの間には子ができなかった。

美濃を攻略しようとしていた信長は、帰蝶と情が通えば攻め難くなるゆえ身辺に近づけないのだ、と織田家中では囁《ささや》かれていた。

「そうじゃ。めでたい。であるが、その前に冬にはしてもらいたいことがある。日野に戻るのはその後だ」

信長は甲高《かんだか》い声で言った。冬姫は手をつかえて訊《き》いた。

「何をいたせばよろしゅうございましょうや」

「三河の岡崎城へ参り、五徳を見舞え」

はっとして冬姫は顔をあげた。

「五徳様に何か？」

「去年の秋より三月《みつき》余り、床に臥《ふ》せっておるそうな。大仰《おおぎょう》に使者を出しては徳川殿も気遣いであろう。身内の見舞とあらば、角が立つまい」

「三月も臥せっておられるとは、よほどの病と思われますが」

「いや、病ではない」

信長の目が鋭くなった。

「病でないと申されますと？」

冬姫は首をかしげた。

五徳は、信長が最も寵愛《ちょうあい》した吉乃の娘だ。それだけに子供たちの中でも特別のあつかいを受けてきた。その五徳が三月にわたって臥せるとは何事であろうか。

「五徳は誰かに殺されようとしておるのやもしれぬ。冬は三河に参り、五徳を助けよ」

信長の厳しい声が広間に響き渡った。

冬姫は愕然《がくぜん》とし、忠三郎は眉をひそめた。

「おそれながら、さようなことであれば、冬殿だけを参らせるわけにはいきませぬ。それがしも三河へお遣わしくださいませ」

忠三郎は両手をつかえた。

「ならぬ。そなたが行けば徳川は何事かとあらぬ疑いを抱くであろう。しかし、冬ひとりをやるのでは心細かろうと思うて心積りいたしておる」

と言った後、信長は、

――又蔵《またぞう》を呼べ
と小姓に命じた。

間もなく、座敷に現れたのは、六尺（約一八〇センチ）を超えるひときわたくましい男だった。あごが長い馬面で額が出て眼窩《がんか》がくぼみ、小さい鼻、一文字に引き結ばれた口が顔の真ん中に集まっている。手足が女人の胴ほどもある太さで肩の肉が盛り上がっていた。

「こやつは、鯰江《なまずえ》又蔵という。碁盤を扇のように振って蠟燭《ろうそく》の火を消せる大力者《だいりきしゃ》じゃ。きょうより冬の警固を命じるゆえ、安堵《あんど》いたせ」

又蔵は冬姫に向かい手をついて頭を下げた。

「鯰江又蔵でござる」

くぐもった声だった。

「まるで——」

泥から顔を出した鯰《なまず》に似ていると口に出しそうになり、冬姫はあわてて口を押さえた。

忠三郎は又蔵に鋭い視線を向け、

「されど、かような剛の者を送り込めば、徳川方は怪しむのではございませぬか」

と懸念を口にした。

「わしに工夫がある」

信長は愉快そうに笑った。

二

この日も五徳は起き上がれないでいた。

薬湯を飲むと、気持も体も少し楽になるような気がした。

「お渡りにございます」

板戸の向こうから侍女の声がした。信康が見舞に来てくれたのだ。

五徳はあわてて身を起こした。臥せっている姿を信康に見られるのは恥ずかしいが、それよりも来てくれることの嬉《うれ》しさが先に立った。寝所《しんじょ》に入ってきた信康は、切れ長の目で引き締まった顔つきをしていた。

初陣《ういじん》はまだだが、家康から岡崎城を託されているだけに、すでに武人の風格があった。

「御方《おかた》、大事ないか」

信康は優しく声をかけた。五徳は手をつかえた。

「きょうは気分もよいようにございます」

「さようか。里方から見舞が来ておる。お会いになれようか」

五徳ははっと息を呑《の》んだ。信長に病だと訴える手紙を送ったのは、去年の暮れだった。

ようやく信長が五徳の身を案じて見舞の使者をたててくれたのだ。

「誰が参りましたか。柴田勝家か、それとも丹羽長秀《にわながひで》でありましょうか」

徳川家への使者に立つからには、織田家でも名の知れた武士でなければならないはずだ。

信康は五徳の顔を見て笑いながら頭を振った。

「いや、そのような重々しい使者ではないぞ。冬姫殿じゃ。近江の蒲生家に嫁がれておるそうじゃな」

「冬姫――」

五徳は言葉を失った。五徳にとって兄弟、姉妹の中でも冬姫はもっとも関わりが薄かった。正月など一族がそろった席で顔を見かけたことがあっただろうか。話をした覚えもない。それでも冬という名は珍しく、心に残っていた。

信長は自分の子供に奇妙丸、茶筅丸など奇抜な名をつける癖があった。五徳は、鉄瓶をかける鉄輪《かなわ》のことで、やはり奇妙な名だ。そんな名の中で、

――冬
という響きには、どこか美しさが感じられる。そのことが幼い時から気に入らなかった。さらに冬姫は、母の形身だという水晶の数珠《じゆず》をいつも首からかけている。きらきらと輝く水晶の数珠は色白の冬姫によく似合った。

そのことも五徳に腹立たしい思いをさせる。

(なぜ、ひとりだけきれいな数珠をかけているのだろう)

幼心に似つかわしくない嫉妬が生まれた。ともに母親を失っており、血のつながった姉妹なのだから近しい気持になれるはずだが、なぜか親しみは湧かなかった。

そんな間柄なのに、なぜ冬姫が見舞になど来たのだろう。信長は自分の病を案じてはくれなかったのではないだろうか、と思えて五徳は悲しくなった。

「わたくしは会いたくはございません」

五徳が吐き捨てるように言うと、信康は困った顔をした。

「いや、冬姫殿だけではないのだ。お父上様は、そなたが気を明るく持てるようにと、面白き者たちを遣わしてくだされたのだ。ぜひとも見てはくれまいか」

「どのような者たちでございましょうか」

「それが、何と相撲取なのだ――」

信康は楽しそうに白い歯を見せた。

信長は相撲が好きだった。一昨年の永禄十三年（一五七〇）三月三日には、近江の常楽寺で近国の相撲取を大勢集めて相撲会を催した。集まった相撲取たちは、

――百済寺《ひゃくさいじ》の鹿、百済寺の小鹿、たいとう、正権、長光、宮居眼左衛門、河原寺の大進、はし小僧、深尾又次郎、鯰江又一郎、青地与右衛門

などという面々だった。この相撲会で勝ち残った鯰江又一郎、青地与右衛門には大刀、脇差を与えたうえ家臣の列に加えた。

「信長様は相撲取七人をお遣わしになられたのだ。それに、冬姫殿の侍女は笛が達者だという。相撲と笛でそなたを楽しませようとのお心遣いであろう」

「さようでございますか……」

これほど信康が喜んでいるのだ。見舞を受けないわけにはいかない、と五徳は観念した。侍女に手伝わせて化粧をすませ、打掛を着ると中庭が見渡せる広縁《ひろえん》に出た。

すでに家臣たちが居並び、冬姫が連れてきた相撲奉行の青地与右衛門始め、筋骨隆々としたたくましい相撲取たちも控えている。

広縁に座った冬姫に五徳は目敏《めざと》く気づいた。五年ぶりに見る冬姫は見違えるほど美しい娘になっていたが、胸にかけた水晶の数珠ですぐにわかった。傍らに笛を手にした侍女が控えている。

五徳は冬姫に近づいて、

「見舞、大儀です」

と声をかけた。本当は言葉など交わしたくなかったが、信康が見ている手前、そうもいかなかった。冬姫は頭を下げて笑みを浮かべた。

「おひさしゅうございます。お体のお加減はいかがでございましょうか。父上が御本復《ごほんぷく》を願っておられます」

「わざわざの見舞、痛み入ります。もう随分とよいのですが、かほどご心配いただき嬉しく思います」

答えながら五徳は冬姫の顔から目が離せなかった。

(どこか、父上の面影に似ているような——)

なぜなのだろう、そのことが口惜《くちお》しかった。何用あって冬姫は三河まで来たのだろう。わたしが病で弱っている姿を見たかったのだろうか。様々な思いが胸の中で渦巻いたが、近江にわずかな所領を持つに過ぎない蒲生家に冬姫が嫁いだことを思い出した。

徳川家は三河、遠江《とおとうみ》を領国とする大名であり、信長とも同盟を結んだ間柄である。信長に仕えるようになったばかりの蒲生家とは格が違う。

そう思うと急に気分が晴れ、五徳は信康に声をかけた。

「さっそく相撲とやらを拝見いたしましょうか」

「いかにもさようじゃ」

信康はにこやかにうなずいた。その様子を見て、青地与右衛門が広縁の前に進み出て言上《ごんじょう》した。まず、織田家から来た相撲取たちが取り組みを行い、その後、徳川家中で望む者があれば取り組むという。

すぐに相撲取の取り組みが始まったが、このころの相撲は後世のように手や膝が土についたら負けというわけではない。どのような形であれ、相手を組み敷いた者の勝ちであり、まれには当て身なども使った。戦場での組み打ちと変わらない激しいものだった。

その息詰まるような迫力に、戦場往来を重ねた武士たちも熱心に見入り、時には歓声をあげ、声援した。

　取り組みが進むうち、信康が言葉をかけた。

「待て。さきほどから見ておると、その方たち六人が取り組むばかりで、あの者だけ出ぬのは何ゆえじゃ」

　信康は、相撲取たちの一番端に控えた大男を指さした。

　鯰江又蔵だった。

「あの者はいささか剛力に過ぎまするゆえ、取り組みをいたしますと、怪我人《けがにん》が出るのでございます。大石などを持ち上げて力のほどをご覧に入れるため、連れて参りましたしだいです」

　青地与右衛門が説明すると、信康は目を輝かした。

「ほう、それは面白い。さほどの剛力というなら、石など持ち上げずともよい。わしの家来どもと取り組みをいたせ」

「しかし、それではご家来衆に怪我人が出る恐れがございまする」

「武門が怪我を恐れてなんとする。大力の者を組み伏せてこそ、戦場で手柄がたてられるというものだ」

　信康に命じられて、家臣の中から力自慢の者たちが又蔵と取り組んだ。最初の男は又蔵が軽く突っ張っただけで、たちまち弾《はじ》き飛ばされた。次の男はなんとか又蔵の体にしがみつくことができたが、又蔵が腰を一振りすると地面に転がった。

三番目の男は、又蔵に抱えあげられたうえ、放り投げられた。次々に八人がかかっていったが、又蔵は軽々と投げ転がしたり、はね飛ばして見せた。それでも見るからに又蔵が手加減をしているのは明らかだった。

信康は家臣たちの無様な敗退に歯噛《はが》みすると、

「おのれ、わしが相手じゃ」

と叫んで、もろ肌脱ぎになり中庭に飛び降りた。自ら又蔵と取り組むつもりになっていた。それを見て、五徳が思わず声を発した。

「信康様、お待ちくださいませ。かような身分軽き者を相手にされるなど、もったいのうございます」

「構わぬ。戦場ではたとえ雑兵《ぞうひょう》といえども相手にせねばならぬこともあるのだ」

信康はにこりとして又蔵に向かおうとした。その時、

「――なりませぬぞ」

女の厳しい声が飛んだ。

信康が振り向くと、築山殿が侍女を従えて広縁に出てきていた。

「織田殿は相撲に事寄せて、そなたを殺《あや》めようと企《たくら》んでおられるのじゃ。うかうかとそ

のような手に乗ってはなりませんぞ」

「母上、さようなことがあるはずもございませぬ」

信康が笑いながら応ずるのも聞かず、築山殿は五徳に顔を向けた。

「のう、そうではないか。織田殿の手先をこの城に呼び入れるのが、そなたの役目じゃからのう」

五徳は手をつかえて頭を下げた。

「滅相もございませぬ。さようなことは決して――」

言い終わらぬうち、五徳は異様なものを目にした。

築山殿の裾から蜘蛛が這《は》い出てきたのである。胴や脚に黄色い筋が入った黒い大きな蜘蛛だ。長い脚をさわさわと動かし、五徳に近づいてくる。

五徳は悲鳴をあげて気を失い、頽《くずお》れた。

三

寝所で五徳が意識を取り戻した時、傍らにいたのは冬姫だけだった。部屋の外から笛の音が聞こえる。

「あの笛の音は？」

五徳は訊いた。

「もずと申す、わたくしの侍女が吹いております。誰かがこの部屋に近づいたならば、笛を吹き止《や》めて知らせてくれます」

「ひとに聞かせたくない話があるのですか」

五徳は冬姫の言わんとすることを察知したように訊いた。冬姫はただ見舞に来たのではないらしい。

「父上は、五徳様が誰かに殺められようとしていると懸念しておられます」

「わたしを殺めると？　まさか、そのようなことがあるはずはありません」

「幼いころわたくしは、乳母から、大名家の女が嫁ぐのは相手の国を取るための女いくさだ、と教えられました。いくさならばいのちを狙われることもあろうか、と思います」

冬姫の言葉に五徳は黙って考え込んでいたが、しばらくして、

「まだら蜘蛛が――」

とつぶやいた。

まだら蜘蛛とは女郎蜘蛛、あるいは上臈《じょうろう》蜘蛛の異称である。上臈蜘蛛と呼ばれたのは、その華やかな外見が女官を思わせたからともいう。

「あの蜘蛛が恐ろしかったのですね」

「築山殿はわたしに蜘蛛合戦を仕掛けてこられました。そして、わたしが勝つと、負け

た蜘蛛を足で踏みつぶして殺すのです」

　五徳は震えながら告げた。

「父上はわたくしに五徳様を助けよ、とお命じになりました。そのため護衛として鯰江又蔵をつけてくれたのです」

　冬姫がそう話した時、笛の音が止んだ。

　間もなく、廊下から、

　――お成りでございます
　という声が響いて襖《ふすま》が開けられた。五徳は、びくりとした。

　部屋に入ってきたのは築山殿だった。侍女のほか筒袖、袴姿《はかますがた》で坊主頭の男を従えている。

「気分はいかがじゃ」

　五徳は床に起き上がったものの、青ざめて声も出ない。その様子を見て、築山殿は嗤った。

「口も利《き》けぬとは、これは驚かされまするなあ。ようよう起き出して、本復いたしたと思うたが」

「申し訳ございませぬ。お許しくださいませ」

　五徳は蚊の鳴くような声で応えた。

「まだまだ本復は遠いようじゃのう。ならば、いたしかたない。今日から、この医師に薬湯など煎じてもらうことにいたすゆえ、左様心得よ」

築山殿にうながされて男は頭を下げた。

「減敬《げんけい》と申しまする。いささか明《みん》の医術を学びましてございます」

三十過ぎぐらいの眉が太く、あごがしっかりした、ととのった顔立ちの男だ。築山殿は満足そうに減敬を見て言った。

「今川家出入りの医師じゃ。これほどの医師は京にも少なかろう」

五徳は減敬を気味悪げに見つめるだけで答えなかった。築山殿が薦める医師の薬を飲む気にはなれないのだ。

「どうした。わらわはそなたに早く元気になってもらい、また蜘蛛合戦がいたしたいのじゃ」

「申し上げたきことがございます――」

だしぬけに、冬姫が口を挟んだ。築山殿はじろりと冬姫を見た。

「そなたは蒲生とやら申す地侍の室じゃそうだが、出過ぎた口は利くまいぞ」

「蒲生は平将門を討った藤原秀郷の末裔《まつえい》にございます。また、わが父信長は今川様を桶狭間にて討ち果たし武名をあげました。武門の女子として、誰憚《はばか》ることはないと存じております」

「なんじゃと——」

築山殿の目が光った。

「されば、五徳様に代わり、蜘蛛合戦とやらをわたくしが受けて立とうと存じます」

冬姫はきっぱりと告げた。築山殿の何かに憑かれたような目は恐ろしかったが、勇気を奮い起こした。五徳はこの築山殿によって、苦しめられているのだ。築山殿をやりこめなければ、五徳は救えないのではないか。

「ほう、そうか」

築山殿は舐《な》めるように冬姫を見た。

「ならば、相手をいたしてもらおうかのう。じゃが、わらわはひそかに願をかけておるのじゃ。蜘蛛合戦に勝てば、今までに失《うしの》うたものを取り戻すことができるとな。わらわが失うたものとは今川家の繁栄じゃ。それを取り戻した暁には織田家は亡《ほろ》びるやもしれぬ。それでもやるかえ」

「失ったものを取り戻したいと思われるのはご勝手にございます。されど織田家は亡びませぬ」

言いながら、冬姫はふと不安が胸をよぎった。

築山殿の言葉には父信長によって滅ぼされた者の怨念が籠《こも》っているように感じられる。いつの時か、あまたの怨霊《おんりよう》が父上に祟《たた》る日が来るのだろうか。

あってはならぬことと胸中で強く念じたが、去年の比叡山焼き討ちの恐ろしさを思い出さずにはいられなかった。

信長は地獄の業火を物ともせず、駆け抜けようと強固な志を抱いて事にのぞんでいるのだ。父の意を体するために自分は何ができるだろう。

(忠三郎様とともに戦うしかない。恐れを抱いては父上をお助けできない)

まずは、目の前にいる築山殿に負けてはならぬ、と冬姫は自分に強く言い聞かせた。


この日の夕刻――

冬姫はもずと鯰江又蔵を従えて中庭に出た。すでに薄暗くなった中庭に、三つの篝火《かがりび》が焚《た》かれている。

「あれは何でございましょう」

もずが指さした。見ると、篝火に囲まれるように、五尺ほどの棒が地面に立てられ、それと同じくらいの長さの棒が十文字に結わえられている。

「これにて蜘蛛合戦をいたすのでしょうな」

又蔵が低い声で言った。もずはうなずいて冬姫を振り向いた。

「気になることがひとつだけございます」

「何でしょう」

「蜘蛛は夏から秋にかけて生き、冬は越さぬものと聞いております。いまの時節に蜘蛛はいないと思われますが」

言われてみれば、その通りだった。

「蜘蛛は冬を越さぬものか。なるほどよう言うた」

いつのまにか、築山殿が中庭に来ていた。侍女ふたりと減敬を従えている。篝火の灯《あか》りに築山殿の妖艶な打掛姿が浮かび上がった。

「されど、中には厳しい冬を生きのびる蜘蛛もおるのだ。この身のようにな。義元様が討たれて以来、冬のように辛《つら》い時節を耐え、生き抜いてきたわらわこそ、冬を越せる蜘蛛じゃ」

ふ、ふ、と築山殿は笑った。

築山殿は横棒の端に立ち、冬姫に反対側に立つように指示した。

「この棒はいつもの蜘蛛合戦より長くしてある。さすがに冬を越えて生きのびた蜘蛛は三匹しかおらぬゆえ、わらわの側から蜘蛛を放ち、そなたのところまで棒を渡り切ればこちらの勝ち、途中で落ちればそなたの勝ちといたそう。五徳との勝負は三日残っておったゆえ、勝負は三度じゃ。冬を生きた蜘蛛の力がどれほどのものかが勝負の分かれ目ぞ」

減敬が黒塗りの箱を持ってきた。

蓋《ふた》を取ると中には三匹の女郎蜘蛛が入っているのが見えた。築山殿はいとおしげに蜘蛛を取り出すと棒の上にとまらせた。蜘蛛は棒にのったまましばらく動かない。篝の火が爆《は》ぜて火の粉が飛んだ。

それを合図としたように、蜘蛛はゆっくりと動き出した。脚の先で棒を確かめるようにして少しずつ動いていく。ゆるやかな動きだが、止まらない。

棒の真ん中に来たあたりから、動きはしっかりとしたものになってきた。端に立つ冬姫を目指すかのように、するすると進んでいく。威嚇するように前脚を持ちあげた。だが、その瞬間、蜘蛛は緩慢な動きで棒からすべり落ちた。

「またもや、負けたか——」

くっくっと笑った築山殿は、歩み寄ると蜘蛛を草履で踏みつぶした。篝火に赤く照らされた築山殿の顔は鬼女に見えた。

冬姫は思わず目をそむけた。

「姫様、目をそらしてはなりませぬ。あのお方は蜘蛛を殺すことで相手の気を奪おうとしているのです」

もずが囁いた。

「わかりました。わたくしは逃げませぬ」

冬姫は目を見開いて築山殿を見据えた。もう一匹の蜘蛛が箱から取り出され、また棒にのせられた。今度は端《はな》から動きがいい。

長い脚を不気味に動かしながら、滑らかに近づいてくる。もう少しで端にまで着くかと見えた時、動きがぴたりと止まった。ほどなく、ゆるやかに後退《あとずさ》りし始めた。

「退くとは何事ぞ」

築山殿の叱声《しっせい》が飛ぶと同時に蜘蛛はぽとりと落ちた。築山殿は近づいて地面に落ちた蜘蛛を怒りをこめた目で見つめ、

「憎らしいのう」

とつぶやきながら踏みつぶした。築山殿のまわりに荒寥《こうりょう》とした気配が漂う。さらに三匹目の蜘蛛が棒の上にのせられた。

「これで、最後じゃのう」

築山殿は愉《たの》しげに笑った。

冬姫は息をつめた。何事もなく三度目の勝負が終わるとは思えなかった。傍らのもずと又蔵も油断なく身構える呼吸が伝わってくる。

三匹めの蜘蛛はうかがうようにのろのろ進み始めた。淀《よど》みのない動きで、あとわずかで冬姫のところまで届きそうになったその時、築山殿が叫んだ。

「信長亡ぶべし――」

築山殿の声を合図に、蜘蛛が冬姫に飛びかかろうとした。瞬間、もずが笛をくわえた。

吹矢が飛び、蜘蛛に刺さった。

力を失った蜘蛛はゆらりと棒から落ちた。

「もず、何をするのです」

冬姫に安堵の念はなかった。

築山殿の怨念を自分が受けねばならぬのなら、それもやむを得ないと思っていた。吹矢で蜘蛛を落とすなどすれば、築山殿の怨みの火はさらに燃え盛るだけだろう。

「いや、もず殿のされたことは間違っておりませんぞ」

又蔵が進み出て、地面に落ちた蜘蛛を拾い上げた。

吹矢ごと大きな手で握り締める。手を開くと吹矢が落ち、続いて蜘蛛の形に切り抜かれた紙がひらひらと舞い落ちた。

「これは──」

冬姫は息を呑んだ。

「忍びの幻戯《めくらまし》でござる」

又蔵が言い終えぬうちに、滅敬が背を向けて逃げ出した。又蔵は巨体に似ず敏捷《びんしょう》な動きでこれを追った。

滅敬の襟首をむんずとつかみ、張り手で顔を打った。滅敬は、はね飛んで地面を転がり、そのまま倒れて起き上がらなかった。

「かような傀儡《くぐつ》の技は、甲州忍びの〈三つ者〉が得手《えて》としてございます。おそらく武田の間者《かんじや》かと思われます」

もずの言葉に築山殿は心底驚いた顔をした。

「まさか。さようなことがあろうはずがない」

「なぜ、そのように思われまするか」

冬姫は築山殿に詰め寄った。築山殿は不安と怯《おび》えが入り混じった目を冬姫に向けた。

「なぜと申して……」

築山殿が後を続けられずにいると、

「母上、すべてを話された方がよろしゅうござる」

知らぬ間に中庭に入ってきていた信康が口を挟んだ。

「信康殿――」

築山殿は苦悶《くもん》の表情を浮かべた。

「すべては父上のお命じになったことでございますな」

信康は静かに問うた。

四

なぜ、このようなことになったのか、わらわにはよくわからぬ。

今川義元様ご存命のころ、駿府《すんぷ》での暮らしは大層楽しかった。わらわは今川一門として華やかに過ごし、あの方もやさしかった。

あの方の父松平広忠《まつだいらひろただ》様は、織田信長の父信秀《のぶひで》の三河侵攻に悩まされ、義元様に助力を乞われた。義元様は信秀の兵を退《しりぞ》けたうえで三河を今川の属国とされた。三河には今川から代官が遣わされ、あの方は今川の家臣同様に駿府で過ごされていた。

信康殿と亀姫というふたりの子にも恵まれ、満ち足りた思いで日々を過ごしておった。

ところが桶狭間の戦いで義元様が討ち取られると何もかもが変わった。

あの戦《いくさ》であの方も織田方に討たれたのではないか、と案じた。無事ならば、すぐに戻ってきてくれるものと思うておった。

けれども、あの方は戻ってこなかった。

今川方が駿河へ引き揚げた後、義元様の仇《あだ》を討たねばならぬと言って織田方との戦を口実に三河に留《とど》まり、この岡崎城にお入りになられた。

あの方は幼いころから人質として駿府で暮らさねばならなかった。だが、あの方の本心は常に三河に帰りたいとのお心持でいっぱいだったのじゃ。

わらわは少しも気づかなんだ。

今川一門に連なる駿府での暮らしに、あの方も満足しておられるものとばかり思うておった。だが、三河へ戻り、代々の家臣たちを集め、力を蓄え始めたあの方は変わってしまわれた。

桶狭間の戦いから二年後、あの方は信長と手を結ばれた。そのことが義元様の嫡男氏真《うじざね》様をひどく怒らせた。それ以来、わらわは子供共々罪人同様のあつかいを受けるようになった。わらわの父上は責めを負い、ついには切腹して果てなされた。まさか、このようなことになるとは夢にも思わなかった。

それでも、いつかあの方が救いに来てくださると信じておった。子供たちもいるのだ、あの方が見捨てるはずはない、と思うておった。

そして、とうとう願いは叶《かな》った。

織田方との人質交換によって、子供と共に岡崎に引き取られることになった。これで、ようやくあの方のもとで暮らせるのだ、とほっとした。ところが三河に着くと、また思いがけないことが起きた。

子供たちは城へ迎え入れられたものの、わらわだけは城に入ることは許されず、城から十数町離れた惣持尼寺《そうじにじ》で幽閉同然の身となった。

あの方の母上である於大《おだい》様が、わらわを憎んで城に入ることを許さなかったと耳にした。於大様はあの方を人質に取られ苦しい思いをなされてきた。それゆえ、今川一門のわらわをどうしても許せなかったらしい。

わらわが寺に入っても、あの方は姿を見せてはくださらなかった。しかし、いつか於大様から許される日がくると信じて疑わなかった。同じ女子として、子と引き裂かれたこの身を憐《あわ》れんでくださる日がきっとくるに違いない、と。

寺での日々を過ごすうちに、今川一門の出であることが三河でどれほど憎まれることであるかが徐々にわかってきた。

ひょっとしたら、あの方も同じ気持なのだろうか。疑いを挟み出すと心の底から恐《こわ》くなってきた。寺での淋しい明け暮れにたまりかねる時が幾度もあった。

ようやく岡崎城に入ることができたのは二年前、元亀元年（一五七〇）のことじゃ。あの方は遠江浜松城に移られ、信康殿に岡崎城を預けられた。あの方と共に暮らせる日々が訪れることはなかった。

あの方に見捨てられたのだ、と思い、心淋しかった。

三河の家臣たちは、いまだに今川義元の姪《めい》であるわらわに馴染《なじ》もうとはせず、冷やかな目を向けてくる。

虚《むな》しく日々を送っていたある日、あの方が不意に使者を遣わしてきた。かつて今川家にも出入りしていた医師の減敬であった。

減敬が携えた書状には、五徳に信康殿の子を産ませてはならぬ、とあった。ふたりの仲を裂くことをわらわに命じてこられたのだ。

あの方がなぜそう望まれるのか訳は知らぬ。

それでも、あの方がまだわらわにお命じくださるのだと嬉しかった。もとより、義元様を討った信長の娘に信康殿の子を産ませたいとは思うていなかった。

おそらくあの方は、かつて今川から離れたように今度は織田から離れることをお考えになっておられるのだろう。

ひょっとして、織田から離れることができるならば、昔のような暮らしを取り戻せるかもしれぬ。その日から五徳に狙いを定めた。

まずは五徳を苦しめ、信康殿から遠ざけることから始めよう。蜘蛛合戦を使って五徳の心を病ませるやり方は減敬が教えてくれた。

少しずつ五徳を追い詰めた。たまりかねて織田家に帰ればよいのだ。

五徳を追い返すころには、あの方は信長との同盟をやめているだろう。

それから先のことはどうされるおつもりなのかわからなかったが、きっと道は開けているはずだ。そう信じていた。

しかし、減敬が武田の間者だったとはどういうことなのだろう。わらわは忍びにたぶらかされたのであろうか。もし、そうであったとしたら、取り返しのつかないことをしてしまったことになる。

わらわには、もはや何も残っていない……。

# 五

蜘蛛合戦の翌朝、冬姫は五徳の居室を訪れた。五徳は元気を取り戻したらしく、顔の色もよくなっている。

「わたしは信康殿の御子を産みます」

笑みを浮かべて冬姫に告げた。

このころまで五徳も、冬姫と忠三郎同様、信康と形だけの夫婦だった。しかし、昨晩、信康は五徳の寝所に通ったのである。

五徳の自信にあふれた顔を目映《まばゆ》そうに見つめて、

「これからが五徳様の女いくさなのですね」

冬姫はつぶやいた。

「わたしは負けはいたしません」

五徳は誇らしげな顔で言い募る。五徳の〈女いくさ〉はこれからも続くのだ。

岐阜城に戻った冬姫が五徳の病が癒えたことを報告すると、信長は一笑した。その後、口にしたのは意外な言葉だった。

「家康め、迷っていると見えるな」

冬姫は首をかしげた。

「築山殿は武田の忍びにたぶらかされたのかもしれません」

「徳川にも忍びはおる。武田の間者をやすやすと城内に入れて、勝手なまねはさせぬはず。家康が許したればこそだ」

「それでは、築山殿が受け取られた書状は、まことに家康様からのものだと――」

「だからこそ信じたのであろう」

「なぜ、家康様がそのようなことを」

「武田信玄が恐ろしいのだ」

信長は平然と言い放った。

甲斐《かい》の武田信玄は、永禄十一年（一五六八）、義元を失って弱体化した今川領内の駿河に侵攻した。家康もこれに呼応して今川領内の遠江に侵攻した。大井川《おおいがわ》を境に東の駿河を武田、西の遠江を徳川が分け取りにしたのである。

しかし、同時にそれは家康にとって、信玄の勢力圏と直《じか》に接することでもあった。

信玄は旧今川領内全域を支配する意欲を隠さず、遠江侵攻の活発な動きを見せた。家康が岡崎城を出て浜松城へ移ったのも、信玄に備えるためだった。

「信玄はいずれ西上を図るに違いない。その時、家康は呑み込まれてしまうかもしれぬ。それゆえ、目下、懸命に考えているところだろう。わしとの盟約に従い、武田の前に立ちふさがるか、それとも、武田と同盟して領土を守るか。いずれにするか迷っているいまは、信康と五徳の間に子ができてもらっては困ると家康は思っているのだ」

「それで築山殿にお命じになったとすれば、家康様という方はあまりに非情——」

冬姫は思わず涙ぐみそうになって下を向いた。

築山殿の苦悩が痛いほどわかる気がした。

夫の変節によって父を失い、自らは夫の城にも入れず幽閉同然の身となった。あげく、政略のために利用されたのだ。

「家康は存亡をかけて必死なのだ。武田とわしの力を見比べて、いずれにつくか決めねばならぬのだからな。だが、一瞬でも迷いを見せてしまえば、そこをひとに突かれる。家康にとって、このことは痛恨事となるであろう」

そう言って、信長は口を閉ざした。

冬姫は岐阜城から日野城へと戻った。この時、鯰江又蔵が供に加わった。信長が、
——又蔵は冬を守るためにつけてやる
と言ったからだ。又蔵はもずとともに冬姫に仕えることになった。
帰城して間もなく、冬姫は〈びんそぎ〉の儀を行った。箚刀《たこうながたな》で鬢の先を切りそいだ。
忠三郎の指が頬にふれて冬姫は胸がざわめいた。

岡崎城を去る際に五徳が見せた満ち足りた顔を思い出す。

「五徳様はお幸せになられましょう」

冬姫が何気なく言うと、忠三郎は筍刀を手にしたまま、

「さて――」

とつぶやいた。

「いかがされたのですか」

冬姫が思わず振り向きそうになると、忠三郎は手で顔を制した。

「武田が遠江に侵攻し、家康殿が浜松で防ぎきれなければ、やがて岡崎城にも武田勢が迫ります」

「それほど武田は強いのですか」

「兵力は、およそ三万と聞いています。家康殿の兵力は一万余り。精強な武田兵相手に兵数も劣っては勝てませぬ。なろうことなら、武田の軍門に降《くだ》りたいでしょう」

忠三郎の冷徹な言葉が冬姫の耳に残った。

この年九月、武田勢三万は、三河、遠江、美濃の三手に分かれて同時侵攻を行った。侵略に手慣れた武田勢はたちまち諸城を落として、徳川領内を席巻する勢いを見せた。

十二月には、家康は浜松城での籠城を図ったが、信玄はこれを無視するかのように通

過した。あたかも家康が動きさえしなければ、このまま三河へ向かい、浜松城の家康を見逃してやると言わんばかりだった。

徳川陣営だけでなく、織田家の援軍の中からも、このまま籠城を続け、猛獣のような武田勢をやり過ごすべきだ、という意見が出た。

家康は追い詰められた。いまどう動くかで、この後の運命が決まるのだ。

懊悩《おうのう》した家康は結局、籠城策を捨てて城外に出た。武田勢を見逃せば、将としての信望を失うと判断したのだ。武田勢を追撃したものの、三方ヶ原《みかたがはら》で待ち受けた武田勢に家康は生涯で最大の敗北を喫した。

七年後、天正七年（一五七九）、徳川家に異変が起きた。

五徳はその後、ふたりの娘を産んだが、男子は生まれなかった。このため、信康に側室を持つことを勧める築山殿と不仲になった。それで信長に、

——築山殿悪人にて、三郎《さぶろう》殿と吾身《わがみ》の中をさまざま讒《ざん》して不和にし給《たま》うなど十二カ条の手紙を書き送ったというのである。

築山殿が武田の間者である唐人医師減敬と密通し、武田と結んだ。信康もその一味にされようとしていると訴えたとされた。

家康は築山殿と信康の処分を迫られた。このため、築山殿は城外に連れ出されて殺害

され、信康は二俣《ふたまた》城で切腹して果てた。

異様な事件だった。

武田はその四年前、天正三年の長篠《ながしの》の合戦で織田、徳川連合軍に大敗して、かつての力を失っていたのである。その時期に家康の正室と嫡男が武田に内通するということがあるだろうか。信長が糾問《きゅうもん》したのは、武田信玄に脅かされた時期の家康の行動だったのではないか。そして家康は武田と織田の間で自らが揺れたことを覆い隠すため、築山殿と信康を犠牲にしたのかもしれない。

家康は後年、築山殿と信康を死なせたことを悔いた。

五徳は翌天正八年二月、織田家に戻ったが、なぜか信長のもとには身を寄せず、兄信忠を頼ったという。

# 天女舞

## 一

元亀四年（一五七三）七月――

稲葉山山麓にある織田信長の居館は蟬《せみ》しぐれに包まれていた。夏のぎらつく陽《ひ》が広間へ差し込んでいる。

陽差しが届かない奥に薄縁《うすべり》が敷かれ、小さい夜具の上に赤子が寝かされていた。赤子は何かを捕まえようと、小さな手をばたばたと動かしている。どこからともなく五色の鞠《まり》がころころと転がってきた。赤子の手がもう少しでふれるところまで転がってきた時、鞠は白い手に拾い上げられた。

赤子は驚いたようにつぶらな瞳で見上げたが、鞠を取ったのが母親だとわかるとにっこり笑った。緋色《ひいろ》に金糸の唐織《からおり》の打掛を着た美しい女だ。

母親は鞠に巻かれている糸の間から紙片を取り出した。紙片には文字が書かれている。

じっと紙片に見入っていた母親は、

「冬姫殿はおとなになられたか」

とつぶやき、紙片を細かく引き裂くと、ふっと吹いた。紙片は桜の花びらのように舞い散った。紙片を目で追って赤子は手をのばす。小さな手のひらに紙片がのった。

女はそれを取ってやりながらつぶやいた。

「おしゃく様の邪魔をするものは、この母が容赦いたしませぬ」

赤子は織田信長の八男、

——酌《しやく》
である。信長が、鍋には杓子《しやくし》がつきものだろう、と母親の鍋の方にちなんでつけた名である。鍋の方が先ほど読んだ紙片には、冬姫が、

——破瓜《はか》
の時を迎えたと書かれていた。〈破瓜〉とは瓜《うり》の字を二分するとふたつの八の字になることから、十六歳の異称であるが、女性が男性を迎え入れることも表す。紙片は冬姫が十六歳になると同時に蒲生忠三郎とまことの夫婦になったことを伝えてきていた。

そのことが鍋の方を苛立《いらだ》たせている。

鍋の方は蒲生家に遺恨があった。四年前、冬姫と忠三郎の仲を裂こうと謀《はかりごと》をめぐらしたが、信長によって見破られた。その時、

「もはやお二人には手出しはいたしませぬ」

と誓ったが、信長の子を産んで心が変わった。鍋の方は立場が強くなると同時に、わが子の将来を考え始めたのだ。

信長にはすでに信忠、信雄、信孝という元服をすませた男子がいるが、いずれも父親ほどの器量を持ち合わせてはいない。ところが、忠三郎は麒麟児《きりんじ》の誉《ほまれ》高く、なにより織田家の老臣の中には、

「信長様の若いころによう似ておる」

と心を寄せる者もいるのだ。

(蒲生忠三郎は織田家で力を持つようになるに違いない)

まして、冬姫が忠三郎の子を産めば、織田と蒲生の血がひとつにつながってしまう。わが子の酌の行く末を思うと、いても立ってもいられない気がする。

忠三郎に手を出せば、蒲生家は黙っていないだろう。だとすれば冬姫を狙うしかない。

「いまなら、まだ間に合う」

鍋の方がぽつりとつぶやくと、酌が驚いたように見上げた。鍋の方はおもむろに懐紙を取り出し、手で裂いた。唇の紅を薬指につけ、

――殺

と紙に薄く書いた。それを鞠の糸の間に挟み込む。そして、酌に笑いかけながら手に

した鞠をぽーんと上へ投げ上げて見せた。酌の目が輝いた。鍋の方は落ちてきた鞠を受け止め、何度でも放り上げる。最後に、天井に届くほど高く投げ上げた。鞠はそのまま落ちてこない。

酌は不思議そうな目で薄暗い天井を見ていたが、鞠が落ちてこないとわかると泣きだした。鍋の方は酌を抱き上げて、

「よし、よし。あの鞠はおしゃく様の障りを除きに参ったのです。やがて、戻って参りましょうほどに、お待ちくだされ」

と母の顔になってあやしつつ、やさしく言った。

二

日野城の居館の奥まった一室で、冬姫は舅《しゅうと》の蒲生賢秀からある物を見せられていた。賢秀はことし四十歳、小柄で物静かな人柄だ。嫁して四年たっているが、言葉遣いは初めて会ったころと変わらず丁重だった。

この日、賢秀が冬姫の前に持ってきたのは、三方《さんぽう》にのせた五寸(約一五センチ)ほどの長さの小さな槍《やり》の穂先のようなものだった。

「これは何でしょうか」

冬姫が首をかしげると、賢秀は重々しく答えた。

「わが家の御先祖、俵藤太様が三上山の大むかでを退治した時に使われた鏃《やじり》でござる」

「まあ、この鏃で大むかでを射たのですか」

冬姫は目を丸くして三方の上の鏃を見つめた。普通の鏃は三寸（約九センチ）ぐらいだから、それに比べると大きい。大むかでを射たと言われれば、そうかもしれないと思える大きさだった。

蒲生家は平将門を討った俵藤太こと藤原秀郷を祖としている。

秀郷は平将門を討っただけでなく、琵琶湖の龍神《りゅうじん》に頼まれて三上山の大むかでを退治したという言い伝えもあった。

秀郷が大むかでを矢で射て退治すると、龍神はこれを喜んで、秀郷に太刀、鎧《よろい》、旗など十種の宝物を贈った。いずれも霊力がある宝物で、蒲生家にはこのうち、兵糧《ひょうろう》を炊くとたちまち煮えるという〈早小鍋《はやこなべ》〉が伝わっていた。

冬姫は早小鍋の話は忠三郎から聞いていたが、鏃のことを聞いたのは初めてだった。

（なぜ、教えてもらえなかったのだろう）

そんな冬姫の気持を察したのか、賢秀は咳払《せきばら》いをしてから、口を開いた。

「この鏃は我が家の守り本尊であるとしてひそかに伝えられてきたものです。それだけに、めったなことで口外してはならぬとされて参りました。近頃、織田様が琵琶湖に乗り出されると聞きまして、奇縁かと思い、冬姫殿にお見せいたしたのです」

信長はこの年の五月十五日に岐阜城を発し、琵琶湖畔の佐和山城に赴いていた。元亀元年（一五七〇）、姉川《あねがわ》の戦いで浅井、朝倉連合軍を破った信長は、小谷城の浅井長政を包囲していた。

佐和山城で信長は大船の建造を命じた。長さ三十間（約五四・六メートル）、横幅七間（約一二・七メートル）という巨大な船である。楯板《たていた》で装甲し、大筒を備えた軍船は琵琶湖を制圧する威力を持ち、自由に走行できる浮き城とも言えるものだった。

これによって信長は、琵琶湖をわが物にして浅井長政を圧迫するだけでなく、琵琶湖畔の安土《あづち》に城を構え、天下経営の要所とする構想を持ち始めていた。

信長に随従している忠三郎からそのことを聞いて、賢秀は家宝の鏃のことを思い出したのである。

「織田様は琵琶湖を我が物とされ、まさに龍神の化身になられようとしています。わが蒲生に龍神の頼みで大むかでを退治した鏃が伝えられていることは、何か因縁めいた話のように思われます。龍神を苦しめる大むかでは、蒲生が鏃となって討ち滅ぼすでありましょう」

賢秀は、鏃の話にたとえて蒲生家が信長へいかに忠誠心を持っているか披瀝《ひれき》した。冬姫はうなずいて、

「鏃のこと、必ず、織田の父上にお伝えいたします」

と言った。

賢秀は謹直なひとだが、戦国の世を生きてきただけに、いつも信長の信頼を得ることに心を配っていた。そんな賢秀を知るにつけ冬姫は、蒲生家の役に立ち、舅の意に添いたいと思うようになっていた。

いおは大名家の姫が他家に嫁ぐのは、味方と所領を増やすためのいくさなのだ、と言った。だとしたら、わたしのいくさは蒲生家の奥方として信長のためにつくすことだろう。

だが嫁したからには、蒲生家の女人《にょにん》として生きたい。蒲生の家には守るべきひとの心の温かさがあるのだから。

冬姫があらためて鏃を見つめていると、

「猿楽《さるがく》の用意がととのいましてございます」

もずが廊下に控え、告げた。

この日、日野城では客人をむかえて猿楽が行われることになっていた。近江では鎌倉《かまくら》、室町《むろまち》のころから猿楽が盛んで、日吉神社に参勤する上三座、下三座の六座があった。

「それでは参りましょう」

賢秀は、鏃がのった三方を床の間に置いて立ち上がった。冬姫も鯰江又蔵ともずを連れてあとに続く。又蔵ともずは互いの力量を認めあい、冬姫のために力を合わせるようになっていた。

「猿楽は客人に喜んでいただけましょうか」

「古風な近江猿楽を仕《つかまつ》る一座らしゅうございますから、まずまずではございますまいか」

競争相手だった大和《やまと》猿楽が物まね中心であったのに比べ、近江猿楽は風流歌舞を得手《えて》とした。中でも後に能を作り上げる観阿弥《かんあみ》、世阿弥《ぜあみ》父子にとって競争相手だった犬王《いぬおう》は名人芸とされ、将軍足利義満《あしかがよしみつ》から愛《め》でられた。

世阿弥も犬王を絶賛し、『申楽談儀《さるがくだんぎ》』において、

――犬王は、上三花にて、ついに中上にだに落ちず
と述べた。犬王の芸は常に上級であり、中級の上に落ちることすらなかったというのである。

「まあ、犬王ほどの名人には滅多にお目にかかれるものではない」

賢秀は、笑いながら中庭に面した広縁《ひろえん》に向かった。そこには、すでに席がしつらえられており、又蔵やもずら家臣、女中たちのほか、質素な袖なし羽織を着た四十ぐらいの武士が座っていた。

武士は妻木庄兵衛《つまきしょうべえ》と名のり、この日、ふたりの供を連れて日野城を訪れていた。賢秀とは旧知の間柄らしく、落ち着いた様子で、

「美濃の者でござる」

とだけ挨拶した。冬姫が信長の娘であることを知っているのであろう、敬《うやま》う様子があった。

中庭には幕が張られ、簡単な舞台に猿楽一座の者たちが控えていた。

座頭の日吉太夫《ひよしだゆう》という老人が挨拶し、翁面《おきなめん》をつけて猿楽能を演じた。さらに二番ほど演じられた後、女面をかぶって、緋色地に金糸、銀糸で草花の模様を織りあげた唐織の装束を着た演者が経を手に出てきて、ゆっくりとした足取りで舞い始めた。

——とうとうたらり、とうたらり

不思議な節の歌に合わせて、時の流れを表すようにゆらりと舞う。それまでの舞とは違う、優美でありながら荘厳なものを感じさせる舞だった。

「天女舞でござるな。近頃は近江猿楽で舞う者は少ないということでござるが」

妻木庄兵衛が賢秀に言った。

「さようですが、やはり近江猿楽に天女舞は欠かせませぬ」

賢秀が答えた。

天女舞は、仏法を賛仰《さんぎょう》して天女が舞うというもので、犬王が得意とした舞である。

冬姫もうっとりと天女舞に見入った。舞の美しさに懐かしい思いがした。

（なぜ、このような気持になるのだろう）

何かに導かれ、天界に誘われるかのようだ。以前、このような舞を見たことがある気がする。いや、舞ではなく、天女その物をどこかで見た。そんな思いにとらわれているうち、舞い終えた演者は静かに幕の向こうに去った。

間を置かず、女中たちが酒器を運んできた。猿楽能が演じられる間、見物席や演者に酒や湯漬けなどが振舞われる。

朱塗りの盃《さかずき》で酒を飲んだ日吉太夫は、酔った様子も見せず、

「座興をご覧に入れまする」

と口上を述べた。それに応じて、幕の向こうから赤熊（赤く染めたヤクの尾の毛）を被《かぶ》り、黒鬼の面をつけた袴《はかま》姿《すがた》の演者が出てきた。手には五色糸が巻かれた鞠を持っている。曲芸でもするのだろうか。

猿楽はもともと曲芸なども含めて演じられていたが、しだいに舞が主流になっていた。しかし、この一座は古風に曲芸も行うらしい。

舞台の中央に立った演者は、ぽんと鞠を宙に放り上げた。ひとつ放られた鞠が、落ちてきた時には演者の両手にひとつずつ受け止められた。見物席からは、ほう、という声があがった。

演者はそのふたつの鞠を宙に放り上げた。するとふたつ受け止めた後にもうひとつ、鞠が落ちてきた。演者はその鞠も放り、受け止めては投げ上げることを繰り返した。放る度に五個、六個、やがて七個の鞠がぐるぐると輪を描いて回された。

冬姫が見とれていると、いつの間にかもずが傍に来て、

「ご用心なされてくださいませ。あの者は、いかにも怪しゅうございます」

と低い声で囁《ささや》いた。又蔵も冬姫が座る広縁の前に立った。大男の又蔵が前に立つと視界が遮られた。

「又蔵、猿楽が見えませぬ」

冬姫の言葉に、又蔵はくぐもった声で答えた。

「ご辛抱くださりませ。先ほどから、あの者が投げ上げているのは鞠だけではございませぬ」

「何と申す」

冬姫は不審に思い、又蔵の体の脇から覗《のぞ》き見た。たしかに演者は鞠の間にきらりと光る細長い物を放っている。手裏剣だろうか。次の瞬間、

「危のうございます」

もずが冬姫におおいかぶさった。高く放られた数本の手裏剣が、突然向きを変えて、冬姫に飛んでくる。又蔵が手で一本を叩《たた》き落としたが、一本はもずの肩に刺さった。さ

らに新たな手裏剣が飛んできた。かっ、と音がして手裏剣が広縁に落ちた。

妻木庄兵衛が脇差で払っていた。

「冬姫殿、ご無事か」

賢秀が青ざめて駆け寄った。

「わたくしは大丈夫です。もずの手当てを早く願います」

冬姫はもずを案じた。女中たちがあわててもずの手当てをしようとする傍らで、庄兵衛が声をあげた。

「奴《やつ》が逃げましたぞ」

皆が一斉に舞台に顔を向けた。そこには誰もおらず、座長の日吉太夫が舞台脇に呆然《ぼうぜん》と立っているだけだった。賢秀は日吉太夫を睨《にら》みつけた。

「なにゆえ、冬姫殿を害そうといたした」

「滅相もございませぬ。あの者は金剛《こんごう》と申す猿楽師にて、近頃、わが一座に入ったばかりでございます」

日吉太夫は蒼白《そうはく》になって弁明した。

「もとから、一座におった者ではないと申すか」

「さようでございます。天女舞を演じることができると申しますゆえ、一座に入れたのでございます。鞠の芸もすると聞き、重宝だと思っておりましたが」

日吉太夫はがくりと肩を落とした。

賢秀は立ち上がった。

「いずこかの間者《かんじや》が忍び込んだぞ。探せ」

その声に応じるように、奥から女中が走り出てきた。

「大変でございます。鬼の面を被った男が御家宝の鏃を奪っていきましてございます」

「鏃を――」

賢秀がうめいた。女中が震える手で結び文を差し出した。

「かような物が落ちておりました」

賢秀が手に取り開いて読んだ。そこには、

――なへ
とだけ書かれている。

「何だ。これは」

賢秀が困惑すると、傍らから覗き込んだ庄兵衛が冷やかな笑みを浮かべた。

「鍋の方の仕業でござるな」

賢秀は息を呑《の》んだ。

「まことでござるか。明智殿――」

動転した賢秀が、思わず妻木庄兵衛に「明智殿」と呼びかけたことが、まわりの者を驚かせた。

庄兵衛は苦笑いした。

三

明智十兵衛光秀《みつひで》は、織田家中でも抜きん出た出頭人《しゆっとうにん》であった。比叡山延暦寺の焼き討ちの後に近江滋賀郡二万石を与えられ、琵琶湖畔の坂本《さかもと》城主となったばかりである。柴田勝家、丹羽長秀ら重臣や、木下藤吉郎のような小者《こもの》あがりの出頭人よりも信長の信頼を得ていた。その光秀がなぜ、妻木庄兵衛などと名を偽って日野城の客人になったのか。

「それがし、お館《やかた》様の命により、ひそかに岐阜へ参らねばなりませぬ。まずはご内密に願いまする」

奥の一室で冬姫、賢秀と向かい合った光秀は頭を下げた。密命については詳しく語らないが、信長と足利義昭の間で対立が続いていることと関わりがありそうに思われる。

信長に擁立されて将軍となった義昭は、その後、信長が自らの勢力を伸ばしていくことを快く思わず、諸大名に密書を送って信長包囲網をつくりあげた。中でも甲斐の武田信玄が西上する動きを見せたことに自信を深め、義昭は密書を濫発した。

この動きを察知した信長は、前年、十七カ条の意見書を出して義昭の動きを牽制《けんせい》した。

義昭はせせら笑うだけで、これに応じなかったため、信長は今年四月、義昭がいる京の二条城を包囲した。この時は正親町《おおぎまち》天皇が勅使を遣わし、和睦を勧めたため、いったんは和睦した。

しかし、武田信玄が四月に病死したことで、信長は義昭に対し断固たる処置を取る腹を固めていた。

琵琶湖で大船を建造している信長の真の狙いは、義昭の処分にあった。処分に当たり、問題になるのは、細川藤孝《ほそかわふじたか》、明智光秀ら義昭に仕えていた者たちの動きだった。すでに藤孝は信長につくことを表明しており、光秀も旗幟《きし》を明らかにしていたが、それ以外の者たちを織田方につける必要があった。

光秀の動きもそのためかもしれないが、岐阜城に行って誰に会わねばならないというのだろうか。だが、冬姫は光秀の密命よりも、蒲生家の家宝である鏃が奪われたことが気がかりだった。

「明智殿、岐阜城へ行かれるのでしたら、わたくしを連れ立ってくださいませぬか」

「岐阜城へ参られると言われますか」

光秀の目が鋭く光った。賢秀が困惑した顔で訊いた。

「なぜ、またそのように急なことを言いだされるのです」

冬姫は冷静に答えた。

「岐阜城へ行って鏃を取り戻して参ります。明智殿の言われる通り、あの鏃を奪ったのが鍋の方だとすれば、わたくしを狙ってのことかと思われます。わたくしがいるばかりに蒲生家の家宝が奪われたとあっては申し訳なく存じますゆえ」

光秀は腕を組んだ。

「鍋の方のことは、それがしも耳にいたしております。こたびの狙いは冬姫様を日野城からおびき出し、殺《あや》めようとの謀ではございますまいか」

「たとえそうであるとしても、わたくしは参らねばならないと思います」

冬姫はきっぱりと返した。すでに金剛という猿楽師の手裏剣でもずが傷を負っている。鍋の方が仕掛けてきたことに屈するわけにはいかない。

光秀は賢秀と目を見合わせた。冬姫の決意が固いことをふたりは察した。

「さらば、さように仕りましょう」

光秀はあらためて冬姫の顔を見つめた。

「それにしてもご気性がよう似ておられまするな」

「織田の父上にでしょうか」

冬姫は首をかしげた。いえ、と光秀は目をそらした。怜悧《れいり》な光秀に似合わない哀《かな》しみが、不意に目に浮かんでいた。

冬姫は輿《こし》で岐阜城へ向かった。幸いにして手裏剣での傷が浅手だったもずと又蔵が供をして、輿の傍らには光秀が付き添った。

冬姫が光秀に伴われて岐阜城に行くと聞き、もずは眉をひそめ、

「明智様というお方は正体の知れぬところがございます」

と警戒する口調で言った。

光秀は東美濃の旧《ふる》い土豪で、守護大名土岐《とき》氏の支流であるという。しかし、美濃では斎藤道三が国主の座にのし上がって土岐氏を追放し、明智城も攻め落とされた。

このため光秀は、仕官先を求めて諸国を放浪し、その間に学問を積み、和歌、茶など風雅も身に付けた。武人としては、当時の新兵器である鉄砲に長《た》けていた。

長く牢人《ろうにん》暮らしをした後、越前の朝倉義景に五百貫で仕えていた時、朝倉家を頼った足利義昭を知り、近侍することになった。

又蔵も、もずと同じ考えらしく、

「腹の底のわからぬひとです」

と言った。だが、なぜかわからないが、冬姫は光秀に親しみを感じていた。理知的でひややかな光秀の物言いはひとに親しみを感じさせないが、冬姫を見る目には温かなものがあった。

岐阜への途次、光秀は冬姫の輿に付き添いつつ、

「冬姫様は伊吹山《いぶきやま》の南麓にある成菩提院《じょうぼだいいん》をご存じでございましょうか」

と不意に訊《たず》ねてきた。

「いえ、知りませぬが」

「天台宗の開祖最澄《さいちょう》が学問所を建てたのが始まりと申しますが、延暦寺の別院とかで、なかなかの名刹《めいさつ》でござる」

光秀の口調は懐かしげだった。

「明智殿は参られたことがおありなのですか」

「諸国を流浪しておるうち、何度か参ったことがございます。それがしだけでなく、お館様も京へ上られる途次にしばしば泊られる寺でござる」

「さようでございますか」

冬姫はうなずいたが、光秀がなぜ、寺の話など始めたのかわからなかった。光秀はしばらく黙った後、

「冬姫様がいつもかけておられる水晶の数珠は、成菩提院にて祈禱《きとう》がなされたものかもしれませぬな」

としみじみと話した。冬姫は簾《すだれ》越しに光秀の横顔を見つめた。

（明智殿は、わたしの母上について何か知っているのかもしれない）

冬姫は母のことを何も知らされていない。冬姫を産んで間も無く亡くなったと聞かさ

れ、水晶の数珠が形見だと言われただけだった。亡くなった乳母のいおは母のことを、

「ほんに、お美しく、おやさしい御方《おかた》でした」

と冬姫に話した。いおは、本当は母のことをよく知らないのではないか。そんな気がして、それ以上訊かなかった。そうか、それで猿楽の天女舞を見た時、不思議に胸が高鳴ったのだ。

（幼いころ、わたしは母上を天女だと思っていた……）

天女だから冬姫を残して天界へ帰らなければならなかった。幼いゆえに、母のいない淋《さび》しさから冬姫はそんな風に思っていた。

昨日見た天女舞はいまも脳裏に浮かんでくる。あの天女は雅《みやび》な風情の中にも威を備えていた。

（わたしの母上はどのような方だったのだろう）

冬姫がそんなことを思っていると、ぽつぽつと雨が降り出した。ちょうど近江と美濃の国境に差しかかった山中である。雨はしだいに強くなるようだ。

「これは、いけませぬな。雨宿りをいたした方がよろしいでしょう」

光秀は供の者に、近くに雨宿りできる場所はないか探させた。雨脚が激しさを増したころ、駆け戻った供の者が、二町ほど先に古寺があると告げた。

「そこへ参るぞ。雨が止《や》まねば、その寺へ泊ることになろう」

光秀が大声で指示した。もずは心配げに又蔵の顔を見た。光秀が一行を指揮していくことに不安を覚えていた。又蔵は顔をしかめたが、

「いざとなったら、ふたりでお守りすればよい」

と声をひそめて言った。もずは唇を嚙《か》み締めてうなずいた。

四

雨は降り続き、冬姫たちは山中の寺に泊った。真言宗の古い寺らしく、年寄りの僧と三人の小坊主がいるだけだった。

夜になって雨は止んだが、蒸し暑く寝苦しかった。

冬姫はそっと起き出すと、本堂に通じる廊下に出た。月はぼんやりとにじんで薄く雲がかかっていた。

冬姫が本堂に近づいた時、光秀が広縁で胡坐《あぐら》をかき、月を眺めているのが見えた。

「お月見をされているのですか」

冬姫が声をかけると、光秀は驚いたように振り向いた。

「いえ、昔のことなど思い出しておりました」

織田家随一の出頭人とは思えない穏やかな表情だった。

「昼間、わたくしの数珠は成菩提院で祈禱されたものかもしれない、と言われましたが、

どういうことでしょうか」

「冬姫様は成善提院でお生まれになったと耳にしたことがありましたので、申しただけです。それがしの思い過ごしかも知れません。ご放念くだされ」

「わたくしが成善提院で生まれたと？」

冬姫は目を瞠《みは》った。冬姫が生まれたのは永禄の初めで、そのころ信長はまだ美濃を手中にしておらず、尾張国内での戦《いくさ》を繰り返していたと聞いている。それなのに、近江の寺で生まれるなどということがあるのだろうか。

「やはり、思い過ごされておられるのでは――」

と言いかけた冬姫は、乳母のいおが美濃の土豪の妻だったことを思い出した。

「わたくしの乳母は美濃の生まれだと申しておりました。ひょっとすると母上も美濃におられた方だったのでしょうか」

「さて、それは――」

光秀は急に無表情になった。その時、本堂の前庭に青白い火がぽつんと浮かんだ。光秀はさっと背に冬姫をかばった。

「何でしょうか」

冬姫は光秀の背越しに青白い火を見つめた。青白い火は揺れながら宙に浮いている。やがて火はふたつに割れた。そのふたつの火が宙に浮いた。ふたつの火がぐるぐると回り出したかと思うと、ひとつになり、大きくなった。火はひとの形になっていく。

——とうとうたらり、とうたらり

昨日聞いた猿楽の歌が聞こえてきた。火は女面をかぶり、唐織の打掛を着た猿楽師になった。手に経を持ち、ゆっくりと冬姫の方に歩いてくる。

「お主、金剛とか申す猿楽師であろう。鍋の方に頼まれて冬姫様を害そうといたしおるのか」

光秀が落ち着いた声で訊くと、

「いかにも、金剛だ」

気味の悪い甲高《かんだか》い声が響いた。金剛は腰を落として舞い始めた。そのゆるやかな動きに目が惹《ひ》きつけられる。

冬姫は思わず、

「わたくしはその舞を見て、母を偲《しの》びました。そのようにたおやかに舞える者がなぜ、怪しげなことをいたすのですか」

と哀しげに訊いた。声に応じてわずかに動きが止まった。だが、再び、舞を始めた。天女舞その舞は妖気を増したようでさえあった。間無しに姿が突如、ふたつに割れた。天女舞を舞うふたりの猿楽師がそこにいた。

ふたりは横に並び、同じように舞っていたが、重なりあったと見えた時、それぞれがふたつに割れた。さらにふたりが現れ、合わせて四人の猿楽師が舞っている。

「そうか。金剛、お主はひとりではないのだな」

光秀はつぶやくと、大声を発した。

「出会え。曲者《くせもの》の一味が忍び込んだぞ」

叫んだ瞬間、大屋根の軒下から黒い影が冬姫に襲いかかった。冬姫に刀で斬り込んでくる。だが、次の瞬間、男の体が不意に消えた。男は、激しい音を立てて広縁を転がり、前庭に叩きつけられた。筒袖に伊賀袴の下人のような身なりだった。

広縁には又蔵が荒い息をして立っている。冬姫を襲った男をはり倒したのだろう。光秀の供の者たちが庫裡《くり》から走り出てきた。

「冬姫様――」

もずが叫んだ。いつの間にか忍び寄った別の男が冬姫に斬りかかったが、すぐに、うっとうめいて目を押さえた。もずは笛を口に構えている。

男の両目に吹矢が突き刺さっていた。もがく男の胸倉を又蔵がつかんで、叩き投げる。男は地面を転がり、動かなくなった。

その間、光秀は四人と対峙《たいじ》していた。刀を抜いて階《きざはし》を降りるなり、ひとりに斬りつけた。身をかわされるや否や、光秀はかまわず、他の者に斬りつける。それぞれは短刀を抜いて同時に光秀に突きかかってきた。

光秀は踏み込み、左右の者を斬り捨てた。すぐさま、もうひとりを追い詰めて斬る。その間に、一人目の猿楽師が短刀を振りかざして冬姫に向かっていった。又蔵が吹矢を飛ばしたが、女面に刺さっただけである。相手の動きはひるまない。又蔵が立ちはだかって捕らえようとした手をするりとかわし、ふわりと浮いた。

又蔵の頭を蹴り、冬姫に襲いかかろうとした。刹那、光秀が振り向きざま刀を投じた。

猿楽師は地面に落ちた。その背には刀が深々と突き刺さっていた。

光秀はゆっくりと近づき刀を引き抜いて、猿楽師を仰向かせた。女面に手をかけて引き剝がす。

冬姫はあっと声をあげた。

女面の下から現れたのは日吉太夫の顔だった。

「金剛などという者は、もともといなかったのでしょう。一座の者はすべて冬姫様を狙う忍びだと思えます。だからこそ、曲芸をしながら冬姫様を狙い、同時に鏇を奪うなどという早業ができたのでござろう」

光秀は冷静な声で言い、日吉太夫に向かって、

「お前たちを雇ったのは鍋の方か。鏇はどこにあるのだ」

と訊いた。日吉太夫はそれに答えず、冬姫に顔を向けた。

「先ほど、わしの天女舞に母上を偲ばれたと言われましたが、まことでございますか」

あえぎながら問いかけ、すがるような目で冬姫を見た。

「まことのことです。わたくしは幼くして母上を亡くし、その顔を知りませんん。ですが、天女舞を見た時、母上に会えたような気がいたしました」

「嬉《うれ》しや。わが芸は極まったか」

日吉太夫は感極まったかのように目を閉じた。

「天女舞は仏法を賛仰し、仏と会い参らせたもう舞にございます。冬姫様には母上様の面影を偲ばれたとのこと、わが芸の誇りにございます」

激しく咳《せ》き込んだ日吉太夫は、時おり血を吐きながら、切れ切れの声で、

「舞を愛《め》でていただいた御礼に、申し上げます。蒲生家の鏃は、鍋の方に届いているはずです。されど、岐阜城へ行ってはなりませぬぞ。鍋の方には企《たくら》みがございまする――」

と言い、がくりと首をたれた。

「日吉太夫――」

冬姫は階を駆け降りて、傍に寄った。すでに日吉太夫の息は絶えている。

「この者の死ぬ間際の言葉ゆえ、嘘《うそ》はあるまいと存ずる。このまま岐阜城に参らば、みすみす罠《わな》に落ちることになりまするぞ」

光秀が眉を曇らせて言うのに、冬姫は頭《かぶり》を振った。

「かように命を落とす者が出たのです。引き返すわけには参りません」

「それでは、やはり」

光秀はため息をついた。

「岐阜城へ参ります」

冬姫は迷わず答えた。

まわりの森で梟《ふくろう》が鳴き、鳥が羽ばたく音が不気味に響いた。

五

翌日、岐阜城に着いて早々、冬姫は鍋の方に面会を求めた。居館の奥だけに光秀と又蔵は足を踏み入れることができない。もずだけが付き従った。

冬姫が待っていると、鍋の方が悠然と現れた。

「これは、これは冬姫様、何用でござりましょうや」

鍋の方は冬姫につめたい笑顔を向けた。

「おわかりでしょうが、返していただきたい物があるのです」

「返せ、とは何を」

鍋の方がうかがうような目で冬姫を見た。

「蒲生家の家宝、鏃でございます」

「そのようなものは知りませぬなあ」

冬姫から目をそらし、鍋の方は言った。

「さように申されましょうとも、証人もおることでございます」

「証人？　それは誰のことでございますか」

「明智光秀殿です。鏃を奪った一味の者を捕らえましたが、その者は死ぬ前に、鏃は鍋の方様に届けたと言い残しました。そのことは明智殿も聞かれております」

「ほう、さようか――」

鍋の方は少しも表情を変えず、中庭に目を遣《や》った。そして、不意にくっと笑った。

「鍋の方様――」

冬姫がきっと睨《にら》んで、声をあげると、鍋の方はおもむろに振り向いた。

「冬姫様、きょうが何日かご存じですか」

「七月二十一日にございますが」

鍋の方がなにを言おうとしているのかわからず、冬姫は怪訝《けげん》な顔を向けた。

「三日前の十八日、京で何が起きたかご存じないと見えまするな」

「何があったというのですか」

鍋の方は鬼の首を取ったような顔で言った。

「お館様は京の二条城を囲まれ、将軍足利義昭様を追放されました。足利幕府が亡《ほろ》び、お館様が天下人になられたのです」

冬姫は愕然《がくぜん》とした。足利義昭との対立が続いているとは知っていたが、信長が将軍を追放し、幕府をつぶすなどということが行われるとは思いもよらなかった。

「お館様が天下人になられた時、家中の者はいかがいたさねばならぬとお思いですか」

鍋の方は執拗《しつよう》に言い募る。

「それは――」

冬姫は言葉に詰まった。鍋の方はそんな冬姫を楽しげに弄《もてあそ》ぶ。

「幕府滅亡のおり、いかなることが起きるやわかりませぬ。それゆえ、家中一同、油断なくお館様のお留守を守るべきでありましょう。家宝がどれほど大事でありましょうとも、お館様のお許しもないまま岐阜城へ参られるなど、不心得でございますぞ」

冬姫は唇を嚙んだ。日吉太夫の言った通り、鍋の方は罠を仕掛けて待ち構えていたのだ。

「このこと、きっとお館様に申し上げまする。疾《と》く日野に帰られ、御沙汰を待たれるがよろしかろう」

鍋の方は不敵に言い捨てて立ち上がった。

「鏃を返されぬおつもりですか」

「まだ、さようなことを言われまするか。わが前夫、小倉右京亮は蒲生のために命を失ったのですぞ。たかが鎌ごときで、わたしの怨《うら》みは晴れませぬわ」

激昂《げっこう》した鍋の方が冬姫に詰め寄ろうとした時、侍女があわてた様子で、

「御台所《みだいどころ》様のお渡りでございます」

と告げた。御台所とは信長の正室、帰蝶のことである。

「帰蝶様が——」

鍋の方は驚いた。控える間も無く、帰蝶が広間に入ってきた。

「冬姫殿がお見えじゃと聞いたゆえ、参りました」

帰蝶はさりげなく言って上座に座った。鍋の方は手をつかえ、頭を下げた。

「冬姫殿は、なにやら探し物があって見えられたそうにございます。されど、お館様の大事の時に、嫁ぎ先の城を空けられるのは、いかがなものかと申しあげていたところでございます」

鍋の方が滔々《とうとう》と語る様を、帰蝶はわずかに首をかしげて聞いていた。

帰蝶は三十九歳になるが、その美しさは衰えていない。鍋の方が話し終えるのを待って、微笑して口を開いた。

「お鍋は、何やら勘違いをいたしておる」

平然とした帰蝶の言葉に、鍋の方は顔をあげた。

「勘違い、と申されますと？」

「冬殿は、わらわに呼ばれて参ったのじゃ」

「まさか、そのような――」

鍋の方は言いかけたが、帰蝶に真っ直ぐに見つめられて口をつぐんだ。

「なあ、そうであろう。冬殿」

帰蝶はやさしく冬姫に声をかけた。冬姫は、岐阜城内でも帰蝶を見かけることはまれであった。いつも、どこか哀切な風情を感じさせたが、今日は違っていた。

毅然《きぜん》とした、信長の正室らしい威に満ちている。近頃、信長の寵愛《ちょうあい》をかさに着て、岐阜城の女主人然と振舞っている鍋の方も気圧《けお》されたように控える気配があった。

しかし、鍋の方は気力を振り絞って、言葉を返した。

「これは御台所様のお言葉とも思えませぬ。かような大事の時に冬姫殿を招かれるとはご油断ではござりませぬか。たとえ御台所様でありましょうとも、お館様よりお叱りを被《こうむ》りまするぞ」

帰蝶が信長から退《しりぞ》けられれば、自分が正室になれるかもしれない。そんな思いにかられた鍋の方の顔は上気していた。

「黙りゃ、お鍋――」

帰蝶は切り捨てるように言い放った。その言葉には裂帛《れっぱく》の鋭さがあった。鍋の方はびくりとして頭を下げた。つかえた手がわなわなと震えている。

（わたしとしたことが、どうしてかようにおびえねばならぬ）

鍋の方は帰蝶を正視できない。そこにいるのは、いつもひっそりとした佇《たたず》まいでいる、おとなしげな御台所ではなかった。

冬姫もまた、驚いて帰蝶を見た。帰蝶が梟雄《きようゆう》と言われた斎藤道三の娘であることを、冬姫はあらためて思い知らされた気がした。

美濃の守護大名に仕える身から成りあがり、国を奪った斎藤道三は、隣国に恐れられ、〈美濃の蝮《まむし》〉などと呼ばれた。

やはり帰蝶は、

——蝮の娘
なのだ。帰蝶は鍋の方を見据えた。

「わらわが冬殿を呼んだと申したのは、事を荒立てぬためじゃ。そなたが企んだことは明智光秀より聞き及んでおる」

「明智殿がなにゆえ、さようなことを」

鍋の方は眉をひそめた。言い逃れる術《すべ》はないかと頭をめぐらせる。

「光秀は、お館様よりの言伝《ことづて》をわらわに伝えに参ったのじゃ。畏《おそ》れ多いことゆえ、なまじっかな使者を立てることもかなわぬ言伝じゃ」

鍋の方は顔をあげた。これまで信長と帰蝶の間は冷え切っているものとばかり思っていた。それなのに、自分にではなく、帰蝶に伝えたいことが信長にあるというのが謎だった。

「お館様よりの言伝とは、改元についてじゃ。お館様は元亀を改めることを奏上しておられたが、帝《みかど》のお許しが出たとのこと」

信長は、かねてから改元を望んでいた。足利義昭への十七カ条の意見書でも、

——元亀の年号不吉に候《そうろう》あいだ、改元然《しか》るべしのよし、天下の沙汰につきて申し上げ候
として義昭が改元について進めないことを咎《とが》めていた。

冬姫は思い切って訊ねた。

「元亀から何と変わるのでございましょうか」

帰蝶は冬姫にやさしく微笑《ほほえ》みかけた。

「天正じゃ。天下を正しくいたすとは、お館様のかねてからの望みであった。そしてわらわの願いでもある」

帰蝶は鍋の方に顔を向け、

「お館様のお働きは天下を正すにある。さようなことを心得ず、足利将軍が追放された

ゆえ、天下人になられたなどと軽々しく申す者こそ、不心得者ぞ」

と厳しい言葉を発した。だが、冬姫には帰蝶の言った別の言葉が気になっていた。

「御台所様の願われることとは、どのようなものでございましょうか」

なぜなのだろうか。訊いておかなければという気がしていた。

帰蝶は表情をやわらげて冬姫を見つめた。

「冬殿も存じておられよう。わが父道三は、わらわにとって異腹の兄義龍《よしたつ》殿と争い、非業の死を遂げられた。そのおり、信長殿に美濃一国の譲り状を送ってこられたが、父上の真意は、美濃をわらわに譲りたいということであった」

帰蝶は淡々と話した。

「わらわは、信長殿に美濃を奪い取っていただきたいと思った。だが、それは亡き父の仇《あだ》を討ちたいということだけではなかった。父の望みを果たしたいと願ったからでもあったのじゃ。冬殿、おわかりになられようか」

見つめられて、冬姫は首を横に振った。

「父道三は成りあがって美濃の国主となったが、それは血筋、家柄だけで守護大名が国を治めるのが許せなかったからじゃ。力ある者によって、世を正さなければならぬと父上は思っておられた。天正とは、わが父の望みであった」

それを知っていたからこそ、父信長は改元が許されたことを真っ先に帰蝶に伝えた。

信長と帰蝶はそれほど強い絆《きずな》で結ばれていたのだ。しかし、それならばなぜ、信長と帰蝶の間柄は冷めきっているように見えたのだろうか。

「冬殿は、わらわと信長殿の間柄に不審の念を持たれたのであろう。どうして仲睦《なかむつ》まじくいたさぬのか、とな」

「さようなことは——」

冬姫は言葉を呑み込んだ。信長にそれほどの思いがあるのなら、なぜ鍋の方を寵愛してきたのだろう。

「わらわは、信長殿に美濃を取ってもらう以上、子は持たぬと決めたのじゃ」

冬姫は胸を突かれた。

「わが母小見《おみ》の方《かた》は、光秀と同じ美濃の明智一族の出であった。明智は美濃の国主であった土岐家の支流じゃ。美濃において土岐家の血は強い。わが兄義龍殿が父道三を討ったのも、土岐家の遺臣たちが押し立てたがゆえのことであった。わらわが子を産めば、土岐家の遺臣たちがわらわの子を押し立てて、信長殿を討とうとするであろう。父道三の非業の死が繰り返されることになるやも知れぬ」

「それで、御子を持たれなかったのですか」

鍋の方が顔をあげた。どのような事情があったにせよ、自分は信長の子を産んだのだ。それが何よりの絆ではないか、と言いたげだった。

帰蝶は哀しげに微笑んだ。

「子を持たぬとは、公にせぬということじゃ。信長殿は永禄二年に京に上られたことがある。美濃攻めが進んでいることを将軍足利義輝様に奏上するためであった。上洛《じょうらく》して御所に参上したのは二月二日であった。その時、わらわもともに上洛した。身籠《みごも》っておったが、尾張で産むわけにはいかなかった。京に至る前の一月に、近江の成菩提院にて産むことができた。凍《い》てつく寒さの中で生まれたゆえ、信長殿は冬と名づけられた。そのおり、住持が仏壇に水晶の数珠を置き、赤子の無事な成長を祈願してくだされた。わらわも懸命に心をこめて祈った。どうか、この子をお守りくださいと」

冬姫は驚きのあまり声を出せなかった。

(帰蝶様こそが、わたしの母上なのか)

冬姫がいつも肌身離さずにいる水晶の数珠は、成菩提院で帰蝶が祈りを込めてくれたものだったのだ。

帰蝶は冬姫を見つめたまま言葉を続けた。

「されど、わが子であることは明かすわけにはいかなかったのじゃ。それゆえ、美濃の土豪の妻であったいおに預け、生まれ年も偽って育てさせた。わらわはいつも遠くから見守るだけであった」

帰蝶の言葉は鍋の方を震撼《しんかん》させた。

冬姫が帰蝶の産んだ娘だとすれば、唯一の正室の子である。さらには、支流とはいえ美濃の国主の血を引いているとも言えるのだ。そのことが公になれば、織田家に属した美濃衆は冬姫を真の主筋だと思うだろう。だからこそ、信長は冬姫を近江の豪族である蒲生家に嫁がせ、争乱が起きないようにしたのかもしれない。それほどの思いをかけられている冬姫に対して、恐ろしいことをしでかしてしまった。

帰蝶は鍋の方に顔を向けた。

「そなたのこたびの企みは、酌殿を守りたいという母の気持から出たことであろう。母と申す者は、わが子を守るためなら、いかなることでもしてのけるものよ。されど、それはわらわも同じじゃ。いまもなお明智光秀を始め美濃衆はわらわの手の内にある。冬姫を害そうとする者がいれば、美濃衆を動かして、その者をきっと成敗いたす」

鍋の方は青ざめて頭を下げた。額に汗が浮いている。

「仰せ、承ってございます」

鍋の方が震える声で応じると、帰蝶は立ち上がった。広間を出て行きかけて立ち止まり、

「まことの母とは名のれずとも、母である気持に変わりはない。そなたを見守っていることを忘れずにいて欲しい」

と慈愛に満ちた声で言い、静かに裾をさばいて出ていった。

冬姫は、帰蝶の立ち去る姿を天女が舞っているように美しいと感じて、胸がいっぱいになった。

この年、七月二十八日。元号は元亀から、

――天正
と改まった。信長が岐阜城に戻ったのは、八月四日のことである。側室たちを従えて出迎えた帰蝶に目を留めた信長は、

「御台、約束のこと果たしたぞ」

と声をかけた。かつて斎藤道三が長良川で義龍と戦ったおり、信長は救援に駆け付けようとして間に合わず、道三を死なせた。その日の夜、帰城した信長が帰蝶に誓ったのが、天下を正すということだったのである。

信長の言葉に、帰蝶は微笑んでうなずいた。信長と帰蝶は〈天正〉の旗を掲げて生きることを選んだ夫婦だった。

ところで、『近江国《おうみのくに》輿地《よち》志略《しりやく》』には、おそらく永禄年間のこととして、成菩提院の記録が載っている。

——曾《かつ》て織田信長と御台所倶《とも》に当院に止宿す。不図平産あり

信長と御台所が成菩提院に泊ったところ、安産があったというのである。信長の御台所とは帰蝶を指すことは言うまでもない。

# どくろ杯

## 一

天正二年（一五七四）正月――

丑三《うしみ》つ時《どき》、ひとびとが寝静まったころ、岐阜城の大広間に手燭《てしょく》を持ったひとりの女人《にょにん》が現れた。女人は織田信長の妹、

――お市
である。前年の天正元年八月、お市の夫、浅井長政は小谷城を織田勢に攻められ、父の久政《ひさまさ》とともに自刃し、浅井家は滅亡していた。

お市は手燭を置いて、大広間の正面にある床の間の違い棚に向かい合って座った。違い棚には〈公卿《くぎょう》〉が置かれている。

公卿とは白木の折敷《おしき》の下に台をつけた衝重《ついがさね》である。白い布がこんもりと盛り上がってかけられている。お市はやおら立ち上がり、公卿をたいせつなものでも扱うかのよう

に抱えて下ろした。しばらく白い布をじっと見つめていたお市は、意を決して布をそっと払った。手燭の灯《あか》りに照らされた三つの髑髏《どくろ》が金色に輝いた。

お市は髑髏を見据えた。おもむろに髑髏のひとつを手に取り、いとおしむようにゆっくりとなでた。声をたてずにお市は嗚咽《おえつ》した。

その金色の髑髏はお市の夫のものだった。


この日、岐阜城で京の公家衆《くげしゅう》、諸大名、家臣を招いての年賀祝宴を催した信長は機嫌よく家臣たちに盃《さかずき》を与え、にぎやかな宴は夜遅くまで続いた。

公家や大名衆が退出した後は、馬廻役《うままわりやく》だけを残しての酒宴になった。このころ、馬廻役の主だった者は、前田利家《まえだとしいえ》、佐々成政《さっさなりまさ》などである。

『信長公記』では、この時の宴で信長が奇怪な肴《さかな》を披露したとしている。

——古今に承り及ばざる珍奇の御肴出《い》で候《そうろう》て、又、御酒あり。去る年北国にて討とらせられ候
一、朝倉左京大夫《さきょうのだいぶ》義景首。一、浅井下野《しもつけ》、首。一、浅井備前《びぜん》、首。已上《いじょう》三ツ、薄濃《はくだみ》にして、公卿に居置《すえ》き、御肴に出だされ候て、御酒宴

髑髏にはそれぞれ、
朝倉左京大夫義景（朝倉義景）
浅井下野（浅井久政）
浅井備前（浅井長政）
の名が書かれた木札がくくり付けられていた。前年に信長が滅ぼした越前の朝倉義景、近江の浅井久政、長政父子の髑髏に漆を塗り、金粉で彩色を施した薄濃の髑髏だった。
薄濃の髑髏を見せられた馬廻役たちは粛然《しゆくぜん》とした。
髑髏の頭頂部は、くりぬかれて漆塗りの盃になっている。そこに酒を注いで飲む〈どくろ杯〉だった。

お市は公卿のそばに置かれていた酒器を手に取り、長政の〈どくろ杯〉に酒を注いだ。杯を手にして宙を睨《にら》み据え、

「憎いぞえ、秀吉《ひでよし》――」

とつぶやくと、あおるように酒を口に流し込んだ。

小谷城が落城すると、お市は茶々、初《はつ》、江《ごう》の三人の娘とともに城を出て信長のもとへ戻った。一方、長政の嫡男《ちやくなん》で十歳になる万福丸《まんぷくまる》は、織田方の目を逃れて越前敦賀へと落ち延びた。

　この万福丸を探し出し、関ヶ原《せきがはら》で磔《はりつけ》にしたのが織田家の出頭人《しゅっとうにん》で先ごろまで木下藤吉郎と名のっていた羽柴《はしば》秀吉である。

　秀吉は浅井攻めの功により、浅井の旧領のうち北近江三郡十二万石を与えられた。さらにそれまでの今浜を長浜《ながはま》と改めて城を築こうとしていた。

　秀吉が最も恐れるのは、牢人《ろうにん》となった浅井家の家臣が万福丸を押し立てて、旧領を取り戻そうとすることだった。

　そのため必死に万福丸の行方を突き止め、信長に報告したのだ。長政の嫡男が生きているとわかれば、信長は必ず処刑を命じるはずだと見越してのことだった。

　お市は、秀吉を許せなかった。万福丸はいかにも妾腹《しょうふく》の子だが、嫡男である以上、正室のお市の子であるとも言える。

（年端もいかぬ万福丸殿を見逃しもせずに磔にいたすとは、なんと非情な——）
秀吉への復讐《ふくしゅう》を誓って、お市が〈どくろ杯〉の酒を飲んだのには理由があった。

　このころ、密教の一派に『理趣経《りしゅきょう》』を経典とし、荼枳尼天《だきにてん》を拝する立川流があった。鎌倉時代に仁寛《にんかん》という僧によって始められ、南北朝《なんぼくちょう》時代に広まったとされる。

　陰陽の二道により真言密教の教理を発展させ、男女交合の境地を即身成仏《そくしんじょうぶつ》の境地と見なした。言い換えれば男女の交わりによって真言宗の本尊、大日如来《だいにちにょらい》と一体になるとしたのだ。また、俗説によると、

――髑髏本尊

を崇《あが》めたという。貴人の髑髏に男女が交わった際の〈和合水《わごうすい》〉を塗り、金箔《きんぱく》、銀箔を貼った〈髑髏本尊〉として祀《まつ》るのである。

お市は、信長が作らせた〈どくろ杯〉こそ噂《うわさ》に聞いた〈髑髏本尊〉だと思った。

〈嫡男を殺された長政殿の無念を晴らさせたまえ〉

お市は念を込めて、〈どくろ杯〉の酒を口にした。信長の政略のために嫁がされたとはいえ、子までなした夫長政の頭蓋骨で作られた盃である。

飲むほどにお市の目は妖しい光を湛《たた》えていくかのようだ。

立川流が崇める荼枳尼天は死者の心臓を食う鬼神であったが、大日如来に帰依《きえ》して善神となった。

日本ではその姿は、狐《きつね》にまたがり、武器を持った天女として描かれることが多い。手燭の灯りに浮かび上がったお市の姿は、まさに荼枳尼天を思わせる凄艶《せいえん》さを漂わせている。

〈髑髏本尊〉を七年間祀れば、八年目に髑髏に魂が甦《よみがえ》り、神通力によってあらゆる望みをかなえられるという。

お市はつぶやいた。

「必ずや、長政殿の怨《うら》みは報いられようぞ」

揺れる灯りに、薄濃をほどこされた髑髏が妖しく煌《きら》めいた。

二

二年が過ぎた。天正四年（一五七六）三月――

蒲生家はあわただしい騒ぎに巻き込まれていた。この年の正月、信長は琵琶湖畔の安土山に城を築くと決めたからである。

信長はすでに、浅井、朝倉を亡《ほろ》ぼし、強敵武田をも去年、長篠の合戦で打ち破っていた。天下を制するには岐阜城では、なにかと不便だとして、京に近く、畿内から中国、北陸地方まで押さえることができる安土城を本拠地にしようというのだ。

何事にも性急に事を進めないではいられない信長は、いったん築城を思い立つと、二月には岐阜城から安土の仮御殿に居を移して、築城の陣頭指揮を執った。

諸国から木材、石が集められ、石工《いしく》や大工、人足たちが群がる蟻《あり》のように働いた。日野城は安土に近いため、蒲生賢秀は自ら家臣を引き連れて足繁《あししげ》く通い、普請《ふしん》の手伝いをした。それを見た信長は賢秀に、

「築城の暁には、そなたを安土城留守居役に任じようぞ」

と言って賢秀の働きを称賛した。それを聞いた賢秀は喜び勇んで、いっそう、安土へと出向くようになった。さらに機嫌をよくした信長は、少しずつ姿を現す城を眺めつつ、

「面白き城になりそうじゃ。一度見に参るよう冬に伝えよ」

と賢秀に言った。

このため、冬姫は三月に入って安土の築城現場を見舞に訪れることになった。いつものように鯰江又蔵ともずが供である。

冬姫が女輿《おんなごし》で安土を訪れた日は、雲ひとつない青空が広がっていた。

仮御殿へ行くまでの道には、切り出した大石を運ぶ数千の人足がひしめき、それを見物する近郊の老若男女も詰めかけて、喧騒《けんそう》が凄《すさ》まじかった。

普請場の土煙と相まって、春霞《はるがすみ》たなびく野や山の桜が今を盛りに咲き誇り、安土は信長が切り開いていこうとする世の中を表すかのように活気を帯びている。

仮御殿に着いた冬姫が女輿を降りると、待ち受けていたとばかりに、すかさず近寄った赤い袖無し羽織、裁着袴《たつつけばかま》姿の小柄な武士が大仰《おおぎょう》な声をあげた。

「これはこれは冬姫様、なんとまあ、お美しくなられたことか。感服仕《つかまつ》りましたぞ」

色黒で引きしまった体つきの小柄な男が、しわの多い猿のような顔に、開けっぴろげな笑みを浮かべている。

岐阜城で何度か顔を見かけたことがある羽柴秀吉だった。小者《こもの》から成りあがり、いまでは筑前守《ちくぜんのかみ》を称する大名にまで昇った出頭人だけに、冬姫は、

「おひさしゅうございます」

とていねいに頭を下げた。秀吉は手を振って、

「何をさようにかしこまっておられまするか。お館《やかた》様の姫君でございますれば、猿、元気か、とでも声をおかけくだされば、恐悦至極に存じまする」

と顔をしわだらけにして笑いかけてから、普請場の方に目を遣《や》った。

「実は、今日はそれがしの嬶殿《かかどの》も参っておりましてな。ただいま普請場にてお館様に拝謁《はいえつ》いたしているところでござります。ひと日会《お》うてやってはくださりませぬか」

言うが早いか、秀吉はせかせかと案内に立った。嬶殿とは、秀吉の妻おねのことである。おねも普請見物に招かれ、安土に来ているのだろう。

冬姫はもずたちにうなずいてから秀吉の後に続いた。

人足たちが行き交う普請場への道は、平らにならされて歩きやすかった。

信長は白小袖に黒紗《くろしゃ》の袖なし羽織を着て、陽《ひ》よけに黒い南蛮帽をかぶった姿で鞭《むち》を手に床几《しょうぎ》に腰かけていた。その傍らに蒲生忠三郎と賢秀が控え、前には侍女を従えた打掛姿の女が跪《ひざまず》いている。

豊満な体つきでととのった顔立ちの女人だ。この女人が秀吉の正室おねだろう。

「お館様、冬姫様の御到着にございまする」

秀吉はあたりに響き渡るほどの大声で告げた。信長はちらりと冬姫に視線を向けて、うなずいた。

「よう参った。ゆるりと見物して参れ。大石を曳《ひ》いての石垣造りなど、なかなかの見物《みもの》であろう」

と冬姫に笑顔で声をかけた信長は、一転、秀吉には厳しい視線を向けた。

「猿、そこに控えよ」

信長は鞭で地面を指した。秀吉が、あわてておねの傍らに平伏すると、

「そなた、近頃、側女《そばめ》を抱えおるそうであるが、まことか」

信長は甲高《かんだか》い声で訊《き》いた。秀吉は長浜城主となってから南殿《みなみどの》という側室を置いていた。すでに南殿との間には、石松丸《いしまつまる》という男子まで生まれていた。

「さようにございます」

「大名になった以上、跡取りのことを考えねばならぬのは必定である。側室を持つなとは言わぬが、いささか早過ぎようぞ。増長いたしたか」

信長に睨《にら》み据えられて、秀吉は地面に額をこすりつけた。傍らにいた冬姫は、一瞬、秀吉の横顔に見慣れぬ表情を見た。

冬姫が首をかしげている間に、

「恐れいってございます」

と言って秀吉は不意に顔をあげた。ひとのよさげな善人顔になっている。

「なにせ嬶殿は悋気《りんき》をいたしますので、どうにもこうにも困っております」

おどけたような物言いを秀吉がすると、

「たわけ――」

信長は鞭でぴしりと秀吉の首筋を打った。

「申し訳ございませぬ」

秀吉は震えながら平伏した。おねが膝を乗り出した。

「お館様。秀吉殿も、もはや懲りたかと存じます。これにて……」

「さようか。そなたが、そのように申すのであれば、ここまでにいたすとしよう。猿、屹度《きっと》改心いたせよ」

直前までの怒り様が嘘《うそ》だったかのように、信長はからっと笑った。

おねは、信長に秀吉の浮気を訴えたらしい。

これを聞いた信長は、周囲に人がいる中で秀吉を折檻《せっかん》し、おねの気持を晴らしてやったようだ。秀吉が首筋をなでて、

「まことに肝が冷えましてござりまする。二度と女子《おなご》に手を出したりなどはいたしませぬ」

と大きな声でため息をつくように言うのに、おねが振り向いて、

「さようにしてくださりませ」

と念を押しつつ笑顔で応えるという、何ともなごやかな夫婦の会話である。

冬姫は驚きをもっておねの顔を見つめた。

(皆が鬼神のように恐れる父上に夫婦喧嘩《ふうふげんか》の始末を持ちかけるとは、何と肝が太いひとなのであろうか)

秀吉が機略に富む武将だとは聞いていたが、おねは、それに劣らぬ大胆不敵な女のようだ。

冬姫の視線に気づいて、

「これは、冬姫様。初のお目もじでございますのに、みっともないところをお見せいたし、お恥ずかしゅう存じます。ご無礼いたしました」

おねは決まり悪そうに頭を下げた。

「冬よ、おねは男であれば万石持ちの大名になれたであろう。そなたも女子の戦いぶりをおねに学ぶがよかろうぞ」

「これはまた、お戯《たわむ》れを」

おねはころころと笑った。その笑い声は無邪気な少女のようだった。

おねが安土の普請場を訪れた後、信長はおねに書簡を送った。

「藤きちろうおんなとも」へ、とした仮名書きの書簡では、おねにひさしぶりに会ったことを喜び、

——それの眉目《みめ》ぶり、かたちまで、いつぞや見まいらせ候おりふしよりは、十のもの廿《にじゅう》ほども見上げ候

と以前会った時より、倍も美しくなったと褒め、さらに、

——藤吉郎連々不足の旨申すのよし、言語道断。曲事《くせごと》に候か。いずかたをたずね候とも、それさまほどのは、又二たび、かの剝げネズミ、あいもとめがたき間、これより以後は、身持ちを陽快になし、いかにもかみさまなりに、おもおもしく、悋気などに立ち入り候ては、然《しか》るべからず候

と秀吉の浮気をけしからぬこととしたうえで、悋気をおさめて奥方らしい重みを持って過ごすように、と訓戒していた。

信長からこれほどの書簡を送られることは、おねの器量の大きさを推して測るに十分なものだった。

その日のうちに日野城に戻った冬姫は、夕餉《ゆうげ》の席で忠三郎に秀吉とおねの夫婦の話をした。

「あのような夫婦もおられるのですね」

「さよう、ふたりとも才長《さいた》けておられる」

相槌《あいづち》を打った忠三郎は、何か考えるところがあるのか、しばらく押し黙った。その様子を見た冬姫は訝《いぶか》しそうな表情で口を開いた。

「わたくしは、面白きご夫婦と存じましたが」

「その通りだが、夫婦は和合が第一と申す。ともに才を競い合うのは恐《こわ》いことではなかろうかと思うが」

忠三郎は、秀吉夫婦の振舞いに陽気さよりも、才気がぶつかり合う危うさを感じたらしい。

（そんなものなのだろうか）

冬姫は怪訝《けげん》に思って、ふと傍らに控えているもずを振り向いた。

「もずはおね殿をどのように思いましたか」

もずは、少し戸惑いながらも口にした。

「おね様のことはわかりませぬが、鞭で打たれ、平伏された秀吉様の横顔には怨みの色がございました。顔をあげられた時には見事に消しておられましたが、それだけに恐い方だと思いました」

もずの言葉に冬姫はどきりとした。

（そうであった。秀吉殿の横顔に浮かんでいたのは、底知れない怨みの表情だった）

秀吉にはどこか腹の知れないところがある。あの横顔を見たからには、そう思わずにはいられなかった。

三

思いがけないことが起きた。

冬姫が安土城の普請場で秀吉に会ってから一年後の天正五年（一五七七）八月。

秀吉は、上杉謙信《うえすぎけんしん》の西上に備えるため、柴田勝家を大将に加賀《かが》へ出陣するよう命じられた。ところが秀吉は、勝家の作戦を不満として、信長に無断で突如、戦線を離脱して長浜城に戻ったのである。

この時秀吉は、日頃の如才なさが影をひそめ、常にない振舞いをした。

八月八日《ひ》に行われた加賀での軍議の席上、秀吉は上杉謙信に西上の意志なしとして、兵を退くよう、持ち前の大音声《だいおんじょう》で主張した。

「修理《しゅり》殿（勝家）はおのれの武功のため、織田家の兵力をここに集められたか。それほど御身《おんみ》が大切で、お館様に泣きつかれたか」

あまりの罵詈雑言《ばりぞうごん》に勝家は体を震わせて激怒し、前田利家が秀吉をたしなめる場面もあった。ついに勝家は、

「藤吉郎、大将の命令を聞けぬとあれば、そなたの力は借りぬ。好きなようにしろ」

と言い出し、即座に秀吉もこれに応じた。

「修理殿のお許しをいただいた上は、早速、帰らせていただこう」

秀吉は軍議の席を蹴り、すぐさま自分の陣に戻って、長浜に戻ることを家臣に伝えた。

利家は秀吉の陣を訪れ、

「藤吉郎よ、このまま長浜に帰れば、お館様からどのようなお叱りがあるかわからぬぞ」

と諭《さと》したが、いつもならひとの言葉に耳を傾ける秀吉が、なぜかこの時は別人のように険しい表情に変わっていた。

八月十二日に長浜に戻った秀吉は、安土に使者を立て、信長に無断帰国の経過を報告した。これを聞いた信長は、

「城にて沙汰を待て」

と言ったのみで、すぐには処断を下さなかった。だが、織田家中では、

「秀吉は死罪、軽くても追放であろう」

と誰もが予測した。秀吉の家臣たちも、

「どうして、かようなことをされたのか」

と厳しい裁きを覚悟して皆、嘆いた。しかし、秀吉は家臣の心配をよそに、長浜城で

連日連夜、酒宴や近江舞を催して遊楽にふけった。城に閉じこもれば、謀反《むほん》の噂《うわさ》が出ると恐れて、わざと信長に聞こえるように遊び呆《ほう》けているのではないか、とみられた。

だが、それならそれで、最初から勝家と喧嘩などしなければいいのではないか、と古くからの家臣たちは首をひねった。

そんな最中のある夜、供廻《ともまわ》り五人だけを連れた武士が日野城を訪れた。この日、忠三郎は安土城に詰めて留守であった。

賢秀が応対に出てみると、驚いたことに、訪れたのは長浜城で謹慎しているはずの秀吉だった。

「これは、また。いかなることにて」

驚く賢秀に、秀吉は手を合わせて頼んだ。

「すまぬ。わけは後で話すほどに、まずは冬姫様にお目通りさせてもらいたいのじゃ。お頼みいたしたきことがあってな」

「冬姫殿に――」

賢秀は顔をしかめたが、秀吉から、頼む、頼む、と両手を合わせて迫られると無下に断ることもできず、やむを得ず冬姫を呼んだ。

賢秀は冬姫の傍らに座り、隣室に鯰江又蔵ともずを控えさせた。

秀吉は、賢秀たちが聞いていようが懸念する様子も見せず、

「実は、冬姫様にお取り成しをお願いいたしたいのでござる」

と冬姫に頭を下げた。

秀吉が加賀の戦陣から無断で戻り、謹慎中であることは聞いていた。だが、取り成しを頼まれても、戦《いくさ》に関わることで信長はひとの話に耳を貸すはずがないのはわかっている。冬姫は訝しく思った。

「さように申されましても、父上がわたくしの言うことなど聞くとも思われませぬが」

「いいえ、お館様ではござらん。お市様へのお取り成しをお頼みいたしたい。お市様は冬姫様にとって叔母上にあたられる。冬姫様におすがりするしかないのでござる」

「お市様？」

冬姫は目を瞠《みは》った。お市はいま清洲《きよす》城にいる。そのお市へ取り成しとはどういうことなのだろうか。

「聞いていただかねば、おわかりくださらぬでしょう。浅井家滅亡のおりより、お市様はそれがしを深く憎んでおられるのです。それがしが長政殿の嫡男、万福丸殿を磔にいたしたからでござる」

秀吉は肩を落として言った。

「そのような噂を耳にしたことはございますが、羽柴様は父上の命によってなされたこ

とだと存じております」

「さよう。それがしが、お館様に逆らうなどありえぬことでござる。お館様が生かすおつもりなら、万福丸殿が死なれることはなかったはず。しかし、お市様はお館様を憎みたくないと思われたのでござる。それゆえ、すべての憎しみをそれがしに向けられたのだと存ずる」

秀吉の目には悲しみの色があった。

「それはお気の毒な……」

「実は、それがし、昔、身の程知らずにもお市様をお慕いいたしたことがござってな。まことに恐れ多いことじゃが、そのお方にかようにまで憎まれるとはどのような因果なのか」

秀吉はため息をついて、話を続けた。

「それだけではござらん。お市様は、夜毎《よごと》、浅井長政殿の髑髏に向かい、それがしを呪《じゅ》詛《そ》されておるそうでござる」

「お市様が羽柴様を呪っていると言われるのですか」

冬姫は眉をひそめた。

「さよう、その噂はかねてから聞き及んでおりました。密教の立川流では、〈髑髏本尊〉と申して、貴人の髑髏を祀り、祈願をいたすそうでござる。七年の間祀れば、八年目に効験が現れるとか。長政殿の髑髏が薄濃にされたのは三年前のことでござる」

秀吉は唇を舌で湿して言った。

「近頃、それがしは夜中に何度も異様な夢を見るようになり申した」

夢に見るのはいつも戦場の夕暮れだった。

夕陽に赤く染まった戦場に死体が山のように積まれ、おびただしい血が川のように流れている。

織田勢はこれまで、比叡山の焼き討ち、長島《ながしま》の一向一揆《いっこういっき》の根切りなど、数千、数万人の虐殺を行ってきた。

〈焼き討ち〉、〈根切り〉では、殺す相手が女子供であろうとも容赦することはなかった。どれほど哀願しようが、泣き叫ぼうが、織田勢は無慈悲に殺戮《さつりく》を行ってきた。

秀吉が夢で見るのは、いつもそんな戦場だった。

誰も生きている者がいない荒野をひとり彷徨《さまよ》っている。地面に立てられ今にも倒れそうな旗差物《はたさしもの》の上に烏《からす》が止まって不気味に鳴き騒いでいる。

よろよろと秀吉が歩いて行くと、三人の女が死者から鎧兜《よろいかぶと》や刀を剝ぎ取っているところに出くわした。秀吉も幼いころ戦場で死者を身ぐるみ剝いだことがあった。生きるためには何でもした。

近寄ってのぞき込んで見ると、女たちが振り向いた。

死体の血で汚れた女の顔は、秀吉の母、おなかだった。さらに、もうひとりは側室の南殿、三番目の女はおねだ。そして身ぐるみ剝ぎ取られ、丸裸にされている武者の顔は秀吉自身だった。

うわっ、と叫んで秀吉は寝床で目を覚ました。汗で下着がしとどに濡《ぬ》れていた。

（嫌な夢を見た）

秀吉は起き上がると、板戸を開けて広縁《ひろえん》に出た。

月が長浜城の中庭を青く照らしている。ふと月を見上げると、妖しげな物がふわりと宙を飛んでいる。目を凝らしてよくよく見れば、狐に乗った天女が自分を差し招いているようだ。

（茶枳尼天だ）

秀吉は呆然《ぼうぜん》と見つめていた。天女の顔に見覚えがあるようで、思い出せない。額に汗を浮かべ、どうにかして思い出そうとしていると、遠くから、

――お市様
という声がした。

（そうだ、お市様であった）

気がついた瞬間、秀吉は再び目覚めた。

真っ暗な寝所で、全身汗まみれになりながら、うなされていたのである。

「そんな夢ばかりを見ておりましたが、それに留《とど》まらず不吉なことが起きるようになりました」

「何事が起きたと言われますのか」

「去年、安土の普請場におねが来て、お館様にそれがしの悪口を言ったことを覚えておいでてござろうか。たまたまお館様の機嫌がよろしくて、助かりましたが、普段ならあのようなことを申し上げれば、命がいくつあっても足りませぬ」

そう言われてみると、おねの告げ口は妙な事ではあった。

さらに秀吉は言葉を継いだ。

「去年十月、それがしの側室が産んだ石松丸は、病にて亡くなったのでございます」

秀吉の目に涙が浮かんだ。

『竹生嶋《ちくぶしま》奉加帳』の記帳によると秀吉の側室南殿が産んだ石松丸秀勝は、天正四年、六歳で夭折《ようせつ》したとされる。

「どうも石松丸の体調が優れぬと思っておりましたところ、どうやら毒を盛られた様子なのです。おねの仕業に違いありますまい。おねはさようなことをする女子ではなかったのでござるが、何かに憑《つ》かれておるとしか思えませぬ」

「まさか、そのような」

あの賢明そうなおねが、そのような陰惨なことをするとは信じられない。

だが、秀吉は頭《かぶり》を振った。

「それだけではないのでござる。それがし、加賀へ出陣いたしたが、陣中で柴田殿と喧嘩をいたすなど、思いもかけぬことでござった。いや、実は柴田殿と口論いたしたこともまったく覚えておりませぬ。気がつけば、長浜に帰る途中でござった」

「何も覚えておられなかったと」

冬姫は賢秀と顔を見合わせた。秀吉の話はあまりに奇怪だった。

「いかにも。まるで、それがしとは違う、もうひとりの自分が柴田殿と喧嘩をいたしたかのように思えてならないのでござる」

秀吉は青ざめた顔で身震いした。

四

秀吉は、その夜、日野城に泊った。

秀吉が寝所《しんじょ》に行った後、冬姫は賢秀にどうしたものか、と相談した。傍らに又蔵ともずが控えている。

「いかに羽柴様の頼みであろうと、お市様に取り成すなどできませぬが」

冬姫が困惑した表情で言うと、賢秀はうなずいた。

「武家は戦によってひとを殺《あや》めますゆえ、怨みを受けるは必定でござる。羽柴様はそれから逃れる術《すべ》はござりますまい。されど、ご自分が喧嘩いたしたことも覚えていないとは面妖《めんよう》なことでござる」

又蔵が身じろぎして、膝を進めた。

「それがし、相撲を取った相手が地面に頭を打ちつけた後、二、三日の間、おのれのしたことが、まったくわからなかったということがあったのを覚えており申す。ひょっとして、それと同じことが起こったのかも知れませぬ」

「さて――」

冬姫は首をかしげた。秀吉の話と又蔵の話はどこか違うような気がする。傍らのもずが手をつかえた。

「申し上げます。羽柴様は、お市様から呪詛をかけられているのではないと存じます」

「呪いではないというのですか」

「あるいは、呪詛もかかっておるかも知れませぬが、おのれのしたことを覚えていないということとは、また別でございましょう」

もずは真剣な目差《まなざ》しで訴えた。

「では何なのですか」

冬姫の問いに、もずは悲しげに答えた。

「羽柴様はふたつの心をお持ちなのではないでしょうか」

「ふたつの心？」

「さようでございます。ひとは、あまりに苦しく哀《かな》しい思いをいたすと、心が割れてふたつになってしまうのでございます。わたくしも男でありながら、女の心を持つがゆえにわかるのでございます」

もずの言葉に冬姫は胸を突かれた。

（そうであった。もずは日頃、わたしを気遣わせぬよう振舞っているが、内心どれほど苦しい思いをしていたことだろう）

賢秀と又蔵は困ったように顔を見合わせた。ふたりとも、もずが男であることを薄々は知っていただろうが、はっきりと聞いたのは初めてなのだ。

「羽柴様は尾張中村の百姓の家に生まれ、若いころは諸国を放浪された、と聞いております。そのころ、忍びの仲間に入られたこともあったのではないでしょうか。忍びはおのれの心を殺します。どのように侮《あなど》りや、辱《はずかし》めを受けようとも、それはおのれではない、別の者が受けているのだ、と思い心を平《たい》らかにしておるのでございます」

「もずもそのようにして参ったのですか」

冬姫はもずにいたわりの目を向けた。もずはうなずいて言葉を継いだ。

「さようにいたしている間に、おのれの中にもうひとりの自分が出て参ります。その者のなすことは自分にもわかりません。それゆえ、誰にも知られることなく動くことができる、真の忍びとなるのでございます」

「それではおのれを失うことになるのではありませんか」

「さようでございます。おのれを捨てて、もうひとりの自分を得るのでございます。良きことばかりをなそうとするおのれと悪《あ》しきことを平然と行えるおのれという、ふたりが同じ体にいるようになるのです。羽柴様は、いまではそのことに気づかれておられると思います。ただ、その原因《もと》がお市様の呪詛のためだ、と思い込まれようとしているだけではありますまいか」

冬姫は一年前、安土城の普請場で善良そうな秀吉の顔に一瞬、怨みの表情が浮かんだことを思い出した。

あれが秀吉の本当の顔なのかもしれない。幼少のころより、辛酸を舐《な》めて生きてきた秀吉の胸には、世の中のありとあらゆるものへの怨みが籠《こも》っているのかもしれない。日頃、抑えているだけに、ふとした拍子に、もうひとりの秀吉の顔が出てくるのではないか。

そう考えた冬姫ははっとした。

「きょう、この城に見えたのが、悪しき羽柴様であったとしたら――」

又蔵が膝を叩《たた》いた。

「さようですぞ。お館様のお怒りを買って、謹慎しているはずの羽柴様がこの城へ来られるなどおかしゅうござる。なんぞ、狙いがあってのことかも知れませぬ」

賢秀は腕を組んでつぶやいた。

「羽柴様はわれらにも怨みを抱かれたのかも知れぬ」

「まさか、わたしたちは羽柴様に何もいたしてはおりませぬ」

冬姫には信じられなかった。

「いや、思いめぐらしてみると、羽柴様は一年前、安土の普請場でお館様に側女のことを咎《とが》められ、鞭で打たれるのをわれらに見られたではないか」

「さようなことを怨みに思われるでしょうか」

冬姫が眉をひそめると、もずは顔をあげた。

「いえ、あの時、羽柴様はもっとも見られたくないひとに、ご自分の無様な姿を見られたと思われたのではないでしょうか」

「もっとも見られたくないひととは誰なのです?」

「お市様にございます」

秀吉がかつてお市を慕っていたと話したことを冬姫は思い出した。側室のことで信長に鞭打たれるなど、お市には最も見られたくない姿だろう。

「されど、お市様は安土にはおられなかったはず」

もずはゆっくりと頭を振った。

「いえ、あの場にはお市様に生き写しの方がおられたのです。家中の方はどなたであろうと、冬姫様が、お市様によく似ておられると言われるではありませんか」

「わたくしが――」

冬姫は胸を突かれる思いがした。あの時、秀吉はお市の前で信長に鞭打たれるような屈辱を味わったのだろうか。

もずはあたりをうかがいながら、声をひそめた。

「されば、今宵《こよい》はご用心が肝要かと存じます」

目を光らせて言うもずの言葉に、賢秀は何度もため息をついた。

「まさかのう――」

賢秀には、才智あふれる秀吉がそのように心の闇を抱えているとは信じられないのだった。


深夜――

日野城は真っ暗な闇に閉ざされた。しんとして物音ひとつしない。

奥の寝所で秀吉は不意に目を開けた。

むくりと起き上がる。

秀吉は、爛々《らんらん》と目を輝かして虚空《こくう》の闇を見つめた。その姿には、いつものような明るさはなく、研《と》ぎ澄まされた鋭さを身にまとっていた。かすれた声でつぶやく。

「皆、ようやく寝たようだな」

秀吉は薄気味悪い笑い声を低くあげた。

首をまわして、あたりを見回す。

(この城を奪うのも一興だ――)

いや、城は奪わずともよい。あの姫だ。冬姫をわが物にしてやろう。そう思うと、秀吉は体の奥が熱くなるのを感じた。

安土の普請場で信長に鞭打たれた時の恥辱を思い出す。あれを、冬姫に見られたのは屈辱であった。まるでお市に見られているような気がして胸が波立ったものだ。

秀吉は浅井長政の嫡男万福丸を磔にしたことで、お市に憎まれるようになってしまった。

お市が長政の髑髏を使い、秀吉への呪詛を行っているとも耳にした。呪詛など恐ろしくはなかったが、

(信長様の命に従っただけのわしが、なぜそこまで憎まれねばならないか)

と腹立たしかった。信長やまわりの者に懸命に善人面を振りまいて生きている自分が、

虚《むな》しく思える。

(誰もかれも殺してやりたい)

そう思った時、秀吉の中にもうひとりのおのれが生まれていた。信長を呪い、織田家を呪っている自分である。

秀吉はすっと立ち上がった。

冬姫を手籠めにすることで、信長から受けた恥辱を雪《そそ》ぐのだ。そうしなければ怨みを晴らすことなどできはしない。

信長の娘であり、蒲生忠三郎の妻である冬姫を凌辱《りようじよく》すれば、後はどうなるだろうか。そうか、そんなことは、もうひとりのおのれに考えさせればよい。

加賀の陣で柴田勝家を思い切り罵《ののし》ってやった時は心地よかった。あの面白さがまた味わえると思うと、秀吉は胸が躍った。

板戸を開け、外へ出る。月の光が青白く広縁を照らしていた。白い夜着のまま秀吉はゆっくりと冬姫の寝所へ向かった。

秀吉はひたひたと進んで行く。だが、途中の廊下に大きな黒い影が座っているのが見えた。

月明かりで鯰江又蔵だとわかった。

## 五

秀吉は薄く笑い、又蔵に向かって歩み寄った。又蔵は手をあげて制し、くぐもった声で言った。

「ここから先は、お通しできませぬ」

「退《の》け、わしは行きたいところに参る。誰にも邪魔はさせぬ」

「小者から筑前守にまでなられた羽柴様ではございませぬか。ご身分をお忘れなきよう」

「身分などどうでもよい。わしはしたいようにするだけだ」

あごがとがった秀吉の顔が月に照らされ浮かび上がる。くっきりと黒い筋になって深いしわが走っている。目が残忍に輝き、獲物を前にした獣のようだ。

「腕ずくでもお通しはいたしませぬ」

又蔵がすっと立ち上がった。瞬間、秀吉の体が宙に浮いた。又蔵の分厚い胸に足をかけて、飛び上がる。

又蔵の頭上をふわりと越え、背中から太い首に手をまわしてしがみついた。小柄な秀吉は大木にしがみついた蟬《せみ》のようだった。秀吉は又蔵の首を絞めあげるが、又蔵は平気な様子だ。

「無駄でござる。それがしの首は荒縄でも絞めることはできませぬぞ」

「貴様、なぜ、そのように冬姫をかばう。代々の主でもあるまいに」

秀吉がひややかに言うと、又蔵は莞爾《かんじ》と笑った。

「主従となるは、天の定めるところでございます。なにより、それがしは冬姫様にお仕えいたしておると、心正しく生きておると思えるのでござる」

体を揺すって秀吉を振り払おうとした又蔵の動きが不意に止まった。秀吉は首に手をまわしたまま、片手で又蔵の首筋を打ったのである。

又蔵の体が、ぐらっと揺れて頽《くずお》れる。又蔵がどしりと広縁に倒れると、秀吉は飛び退いた。

「誰にも急所はあるものでな。わしは急所を見つけ出して突くことに長けておるのだ」

秀吉は何事も無かったかのように言い捨てて、再び冬姫の寝所に向かった。

板戸に手をかけて中に入ろうとした秀吉は、とっさに体をかわした。

寝所の中から吹矢が飛んできたのだ。身をかがめた秀吉は、転げこむように寝所に入った。

寝床には誰もいないが、ひとの動く気配がする。

秀吉は油断なく構えながら様子を探っていたが、吹矢が頬をかすめて、また身を沈めた。吹矢が飛んできた方向に跳ぶ。

部屋の隅に笛を構えたもずがいた。秀吉はもずの手をつかみ、一瞬でねじ伏せた。もずがうめき声をあげるほど秀吉の力は強かった。

「冬姫はどこだ」

秀吉はもずに馬乗りになって訊いた。

「かようなところにはおられぬ」

もずが歯を食いしばって言うと、秀吉はせせら笑い、又蔵にしたのと同様に首筋を打った。もずが気を失って倒れるのを見て立ち上がり、

「さて、寝所ではないとすると」

とつぶやいた。

秀吉は少し考えたが、何かに気づいたように歩き出した。向かったのは昼間、冬姫たちと話をした広間である。

廊下をいくつか曲がって広間にたどりつくと、いつの間にか燭台が点《とも》されている。冬姫が、水晶の数珠《じゅず》を胸にかけて髪を後ろに引き結び、小袖に馬乗り袴で板敷の真ん中に座っていた。傍らに薙刀《なぎなた》を置いている。

秀吉が広間に入ると同時に冬姫は立ち上がり、薙刀を手に取って構えた。

秀吉はじろりと冬姫を見た。

「それほどに備えるのであれば、なぜ家臣をそろえておかぬ。小身《しょうしん》の蒲生家とはいえ、

警護の者はいくらでもおろう」

「羽柴様は、長浜の城を預けられるほどの武将です。織田家にとっては大事なお方でございますゆえ、家臣どもに羽柴様の恥を見せるわけには参らぬのです」

「これは笑止な。お館様からはげ鼠《ねずみ》などと謗《そし》られ、しばしば足蹴にされるわしが、織田家にとって大事だというのか」

秀吉は嗤《わら》った。

「大事だと思えばこそ、安土の北の守りである長浜城をまかせられておられるのです。安土の城は父上にとって夢の城でございましょう。その安土城を守るのは、羽柴様の長浜城、明智光秀様の坂本城、そして蒲生の日野城でございます。夢の城を守る者を父上は大事に思っているに違いありませぬ」

冬姫は薙刀を構えたまま言い放った。

信長は秀吉の大才を見抜いている。だからこそ、重く用い、働きの場を与えているのだ。秀吉には、なぜそのことがわからないのか、と歯がゆい思いがする。

信長の愛情はそこにのみ示される。おねにやさしげな言葉をかけたのも、女であるおねには天下を動かすことはできないと知っているからだろう。

信長は秀吉に期待し、慈しんでいる。だからこそ、謗り、叱咤《しった》するのだ。だが、信長の真情を汲《く》み取れない秀吉は怨みの泥にまみれてあがいている。

「いまの羽柴様は真の姿を見せてはおられませぬ」

冬姫は斬りつけるように鋭く言った。

「ふむ。賢《さか》しらな口を利く。わしが生きてきた道には夢の城など無かった。さような物はないことを思い知らせてやろう」

秀吉は冬姫に向かって一歩足を踏み出した。その時、

――怨敵退散
声が響くと同時に弓の弦音《つるおと》が響いた。中庭から賢秀が矢を放ったのだ。

さっと身をかわすなり、秀吉は飛んできた矢をつかんだ。

「これしきのことで、わしが倒せるものか」

秀吉は嘯《うそぶ》いたが、次の瞬間、目を瞠った。

摑《つか》んだ矢の矢羽がぶるぶると震え、鏃《やじり》が秀吉の胸元に向かってくる。あわてて両手で摑むが、矢はなおも動く。

「蒲生に伝わる俵藤太の鏃か」

秀吉はうめいた。

秀吉が押さえようとしても鏃は執拗《しつよう》に近づき、やがてその先端が一気に秀吉の胸に刺さった。

「うわっ――」

秀吉は悲鳴をあげて失神した。

倒れた秀吉を冬姫はじっと見つめた。中庭から賢秀が上がってきて、

「死んではおりますまいな」

と訊いた。冬姫は頭を振った。

「はい。亡くなられてはおりませぬ。新たな戦のために生き返ることでございましょう」

秀吉の顔からは、険しい表情が刻一刻、消えていくようだった。


翌朝——

秀吉は、何事もなかったかのような顔をして寝所から起き出し、朝餉をとった。胸元が気になるのかしきりにさわっている。

「いかがされましたか」

賢秀が訊《たず》ねると、秀吉は首をひねった。

昨夜のことは何も覚えていないようだ。

「さて、虫にでも食われたのか、赤くなって血が滲《にじ》み出ておる」

「それは、いけませんな。むかでに食われたかも知れませぬ」

賢秀は平然と言うと、秀吉は何度も胸に懐紙をあてて、うなずいた。やがて、冬姫が

又蔵ともずを従えて出てきた。

冬姫は秀吉の前に座ると静かに言った。

「昨日のお話でございますが、いずれおりを見まして、お市様にお話しに参ろうかと存じます。戦国の世に悲しいことはあまりに多うございますが、怨みにて報いられることは何一つないと存じますゆえ」

「ほう、そうしていただけまするか」

うなずいた秀吉は苦笑して言った。

「怨みにて報いられることはない、か。まことにそうでございますな。しかしそれがしには、何があろうともまだまだ怨みに満ちた世を生きて果たさねばならぬことがあるようでござる。それがしの使命はそこにあるような気がいたしました」

「さようでございますか」

冬姫は秀吉の顔を見つめて微笑《ほほえ》んだ。

秀吉は照れ臭げに笑った。

「昨夜、夢で冬姫様に叱られたのでござる。そなたには、やらねばならぬことが、まだあろうと」

秀吉の顔には、武将としての威厳が漂っていた。

信長は、加賀の陣から無断離脱した秀吉を咎めなかった。梟雄《きょうゆう》松永久秀がこのころ反旗を翻《ひるがえ》し、信長は有能な秀吉を戦線に投入して使うしかなかったからである。

さらに十月、信長は秀吉に中国への出陣を命じた。浅井、朝倉、武田などの敵を倒した後、織田家の前に立ちはだかる大名は毛利《もうり》だった。

信長はその毛利相手の困難な戦を秀吉に強いることで処罰としたのである。

秀吉にとって、中国出陣は再びいつ果てるともない血の海を行くような戦への出立《しゅったつ》となった。加賀の陣からの離脱は、秀吉にとって生涯一度だけ、戦から逃れたいというめきだったのかもしれない。

ところで密教立川流の〈髑髏本尊〉を祀っての祈願がかなえられるのは、八年目であるとされる。

天正二年に薄濃にされた浅井長政の髑髏に祈願が行われたとすれば、叶えられる八年目は天正十年である。

この年、〈本能寺《ほんのうじ》の変〉によって信長はこの世を去る。お市が長政の髑髏によって呪詛を行ったとすれば、その怨念こそが〈本能寺の変〉を引き起こしたのかもしれない。

# 紅蓮の城

## 一

天正十年（一五八二）四月――

夜空に巨大な彗星《すいせい》が現れた。

信長は安土城の天主閣からこの彗星を見た。

「またもや、彗星が現れおったか」

近頃、もっぱら天主閣で起居している信長は、夜空をじっと眺め続けた。五年前、天正五年九月にも、夜空に赤い星が現れた。

『信長記《しんちょうき》』には、

――九月廿九日戌刻西当而希有之客星出来候也

とある。九月二十九日戌《いぬ》ノ刻（午後八時頃）西の空にきわめて珍しい星が現れたというのだ。このほかの記録によれば、坤《ひつじさる》（西南）の方角に現れた彗星は長さが七、八間（約一二・七〜一四・六メートル）におよび、十月までその光は百里を照らすほどの明るさだったという。

巨大な彗星だった。この星は、西欧でも観測され、

——巨大な輝く球状の塊は火を噴き、煙の尾を引いている

と記録された。そして日本では、この星が現れたころ松永久秀がその居城である大和国信貴山《しぎさん》城で信長に反旗を翻《ひるがえ》していた。

久秀は、将軍足利義輝を殺して以来、裏切り、謀反《むほん》を繰り返して戦国の世を渡った梟雄《きょうゆう》だった。この時期、信長は大坂の石山本願寺《いしやまほんがんじ》と対立を深め、越後《えちご》の上杉氏、中国の毛利氏とも敵対し、包囲網を敷かれつつあった。

ついに久秀まで謀反を起こしたと聞いた京の人々は、この星を信長滅亡の凶兆ではないかと噂《うわさ》し、また神仏の祟《たた》りが久秀に下るのを告げているとして、

——弾正星《だんじようぼし》

と呼んだ。織田勢に攻められた久秀は、信長がかねてから所望していた〈平蜘蛛《ひらぐも》〉と名づけられた天下に聞こえる逸品の茶釜を叩《たた》き割った後に切腹して果てた。

信貴山城は夜の闇を明々と染め上げ、燃え落ちた。

その夜も西南の空では赤く光る彗星が不気味に輝いていた。凶兆を表すという星が現れて滅んだのは、信長ではなく久秀だった。

そして、不吉な星はまた現れたのだ。この彗星は古代から何度も観測されているハレー彗星よりも明るく輝き、ヨーロッパでも観察されている。

安土の城下からは、安土城の壮大な輪郭を浮かび上がらせるように、彗星が長々と尾を引いて見えた。それは、美しさと同時に城下のひとびとに得体の知れぬ不安を抱かせる光景だった。

安土城下で、天主閣に次ぐ壮麗な建物とされる、イエズス会の三階建てセミナリヨ（神学校）では宣教師たちも、同じ思いを抱いて彗星を観測していた。

信長は、天正八年（一五八〇）三月に安土城下でイエズス会のパードレに土地を与え、教会やセミナリヨの建設を許した。

建設されたセミナリヨは三階建てで、銀色の瓦で葺《ふ》かれていた。二十の部屋があり、三階の大広間では三十人の生徒が学ぶことができた。

セミナリヨでは、日本語の読み書きやキリスト教の教義の他、ローマ字、ラテン語、楽器演奏などが教えられた。生徒たちは特に宇宙や地理などの科学に関心を持ったという。

宣教師たちの目には、この彗星がまさしく、

——凶兆

と映った。ルイス・フロイスは『日本史』に、

——五月十四日、月曜日の夜の九時に一つの彗星が空に現れたが、はなはだ長い尾を引き、数日にわたって運行したので、人々に深刻な恐怖心を惹起《じやつき》せしめた。その数日後の正午に、我らの修道院《カーザ》の七、八名の者は、彗星とも花火とも思えるような物体が、空から安土に落下するのを見、この新しい出来事に驚愕《きようがく》した

と記した。

信長が中国筋で毛利氏と戦っていた羽柴秀吉の要請を受け、中国出陣のため、わずかな供廻《ともまわ》りだけで京に向かって安土を出発したのは、五月二十九日のことである。

二

六月一日夜半——

冬姫は日野城で寝苦しい夜を過ごしていた。先ほどまでの雨は止《や》んだものの、蒸し暑かった。夫の忠三郎は義父の賢秀とともに安土城に留守居役として詰めている。寝つけないまま、身じろぎしながら思いを馳《は》せるのは、忠三郎のことである。

思いをめぐらしつつ寝返りをうつと、風を入れるためわずかに開けられた板戸の隙間から湿り気を帯びた風が吹き込み、肌にまとわりついてきた。

（忠三郎様も、わたしと同じ様に寝苦しい思いをされておられるのではないだろうか）

冬姫はせつなげに小さく息を吐いた。うっすらと開けた冬姫の目に奇妙な物が映った。

先日、冬姫のもとに鯰江又蔵が持ってきた細工物だ。

燭台《しよくだい》の細い灯《あか》りに照らされて淡く浮かび上がっている。木片で作ったらしいが、細かく刻みを入れて組み立てられ、さらに彩色が施されている。一尺（約三〇センチ）ほどの高さで、

——安土城
を目の当たりにしているかのように、石垣から黄金色の屋根瓦、八面の天主閣までが細密に作られている。又蔵が持参した時、冬姫は目を瞠《みは》った。

「何とまあ、よく似せて作ってありますこと」

又蔵はあごの長い馬面を嬉《うれ》しそうにほころばせて答えた。

「安土城の指図《さしず》を描いたのは岡部又右衛門《おかべまたえもん》という大工ですが、その弟子で清四郎《せいしろう》という者がおります。この者は仕事はできますが、大酒飲みで、酔うと喧嘩《けんか》が絶えず、又右衛門も困って追い出したそうなのです。何分恐ろしいほど手先が器用でして、暇になって作ったのがこれというわけでござる」

日頃、口が重い又蔵にしては、くぐもった声ながら多弁だった。

「その清四郎なる者が作った物を、なぜそなたが持っておるのです？」

「清四郎はそれがしと同じ村の出でして、昔からよく酒を飲ませろとやってきておりましてな。このほど九州に参ることになったので、いままでの礼だと言うて置いていったのです」

「そうですか。まことに見事な作りですね」

冬姫はあらためて細工物を見つめた。天主には窓があり、その中をのぞいてみると驚いたことに壁や床までそっくりに作られているのだ。まさに実物の安土城その物が小さくなってここにあるようだ。

「それにしても、このような物を作って、父上にお叱りを被《こうむ》らねばよいのですが」

城の構造は、大名にとって最も重い軍事機密である。城造りのため大工が作る指図も重要だが、図は素人の目ではそれがどういう組立てになっているのかよくわからないだろう。だが、精巧な模型なら誰の目にもその城が持つ構造が明らかになってしまう。信長がこの細工物の存在を知れば、ただちに破却させるだけでなく、作った者の首を刎《は》ねるのではないか。

「さようでございます。それゆえ、御方様《おかた》のもとにお持ちいたしました。これを手元に置かれて、上様のお怒りを受けずにすむのは御方様だけでございます。それに――」

と言いかけて又蔵は冬姫の傍に控えているもずの顔をちらりと見た。もずは素知らぬ顔をしている。だが、冬姫は敏感に察した。

「わたくしのことをもずが案じているのですね」

冬姫が落ち着いた口調で言うと、又蔵はあわてて大きな手を横に振った。

「滅相もございません。ただ、御方様が近頃、気がふさがれることが多いとうかがい、かような物が気晴らしになるのではと存じたしだいでござる」

「さようですか」

冬姫はそれ以上言わず、静かに作り物の安土城を眺めた。冬姫は近頃、食が進まず、体調もすぐれない。気が鬱することも多い。それは、

（身籠《みごも》ったのであろうか）

とうすうす感じてはいるのだが、確かなことはわからないだけに、侍女たちにも話していない。さすがにいつも傍で仕えているもずは察していたのだろう。体内に新たな命を宿しているのかもしれないと思うと、自分の体の中にもうひとつ違う世界が作られているような奇妙な感じがするのだった。

あれこれ思いながら細工物を眺めていると、なぜか心が慰められた。安土城は父信長が天下にかけた思いをそのまま形にした城だからなのか、見つめているうちに信長の姿が浮かんできて心が落ち着いてくる。

冬姫は、身籠ったことによって不安定になった心持を安土城の作り物を見つめることでまぎらわせていたのだ。

眠れぬまま宙を見つめていた冬姫は細工物に何気なく目を遣《や》った。すると、燭台の灯りに揺らめいて金色に彩色された屋根瓦が輝きを増したように見えて思わず身を起こした。その光がしだいに青白く、作り物全体におよび、小さな〈安土城〉が不気味に青白く見えた。

（どうしたのだろう）

冬姫は息を詰めて〈安土城〉を見つめた。突然、宙から、

——冬、冬よ

という信長の声が聞こえてきた。驚いた冬姫が〈安土城〉の傍に寄ろうとした瞬間、目眩《めまい》がして、その場に頽《くずお》れた。

どのくらいたったのかわからなかったが、意識を取り戻した冬姫は不思議な場所にいた。格子窓がついた壁が八面あり、窓の向こうに高欄が見える。朝焼けの空に茜色《あかねいろ》の雲が棚引いている。見はるかす彼方《かなた》まで海のように大きい湖が続き、遠くに山々が連なっているのが望める。その壮大な景色を見渡していて、ふと気づいた。

（この景色は眺めたことがある。ここは安土城の中だ）

正月年賀に訪れた際、信長に見せてもらった安土城の天主閣に、いま冬姫はいる。天主閣は五重六層地下一階の壮大な建物で、最上階は金色、その下の階は朱色に彩色された。内部は黒漆で塗られ、華麗な障壁画に囲まれた、いまだかつて誰も見たことのない南蛮風な造りだった。

加えて異様なのは地階から地上三階にいたるまでが、巨大な吹き抜けになっていることだった。しかも地階には宝塔を置き、二階の吹き抜けに舞台が張り出して造られ、さらに三階には橋が架けられている。五階は八角形で、狩野永徳《かのうえいとく》やその弟子が描いた障壁画で飾られている。六階が最上階で、正方形をしており、『信長公記』には、

——御座敷の内皆金なり。そとがわ是《こ》れ又金なり

と記されている。本来、城主は本丸で暮らすのが普通だが、信長は好んでこの壮麗な天主閣で起居していた。八角の形は仏教では宇宙を表すという。信長は宇宙のただ中に座して、何者かと対話しようとしていたのかもしれない。

なぜこんなところに自分はいるのだろう、と訝《いぶか》しんでいるところに突如、風が吹きつけてきた。激しい、叩きつけるような疾風だった。

とっさに欄干にしがみついて、冬姫は無意識に腹部をかばった。暴風がなおも吹き寄

せてくる。荒れ狂う風の中でどうにか顔を上げて京の方角を見遣ると、巨大な竜巻が渦を巻いているのが目に入った。

真っ黒な竜巻が立ち昇り、左右に揺れながらゆっくりとこちらに近づいてくる。竜巻の下方に炎が上がったかと思うと、瞬く間に凄《すさ》まじい勢いで風に巻かれて火が上空へ奔《はし》った。紅蓮《ぐれん》の炎は、龍《りゆう》が天に飛翔《ひしよう》するかの如《ごと》くだった。

(何か凶事が起きているのではないだろうか)

冬姫は恐怖で体が震えた。すがりついている欄干がぐらぐらと揺れる。

天主閣が大きく傾き、城壁の石組みが音を立てて崩れてゆく。

自らの悲鳴とともに、冬姫は目覚めた。

いつの間に寝入っていたのだろうか。額に寝汗が浮き、首筋に髪がからみついている。

「御方様——」

傍らで見守っていたもずが心配げに声をかけた。すでに陽《ひ》は高く昇っているようだ。

冬姫が物憂く起き上がると、もずが広縁《ひろえん》に控えている又蔵に声をかけた。

「御方様が気をお取り戻しになられました」

「わたくしは気を失っておりましたか」

冬姫が訊《たず》ねると、もずは驚いたように目を見開いた。

「御方様は朝方、広縁にてお倒れになられたのでございます。声をおかけし、介抱いたしましても、お目覚めになられませず、眠り続けておられました。まことに案じられてなりませんでした」

そう言うもずの顔は青ざめている。日頃になく動揺している様子だ。

「何かあったのですか」

冬姫が訊《き》くと、もずは広縁の又蔵を振り向いた。顔をこわばらせて座っていた又蔵が膝を進め、緊張した声を発した。

「先ほど安土の大殿様より、急使が参ってございます。今朝方、京の本能寺にて明智日向守《ひゅうがのかみ》が謀反いたし、上様にはご生害あそばされたとのことでございます」

「何、なんと申した――」

又蔵の言葉は冬姫にとって青天の霹靂《へきれき》であった。又蔵は口惜《くちお》しげに答えた。

「上様は明智光秀めに討たれたのでございます」

冬姫は息を呑《の》んだ。

父上が死んだ、そう又蔵は告げているのだ。とても信じられるものではない。信長は魔王のように、この世に君臨していた。誰よりも強く、誰よりも正しい存在として。その信長が家臣に討たれるなどということがあるはずはない。まして、あの穏やかな光秀が叛《そむ》くとは。

だが、光秀は六月一日夜、中国出陣のため一万三千の軍を率いて丹波《たんば》亀山《かめやま》城を出発したが、突如、進路を変えて京に向かい、二日明け方に信長が宿泊している本能寺を囲んだのである。

信長は早暁の鉄砲の音で光秀の襲撃を知り、自ら弓や槍《やり》で奮戦した後、火中で自刃したという。信長の嫡男《ちゃくなん》信忠も上洛《じょうらく》して妙覚寺に宿していた。異変を知って本能寺に入ろうとしたが明智勢に阻まれたため、二条城に籠って防戦した後、抗しきれず自決したとのことだ。

冬姫はまた気が遠くなりそうだった。暁に見た幻は信長の最期を報《しら》せるものだったのだ。

（あの時、確かに父上の声が聞こえた。父上はお別れに来てくださったのだ）

冬姫の胸にたとえようもない悲しみがこみ上げてきた。

三

信長が本能寺で横死したと聞いて、冬姫は、しばらくの間茫然《ぼうぜん》としていた。しかし、自分が取り乱しては父の名に関わる、しっかりしなければ、と気を取り直した。

信長の娘だという誇りが冬姫の支えだった。気がつけば城内のここかしこで騒然となっている。いまにも明智の軍勢が攻めてくるのではないか、と家臣たちは周章狼狽《しゅうしょうろうばい》しているのだ。冬姫は立ち上がった。

「ただいまより城内を見回ります」

「お体に障りはいたしませんでしょうか」

危ぶむもずに、冬姫は頭《かぶり》を振って、

「かような時に失態があっては、蒲生の名折れとなりましょうぞ」

と気丈に答えた。冬姫は緋色《ひいろ》小袖を着て襷《たすき》をかけ、白鉢巻きをして自ら薙刀《なぎなた》を持った。胸には水晶の数珠《じゅず》をかけている。

もずを始め侍女たちにも同じように薙刀、弓矢を持たせ、又蔵を従えて城内を回った。冬姫の健気《けなげ》な姿に家臣たちは粛然《しゅくぜん》となった。信長に似て鼻筋が通り、口もとが引き締まった容貌の冬姫には、毅然《きぜん》とした威が備わっている。

「皆、油断なきよう」

冬姫の指示に応じて、家臣たちは明智勢の襲来に備えるべく用意を始めた。だが、信長を討った明智光秀がどれほどの勢力となるかわからない不安があった。

中国の毛利、越後の上杉など、信長によって攻め立てられた者たちが一斉に光秀につくならば、ただならない数の兵力が結集することになる。一方で織田家を統括し、謀反人の光秀を討つのは誰なのか未《いま》だ伝わってきていない。嫡男で後継者と見られていた信忠は、明智勢のため二条城で亡くなっている。信長が独裁者だっただけに、代わる者がいないとしか思えない。

冬姫が城内を一巡した時、門の方が騒がしくなった。

「若殿様のお戻りでございます」

門番が大声で告げる声を聞き、冬姫は急ぎ玄関まで迎え出た。具足姿の忠三郎は馬から下りるなり玄関先に駆け寄って、

「冬殿、上様には御無念の最期であられた」

と痛ましげな声をあげた。

「忠三郎様《こら》――」

冬姫は堪えていた涙があふれ出るのを抑えきれなかった。忠三郎と夫婦になったのは信長の命によるものだった。戦《いくさ》においては、冷酷で残忍なように見える信長ではあるが、ひとを思い遣る温かさを胸中に持っていた。

(そのことを世のひとは誰も知らない)

そう思うと涙が後から後から流れ落ちる。忠三郎は家臣たちの目も憚《はばか》らず冬姫の肩に手を置いた。

「上様が亡くなられたこと、わしも悲しゅうてならぬ。だが、いまは上様を討った明智と戦わねばならぬ時だ」

言いながら、忠三郎は冬姫の目を見つめた。

「明智は必ずや安土城を奪いに来る。口惜しいが、こちらには防ぐだけの兵力がない。それゆえ、御台所《みだいどころ》様を日野城にてお匿《かくま》いいたすことにした。明日には父上が皆様をお連れするであろう」

「御台様をこの城にお迎えいたすのですか」

秘められていることだが、御台所の帰蝶は冬姫の生母である。帰蝶に会えるのは冬姫にとって心丈夫なことだ。父を失った悲しみを帰蝶と共に分かち合いたいと思った。だが、忠三郎が続けた言葉は冬姫の意に染まないものだった。

「お迎えするのは、御台所様だけではない。鍋の方始め、御側室の方々もご一緒だ」

鍋の方という名が冬姫を緊張させた。鍋の方は蒲生家に対して宿怨を抱いている。冬姫を罠《わな》にかけて亡き者にしようとしたこともあった。あの時は帰蝶によって救われたのだが、信長の急死という事態の中で、鍋の方はどのような動きをするかわからない。

冬姫の戸惑いを察したのか、忠三郎は話を続けた。

「何分にも女人方《にょにん》ゆえ、扱いが難しいであろう。上様が突然亡くなられ、心乱れておられる方々にあれこれ申し上げるのは、わたしや父上では憚ることも多い。御台所様始め、御側室様方に、はっきりと物が言えるのは、上様の血を引く冬殿だけなのだ。よしなに頼み入る」

忠三郎の言葉に冬姫はうなずいた。

信長亡き後、その家族を守り抜くのが、蒲生家の務めだと忠三郎は思ってくれている。信長が冬姫を蒲生家に嫁がせたのも、深謀あってのことだったのかもしれない。

「承知いたしました。皆様のことはわたくしにお任せくださいませ」

きっぱり答えて、冬姫は二の丸を客殿として設《しつら》えるよう家臣に命じた。自らも二の丸に行って指図をしようと足を踏み出した時、急に吐き気を催して冬姫は口もとを押さえた。

「冬殿、いかがされた」

忠三郎が心配そうな顔をして訊いた。冬姫は首を横に振って、健気に笑みを浮かべた。

「なんでもございませぬ」

混沌《こんとん》を極める事態なのだ。身籠っているかもしれない、と口にすることはできなかった。だが、信長の命の火は絶えていないと強く感じ取っていた。

（わたしが生き抜いて命をつなぐことが、父上の戦いを引き継ぐことになる）

冬姫は、そう自分に言い聞かせはするのだが、無念の思いと悲しみが薄らぐことはなかった。思わず、胸にさげた水晶の数珠を握りしめていた。ひややかな水晶の感触が心を落ち着かせる。

翌日の昼過ぎになって、賢秀は帰蝶や鍋の方らを案内して日野城に戻ってきた。侍女も合わせると百人に及ぶ人数だった。輿《こし》に乗って城門をくぐった帰蝶は、玄関先で降りると冬姫に声をかけた。

「こたびは、蒲生殿の世話になります」

衝撃でやつれたかに見えるが、声は落ち着いて心を乱している様子は無かった。しかし、側室たちの中には日野城に着いて安堵《あんど》したためか、声を限りに泣き出す者もいた。悲しみの嗚咽《おえつ》がひとびとの心を湿らせた。すると、側室の中のひとりが鋭い声をあげた。

「ええい、不心得者、泣くでない。われらが涙を見せれば、織田家もこれまでと侮《あなど》られ、明智を利するばかりぞ。光秀めの首を見るまで、わらわは泣かぬ」

鍋の方だった。安土城を出なければならぬという急変の中でも、常と変わらず美しく化粧している。鍋の方に応じるように、賢秀が声を振り絞った。

「まことにさようにございます。皆様方、鍋の方様のお覚悟を肝に銘じられませ」

ところが、鍋の方はつめたい視線を賢秀に向けて、

「蒲生が口はばったいことを申すものよ。そなたにそれほどの覚悟があるのなら、なぜにお城から宝物を運び出さなかったのじゃ。むざむざと明智の手に渡せば軍用の手助けとなるだけではないか」

と手厳しく言い立てた。顔をしかめた賢秀は、

「恐れながら、安土城の宝物を運び出せば、蒲生は上様御最期のみぎりに欲に目が眩《くら》ん

だかと世人の謗《そし》りを受けまする。なにとぞ、御容赦くだされ」

と応じた。鍋の方は賢秀の弁明に耳を貸そうとはしなかった。

「ならば、城ごと焼けばよかったのじゃ」

「なんと、安土城に火をかけよと仰せでござりまするか」

賢秀は呆気《あつけ》にとられて返す言葉が無かった。

「驚くことはあるまい。間もなく光秀は安土城を奪いに参るであろう。光秀めが安土城に入れば、世間は、光秀こそ新たな天下人じゃと思うに違いない。そうさせぬためには、火を放つしかなかったのじゃ。もしや、蒲生は光秀に安土城を差し出して、へつらう所存ではあるまいな」

鍋の方の鋭い舌鋒《ぜっぽう》に、蒲生家の者たちは押し黙った。その時、帰蝶が鍋の方を振り向いた。

「上様にとって、安土の城は天正の世を開くための城であった。蒲生が火を放たなかったのは、上様の志を思えばこそであろう」

穏やかに言う帰蝶の言葉に、賢秀はほっとした表情になった。だが、鍋の方は苛立《いらだ》った様子で、帰蝶に睨《にら》み据えるような視線を送った。

「まことにさよう思われますか？　御台様——」

帰蝶が静かに、

「まことじゃ」

　とだけ答えると、鍋の方は目を光らせて近寄った。

「さようでございましょうか。わらわには到底信じられませぬ。なぜ蒲生をかばわれるのです。そう言えば、かつて御台様は明智光秀始め美濃衆はわが手の内にあると仰せになったことがございます。ならば、光秀めを使い、上様を殺《あや》めたのは御台様かもしれませぬな」

　帰蝶はひややかな笑みを浮かべて問うた。

「なぜにそのようなことを思うた？」

「上様は御台様の実家斎藤家を亡《ほろ》ぼして美濃を奪われました。御台様は、いずれ上様を討ち、斎藤家を再興したいと思われて機会をうかがわれていたのでございましょう」

「ならば、わらわも言おう」

　帰蝶がゆったりと口を開いた。鍋の方は油断なく構えて、帰蝶を見据えた。

「そなたは、ようよう男子をあげたが、まだ十歳になったばかりじゃ。すでに上様は織田家の家督を信忠殿に譲られておる。そなたが産んだ若君は、いずれ家臣のひとりとなるしかなかったが、上様、信忠殿が亡くなられたいまとなっては、織田家の家督相続に名のりを上げられると思ったのではないか。さすれば明智に手をまわすことなど、そなたなら容易《たやす》うやってのけられよう」

「なんということを言われますのか」

鍋の方の顔色がさっと青ざめた。

「腹が立つであろう、わらわも同じじゃ。わらわの夢は上様とともに天正の世を見ることであった。それがかなわなくなった腹立たしさが胸の内から消えぬ。いや、わらわだけではない。ここにおるすべての者は上様とともに夢を見ていたはず。安土の城は夢の城であった。その夢がいまは消え、幻となったのじゃ」

女たちの間からすすり泣きがもれた。鍋の方も、じっと唇を噛《か》んでいる。

冬姫がゆっくりと進み出た。胸の内に決意が生まれていた。娘のころの自分には無かった力強い思いがあった。それが、どこから来るものなのかはわかっていた。いま、わたしはひとりではないのだ。

「方々に申し上げます。わたくしは懐妊いたしております」

忠三郎が驚いて冬姫を見つめた。

帰蝶の顔に喜色が浮かんだ。鍋の方は驚いて振り向き、太い息を吐いた。他の女たちからは、嘆声と、

「——めでたや」

という声があがった。

「わたくしは生まれてくる吾子《わこ》のためにも、この城を守りたいと存じます。皆様、よろ

しゅうお頼み申し上げまする」

冬姫が深々と頭を下げると、女たちは口々に声をかけた。

「いかにもさよう仕《つかまつ》りましょう」

「明智に屈しはいたしませんぞ」

「われらもともに戦いまする」

帰蝶が、冬姫の手を取った。ぬくもりが伝わってくる。

「もはや案ずるにはおよばぬ。女子《おなご》は生まれてくる子を守るためなら、力を合わせて戦うことができるのじゃ」

帰蝶の言葉に、鍋の方も渋々うなずくほかなかった。帰蝶は笑みを浮かべて皆を見回し、

「方々、織田家の女子としての矜持《きょうじ》を失うまいぞ」

と言うと、静々と上がっていった。鍋の方は冬姫から目をそむけてこれに続き、他の側室や侍女たちも従った。忠三郎はその様子を見守りながら、

「子ができたとは、驚きましたぞ」

と冬姫に笑顔で告げた。冬姫は頭を下げて、

「申し訳ございません。後ほどにと思っておりましたが、皆様のご様子を見て、口にしてしまいました」

忠三郎は深々とうなずいた。

「冬殿のおかげにて、この場は治まりました。されど、このままではすみますまいな」

そのことは冬姫にもわかっていた。信長の死によって、織田家の女たちにとって生き抜くための新たな〈女いくさ〉が始まったのだ。

四

信長を討った光秀は、京を発《た》って安土城へ向かったが、瀬田城主の山岡景隆《やまおかかげたか》が瀬田橋と瀬田城を焼いたため、行く手を阻まれた。

このため光秀はいったん坂本城に退《しりぞ》いた。山岡景隆は光秀に対して果敢な抵抗を見せたのである。これを聞いた鍋の方は、侍女たちの前で、

「山岡景隆ならば安土城も焼いたであろうな。明智が来もせぬうちから臆病風に吹かれて、城に引き籠った蒲生とは大違いよ」

と嘲笑した。鍋の方の誇りを耳にした賢秀は苦い顔をしたが、何も言わなかった。

日野城に籠った兵はおよそ千五百である。籠城はできても、出撃して明智勢に立ち向かうには兵力が過少であった。

はたして五日のうちに光秀は安土城に入り、近江を制した。近江の豪族たちの多くは、信長によって倒された六角家の旧臣である。大半が光秀になびき、日野城に籠った蒲生

は孤立した。

六日には近江の土豪布施忠兵衛《ふせちゅうべえ》と多賀豊後守《たがぶんごのかみ》が光秀の意を受け、賢秀と忠三郎に明智に降《くだ》るよう勧めに来た。だが、賢秀は頑固に、

「さようなことはできぬ」

と返答するだけだった。忠三郎はふたりの使者に対してきっぱりと言った。

「それがしは、上様の婿でござる。仮にも主君であり、義父であった方を殺した明智殿のもとに参るわけにはいきません」

忠兵衛は弱り切った顔をして、

「ならば、明智の軍勢がこの城を囲むことになりますぞ」

と告げた。忠兵衛は忠三郎の姉を娶《めと》っており、賢秀の娘婿になる。蒲生が明智に刃向かうのは無謀だと見て、必死に説得した。

「武家なれば、弓矢を取って戦うは本望でござる。明智殿と存分に戦う所存です」

忠三郎の目には堅固な意志を示して鋭い光がある。

鼻白《はなじろ》んだ忠兵衛は豊後守と顔を見合わせた。蒲生父子がなぜこれほど頑強に抵抗するのかわからなかった。豊後守はうかがうように忠三郎の顔を見て問うた。

「それは、やはり冬姫様に遠慮があってのことか」

即座に否定するかと思ったが、忠三郎は、

「いかにも。この城に冬殿がおられる限り、明智に降ることはありませぬ」

と微笑を浮かべて言い切った。

蒲生の回答が伝わるや、光秀は、その日のうちに女婿《じょせい》である弥平次秀満《やへいじひでみつ》に三千の兵を与えて日野城を囲ませた。さらに明智方についた近江の土豪も加わったため、日野城は一万の軍勢に包囲された。

城壁から見下ろすと、城は雲霞《うんか》の如き兵に囲まれている。日野城にかつてこれほどの大軍が押し寄せたことはなかった。蒲生の兵たちは緊張した様子で敵陣をうかがった。

明智秀満は、精強で知られる明智勢の中にあっても、知勇兼備と言われていた。その率いる軍勢は粛々と日野城を押し包むかのようである。城に向けられた鉄砲の数だけでも数百はある、と思われた。

城攻めが始まれば、たちまち弾雨に曝《さら》されることになるだろう。


六日夜――

日野城の周りはおびただしい松明《たいまつ》によって囲まれていた。明智勢は不気味に沈黙を守っているが、いつ城攻めが始まるかわからなかった。城内ではあちこちに篝火《かがりび》を焚《た》き、兵は城壁に穿《うが》たれた穴から鉄砲をいつでも撃てるように構えている。

冬姫は帰蝶らとともに、二の丸の大広間に集まっていた。いつ戦闘が始まるかわから

ない。今宵《こよい》は寝ることはできない、と覚悟していた。その時、

「これは何じゃ」

鍋の方の鋭い叫び声が広縁から聞こえた。

何事かと、皆が一斉に目を向けた。庭の篝火にほの赤く照らされた小さな〈安土城〉が、広縁の角に置かれていた。それを鍋の方が見据えている。庭に控えていた具足姿の又蔵が走り寄り、恐る恐る言った。

「岡部又右衛門の弟子であった清四郎という大工が作った物でござる。皆様の御慰みになればと思いましたが、お気に召しませなんだか」

「大工の清四郎じゃと」

鍋の方は何か考えている風に〈安土城〉をじっと見つめていたが、はっとした表情で、大広間の帰蝶を振り向いた。

「御台様、これは、あのキリシタンが作ったものではありますまいか」

帰蝶はゆっくりと広縁に足を運び、作り物を見下ろした。

「よくできておる。まさに安土の城そのままじゃ」

「されど、これには呪いが籠められているとの噂がございますぞ」

鍋の方は禍々《まがまが》しい物を見るような目付きで〈安土城〉に目を遣った。冬姫が一足前に出て問いかけた。

「御台様、その細工物に何か因縁でもございますのでしょうか」

「冬殿はご存じあるまいが、安土の城は築城が始まって二年たったころ、石垣が崩れたことがある。たしか天正六年のことであったろうか」

帰蝶は遠くを見る目差《まなざ》しになっていた。

「石垣は何の前触れもなく崩れ落ち、大工の岡部又右衛門は震え上がった。天下を鎮めるために造ろうとしている城の石垣が崩れては、上様の面目に関わることゆえな。それで、又右衛門は石垣を積み直したが、どうしたことか何度やってもうまくいかぬ。そこで思いついたのが、人柱じゃ」

「まさか、そのような——」

冬姫は言葉が継げなかった。あの壮麗な安土城の石垣の下に、人柱が埋まっているとは信じられないことだ。帰蝶は哀《かな》しげに頭を振った。

「又右衛門が人柱に選んだのは、戦で親を失《うしの》うて行き場のなかったところを、又右衛門が引き取って育てていた娘であった。又右衛門は娘に土下座して人柱になってくれるよう頼んだそうな。娘は泣きながらも承知して人柱になり、石垣はできたということじゃ」

「酷《むご》い話にございます」

冬姫は顔を曇らせた。悲しみに覆われた空気を破って、鍋の方が口を挟んだ。

「その娘には、言い交わした男がおって、それが又右衛門の弟子の清四郎だったのじゃ。娘が人柱になったころ、清四郎は木材を求めに木曾《きそ》へ行っておったそうな。帰ってみれば、娘は人柱に立った後で、又右衛門やほかの弟子たちに食ってかかっても時すでに遅しで、どうする術《すべ》もなかった。ところが、先ごろ、奇妙な噂が広まってな――」

そこまで言って、鍋の方は唇を湿して女たちを見回した。皆そのことを知っているのか、目をそむけうつむく者もいた。

「何があったのでございますか」

冬姫は思わず身を乗り出した。あの安土城にそのような悲しい話がまつわっているとは思いも寄らぬことだった。

「一年ほど前から、安土城の石垣の隙間から髪の毛が伸び出ている、という噂がまことしやかに流れるようになった。それを見るのは決まって月夜の晩じゃ。見廻《みまわ》りの番士が通りかかると、石垣の間から黒くて細長い物がにょろりと蛇のように這《は》い出てくる。驚いて近づいて見ると、黒い物はすっと退いていくという。番士が松明の灯りを当てて目を凝らしたところ、石垣の隙間には黒い髪の毛がびっしりと貼りついていたそうな。それを見た番士は腰を抜かしたということじゃ」

鍋の方はさすがに気味が悪そうに言った。

「その髪はどうなったのでしょうか」

「朝になってみれば跡形もなかったそうじゃ。侍女たちは、人柱になった娘の髪が石垣の下で伸び続け、時おり、石垣の外へ這い出るのではないかと言い合って怯《おび》えておった」

不気味な笑みを浮かべて鍋の方は又蔵を見据えた。

「清四郎はな、その後、キリシタンになったそうな。それでな、石垣から髪が這い出るという噂を聞いて、ある夜、石垣の前で待ち構えて、月の出とともに伸びてきた髪に飛びついて、小刀で切り取って持ち帰ったという」

「さようなことがあったとは清四郎はひと言も話しませず、全くもって知りませなんだ。それがし、村を出てから久しゅう清四郎に会《お》うておらなんだゆえ、酒が過ぎて大工仲間と喧嘩をして安土に居づろうなったものとばかり思うておりました」

額に汗を浮かべて又蔵は弁明した。

「そうか。ならば、わらわがこの作り物をいか様にいたそうとも異存はなかろうな」

言いながら鍋の方は、ちらりと帰蝶をうかがった。帰蝶は黙ったままだ。鍋の方は、〈安土城〉を庭に持っていくよう侍女に命じて、自らも庭に降りた。

鍋の方が、庭に立つ番士の手にある松明を横あいから取るのを見て、

「鍋の方様、何をなさいますのか」

又蔵が声をあげると、鍋の方は嗤《わら》った。

「清四郎は安土城の作り物の中に石垣から這い出た髪を入れたということじゃ。おのが愛《いと》しんだ女の髪を入れることによって、呪詛《じゅそ》いたしたに違いない。上様が本能寺にてお倒れになられたのも、その呪いのためやも知れぬ。されば、かようにいたして祓《はら》うしかないのじゃ」

鍋の方は松明を〈安土城〉の屋根に叩きつけた。火の粉が飛び散り、〈安土城〉が燃え上がった。冬姫は息を詰めて、燃える〈安土城〉を見つめた。まるで、安土の城その物が燃え落ちていくかのように見えて冬姫は鳥肌が立った。作り物の天主閣が炎に巻かれて崩れ落ちた瞬間、

――ひいっ

という女の悲鳴が響いた。それは炎に包まれた作り物から洩《も》れたように聞こえたが、実際には鍋の方がよろけてあげた声だった。

「鍋の方様――」

もずが駆け寄りながら、懐から短刀を抜いて空《くう》を切った。見ると長い髪が数本、鍋の方の首や手に巻きついている。断ち切られた髪ははらりと地に落ちた。だが、鍋の方の首筋には、髪の毛が巻きついた跡が赤い筋となって残っている。

「おのれ――」

鍋の方は燃え落ちた残骸を憎々しげに見据えた。

五

日野城への包囲が続く中、八日に光秀は再び坂本城へ戻り、九日に公家衆《くげしゅう》の出迎えを受けて京に入ると朝廷や町衆の人心を掌握しようとした。

だが細川藤孝父子、筒井順慶《つついじゅんけい》らは光秀の期待に反して呼応せず、しかも羽柴秀吉がたちまちのうちに毛利氏と和睦すると疾風怒濤《しっぷうどとう》の勢いで軍勢を返した。

光秀は総力をあげて秀吉と戦わざるを得なくなった。もはや、日野城に構う余裕はなかったのである。

十三日に山崎《やまざき》の戦いで光秀は敗れ、逃げる途中、土民に殺された。

光秀が敗れたという報せは日野城に籠っていた女たちを喜ばせた。秀満はただちに退去して坂本城へと帰った。

「上様のご無念が晴らされました。これで安土城へ戻れますぞ」

「ほんに、作り物の安土城を焼いたおかげで呪詛が祓えたのでございましょう」

女たちは言いさざめいたが、三日後の十六日になって、安土城から駆け戻った忠三郎が、大広間で思いもよらない報せをもたらした。

「昨日、御城が燃え落ち、灰燼《かいじん》に帰してございます」

さすがの忠三郎も顔が青ざめている。

「何と申した。さようなことがあってよいものか」

帰蝶は言葉を失った。鍋の方が膝を乗り出した。

「誰が焼いたのじゃ」

「わかりませぬ。明智秀満が立ち退《の》く際に焼いたとも、織田信雄様の軍勢が火を放ったのではないかとも言われておりますが、いずれもはっきりとはいたしませぬ」

それまで光秀を恐れたかのように動かなかった信雄は、明智勢が敗れたと聞くと、勇躍して安土城を目指した。その直後、安土城は炎上したのである。すでに明智勢が退去しているのであるから、信雄が安土城を焼く理由は無かった。だが、信雄の軍勢が安土に着いた時、突然、城は炎を上げたのだ。

信長によって築城された古今無双の名城は、わずか三年にしてこの世から姿を消したのである。忠三郎の報告を聞き終えて帰蝶は頽れた。

「御台様——」

冬姫は帰蝶をかき抱いた。

そのまま、帰蝶は病床についた。冬姫は付き添って看病したが、帰蝶はうつらうつらするばかりで現《うつつ》に返らず数日が過ぎた。

冬姫は不安な気持に襲われた。信長が逝き、帰蝶も後を追って亡くなってしまうので

はないだろうか。帰蝶の枕元を離れて、冬姫は忠三郎のもとに行き、

「誰が安土城に火を放ったのか、どうあっても知りとうございます」

と訴えた。傍らにもずと又蔵が控えている。忠三郎は首をかしげた。

「なぜ、さようにまで思われますか」

「安土城は、父上と御台様の夢の城であったのです。おふたりが思いをかけた城を焼いた者はわたくしにとって仇《あだ》なのです」

「さて——」

忠三郎は眉をひそめた。明智光秀が討たれたいま、天下は秀吉が掌握するかもしれない。蒲生家としては、ただちに秀吉のもとに馳せ参じなければならないのだ。何者が安土城を焼いたかを突き止める余裕はなかった。

わずかに身じろぎして、又蔵がくぐもった声を発した。

「御方様、そのお役目、ぜひ、それがしにお命じくだされませ」

冬姫は又蔵に目を遣った。

「そなたがやってくれますか？」

「はい。それがしが持って参りました安土城の作り物が燃やされたため、実《まこと》の御城も焼け落ちたような気がしてなりませぬ」

又蔵が大きな膝頭を平手で打ち叩いて慨嘆すると、もずが口を挟んだ。

「お調べにならなくともようございます。安土城を焼いたのは、人柱となった娘でございます」

「娘の怨霊《おんりょう》だというのですか」

「上様が御存命の間は、娘の怨霊は上様のお力によって封じられていたのでございます。ですが、本能寺にて上様がお亡くなりになられましたゆえ、安土の御城もあえなく燃えたのではないでしょうか」

冬姫は唇を噛んで目を閉じた。

「安土城は炎上する宿命だったと、もずは思っているのですね」

「さようでございます。どのように堅固な物でも、ひとの心を踏みにじれば崩れ去らねばならないという気がいたします」

人柱になった娘に思いを致したのか、もずは悲しげに言った。

六

〈本能寺の変〉からひと月余りが過ぎた。冬姫は日野城の仏間に籠り、信長の菩提《ぼだい》を弔っていた。帰蝶は快癒とは言えないながらも床離れができ、側室らとともに清洲城に移っている。傍らにいるのはもずだけだ。冬姫が読経《どきょう》していると、

――御方様

仏間に入ってきた又蔵が低く声をかけた。冬姫は仏壇に向かったまま、

「城に火を放った者のことはわかりましたか」

と訊いた。又蔵は冬姫の命を受けて、安土に赴いており、ひさしぶりに日野城に戻ったのである。

「わかりましてございますが……」

又蔵は困惑したような声を出した。冬姫は振り向いて又蔵に目を向けた。

「いかがいたしたのです」

「安土城に火を放ったのは大工の清四郎かもしれませぬ」

顔をしかめた又蔵は、口籠って告げた。

「清四郎が？」

「さよう。安土の大工の話では、天主閣の焼け跡から清四郎らしい者の遺骸が見つかったそうです。焼け焦げて顔は定かではございませなんだが、胸に銀の十字架《クルス》をかけておったというのです」

又蔵は安土城下で火が出た時のことを訊きまわったが、明智の軍勢が立ち退き、信雄が到着する寸前に、天主閣に炎があがったということだけしかわからなかった。

「では、何者が火を放ったのだ」

と又蔵が訊ねても、城下の者たちは首をかしげるばかりだった。その中で岡部又右衛

門配下の大工が焼け跡の始末をしていた際、焼死体を見つけた話を告げたのだ。そして、その首にかかっていた十字架に見覚えがあったという。

「さらに、その大工は、吹き抜けになった天主閣で、もし火が出たりするならばわずかの間に炎が走ってひとたまりもないだろう、と大工仲間で話しておったと申すのです」

「清四郎もそのことを知っていたのですね」

「もともと腕のよい大工ですから、どこに火をつければ燃え広がるのが早いか、わかっておったはずです。しかし、あまりに火の回りが早く、逃げ遅れたのではないかと思われます」

清四郎は安土城の作り物を又蔵に渡した後、安土城下のイエズス会セミナリヨに身を寄せていた。

又蔵がキリシタンに訊いたところ、やはり清四郎はいずれ九州に行くつもりだったらしい。だが、清四郎が発つ前の二月に東方の空が異常に明るくなり、安土城の天主閣が恐ろしいばかりに赤く染まり、それが朝まで続いたことがあった。

セミナリヨのキリシタンたちは、異変に気づいて夜通し空を見つめた。清四郎も天主閣を眺め、動こうとしなかった。やがて、

「あの娘が呼んでいる」

と何かに取り憑《つ》かれたようにつぶやき、時おり、思い出したようにぶつぶつと同じ言

葉を繰り返し言うようになったという。

清四郎はその後もセミナリヨに留《とど》まり、毎晩のように空を眺め続けた。何かを探しているかのようだった。キリシタンたちは清四郎が亡くなった娘のことを思い、幻を見ているのではないか、と囁《ささや》き交わした。

やがて、四月に入って夜空に巨大な彗星が現れた。清四郎はこの彗星を毎晩眺めては、何事か祈りを捧《ささ》げていた。

「何を祈っているのだ」

とまわりの者が訊くと、清四郎はうつろな表情で答えた。

「わしは何をしたらいいのか。それを天におうかがいしている」

そして、ある日の昼間、彗星とも花火とも見える、真っ赤に燃える物体がゆっくりと空から落下して、そびえ立つ安土城の陰に吸い込まれるように消えていくのをセミナリヨの人々は目撃した。清四郎は、この時、

「そうか。そうすればよいのか」

と魅入られたような表情をしてつぶやいた。

六月二日未明、〈本能寺の変〉が起きると、この日の九ツ（正午頃）には安土まで報せが届いた。宣教師のオルガンティーノは、セミナリヨの生徒たちとともに琵琶湖に浮かぶ島へ避難した。この時、清四郎はキリシタンたちと行をともにした。

その後、島に明智の軍勢が押し寄せ、キリシタン大名に明智方につくよう説得させるためにオルガンティーノたちは坂本城に連れ去られた。

光秀が山崎の戦いで敗れると、オルガンティーノたち宣教師は坂本城から解放されたのだが、そのころ清四郎の行方はわからなくなったという。

「その後、清四郎は安土城に忍び込んで火を放ったのですね」

冬姫は目を閉じた。燃え上がる天主閣の中に立つ清四郎の姿が脳裏に浮かんだ。

「さようでございます。清四郎は星の異変に操られたかと見受けられます」

又蔵は陰鬱な口調で言った。もずはため息をついた。

「清四郎を招き寄せ、ともに炎の中で燃え尽きるのが、人柱に立った娘の望んだことであったのかもしれません」

冬姫は何も言わなかった。

安土城が娘と清四郎の思いから炎上したのだとするならば、ただ瞑目《めいもく》してふたりの成仏《じょうぶつ》を祈るほかはない。冬姫は胸にかけた水晶の数珠を握りしめ、念仏を唱えた。

その夜、冬姫は、また夢を見た。かつて見たのと同様に、安土城の中にいる。だが、ひとが誰もいない深閑とした城内だ。

冬姫は天主閣に上って、琵琶湖を見ていた。夕陽の残照にほの赤い湖が突然、血に染まった色のように見えて冬姫は思わず目をそらした。

ふと気づくと、天主閣の階段の下がり口に何者かが立っている。誰なのかはわからない。ぼんやりとした輪郭の白っぽい人影は女であることをうかがわせた。

「誰じゃ」

冬姫が訊いても相手は答えない。片手をゆっくりあげて手招きする。呼ばれるまま冬姫が近づくと、人影は誘うように階段を降りていく。天主閣の五階は金箔《きんぱく》と朱漆塗りを背景に〈釈迦《しゃか》説法図〉が描かれている。

薄闇に浮かび上がる仏画を不気味に感じながら冬姫は階段を降りていった。四階、三階と降りていくに従って、あたりの空気が冷え冷えとしてくるように感じる。冷たさで指先が痺《しび》れ、足元がふらついた。

「もはや、降りられませぬ」

冬姫が言うと、人影は頭を振って、さらに下を指し示した。そこは吹き抜けになっている地階だ。真っ暗で何も見えないはずだが、ちらちらと赤い炎が揺らめいている。

冬姫は驚いて、よく見ようと降りていった。地階にふたりの男が立っているのが見えてきた。松明を持っている若い男は小袖に短袴《たんこ》をつけている。若い男の憑かれたような目を見た時、

――清四郎

だと冬姫は直感した。横に立つ人に目を遣ると、黒い衣服を身につけた南蛮人であると見て取れた。

――オルガンティーノ様

冬姫は以前、信長に呼ばれてセミナリヨに行ったことがある。その時に会った宣教師オルガンティーノだった。

(オルガンティーノ様は何をされているのであろうか)

目を凝らしてふたりを見つめるにつれ、オルガンティーノのたどたどしい日本語が聞こえてきた。

「この城は悪魔の城です。信長は星を眺め、宇宙の神秘を知ろうとしていました。そのためにこの城は造られたのです。これは、神に許されないことです。この城のテンシュから星を眺める者が、二度と現れないようにしなければなりません」

オルガンティーノの言葉に激しくうなずいた清四郎が、手にしていた松明を上へ向かって投げ上げた。

冬姫の口から悲鳴が洩れた。その声を聞いたオルガンティーノがさっと上を見た。その目は日頃の温容にそぐわない残忍なまでに冷たく鋭い光を放っている。

冬姫はぞっとして、身を仰《の》け反《ぞ》らせた。

松明はくるくるとまわりながら、火の粉を散らして高く上がっていく。火の粉はやがてひと塊になると、たちまち焰《ほのお》の龍《りゅう》になって六階まで燃え上がった。天主閣に黒煙が満ちる。冬姫は床に倒れたまま動けない。このまま、ここで死んでしまうのだろうか。すると白い人影が傍に来て助け起こしてくれた。見れば、やさしげな少女だ。

この少女が安土城の人柱になったのだ。そして、安土城に火を放ったのは自らの怨念ではない、キリシタンの企《たくら》みだということを教えたくて、夢に出てきてくれたに違いない。そう思い至った時、冬姫は寝所《しんじょ》で目覚めた。

あたりはうす暗い。冬姫の胸は悲しみに沈んでいた。

(先ほど見た夢が真《まこと》のことを伝えているのなら、わたしは父と母の夢の城を焼いたキリシタンを、生涯許すことができないだろう)

ふと、忠三郎が、近頃、キリシタン大名の高山右近《たかやまうこん》と親しく交りを結んでいることを冬姫は思い出した。右近を通じてキリシタンの教えに興味を抱き始めている忠三郎が受洗した時、ふたりの間に大きな溝ができるかもしれない。

冬姫はやがて生まれてくる子に思いを馳せながら、不安を抱くのだった。

宣教師ルイス・フロイスは『日本史』の中で、光秀が敗れると明智勢は安土城に放火することなく退却したと述べた後、

――しかしデウスは、信長があれほど自慢にしていた建物の思い出を残さぬため、敵が許したその豪華な建物がそのまま建っていることを許し給《たま》わず、そのより明らかなお知恵により、付近にいた信長の子、御本所《ゴホンジョ》（信雄）はふつうより知恵が劣っていたので、なんらの理由もなく、彼に邸《やしき》と城を焼き払うよう命ずることを嘉《よみ》し給《たも》うた

と記している。

デウスの「明らかなお知恵」とは何だったのだろうか。

# 女人棋譜

## 一

岐阜城の大広間——

薄暗い中、燭台《しょくだい》が点《とも》されふたりの僧が碁盤を挟んで向かい合って座っている。ひとりは小柄で額が広く、あごが引き締まった顔をしている。もうひとりは痩身、細面で、糸のように細い目をしている。

ぴしり、と鋭い音をたてて小柄な僧が碁盤に黒石を打った。痩せた僧がいま打たれた石に冷徹な視線を向けながら、手にした白石をそっと置く。小柄な僧はしばらく考えてから、次の黒石を打った。碁盤を石で叩《たた》くかのような乾いた音が響いた。

痩せた僧はおもむろに白石を摑《つか》んだが、その手が途中で止まった。碁盤を見つめる目がふとやわらいだ。白石を碁笥《ごけ》に戻して小柄な僧と目を見交わした。小柄な僧もうなずいて碁笥に蓋《ふた》をした。

「これが、右大臣様の御前《おんまえ》にて打ち掛けとなりました碁の形でございます」

小柄な僧が碁盤の傍らにいた娘に向かって頭を下げた。瘦せた僧も同じように頭を下げる。

娘は碁盤に近づいて盤上を食い入るように見つめた。やがて納得がいったらしく、振り向いて、

「母上様、すべて覚えましてございます」

と利発そうな面持ちで言った。少し離れて見守っていた女人《にょにん》が、やわらかな口調で、

「やはり、そなたは賢くお生まれだこと。それでこそ、わらわの娘です」

と声をかけた。ふたりの僧の表情に感嘆の色が浮かんだ。

小柄な僧は、京の寂光寺塔頭《じゃっこうじたっちゅう》本因坊《ほんいんぼう》の僧で、名を日海《にっかい》という。京に生まれ、十一歳の時に得度《とくど》したが、余技として囲碁を好み、敵する者がいないほど上達した。織田信長も囲碁を好み碁打ちを楽しんでいたが、日海の強さに感心して、

「そなたこそ、まことの名人じゃ」

と称《たた》えた。日海は、後に囲碁の名人として徳川家康に召し抱えられ、

――本因坊算砂《さんさ》
と称した。瘦せた僧は、京の本能寺の僧で名を利玄《りげん》という。囲碁の名手でふたりはたびたび対局してきた間柄である。

信長は、〈本能寺の変〉の際も前日の昼間、日海と利玄の対局を見物したという。深夜まで碁を打った日海らが帰宅する途中、明け方近くに鉄砲が鳴り響く音を耳にし、明智光秀の謀反《むほん》を知った。引き返すこともできず、寂光寺に戻った後、信長の最期を聞いた。

日海は信長の死を悼《いた》んで寺に引き籠《こも》っていた。あるいは光秀の怒りを買うのではないか、と周囲は心配したが、何の咎《とが》めもなかったという。

娘は目を輝かせて日海に顔を向けた。

「この碁はここで終わり、最後まで続けられなかったのですね」

「はい、勝負がつきませぬゆえ」

日海は穏やかに答えた。娘は小首をかしげた。

「碁の勝負に決まりがつかぬとは、おかしなことを申しますね。なぜ、勝負がつかなかったのでしょうか」

「それは――」

日海が碁笥から黒石を取って説明しようとすると、娘はきっぱりと言った。

「そのことはわかっています。ただ、どのような勝負でも、負けた者はあきらめたがゆえではないのですか。あきらめねば最後は勝てるのではありませんか」

「さように申されましょうとも、ともに強情な者同士であれば、勝負はなかなかつくものではございません」

娘の目に妖しい光が宿った。

「そうでしょうか。命を懸けて決着がつくまで打てば、生き残った者の勝ちです」

「なんと。息が絶えるまで碁を打てと言われまするか」

日海が恐ろしげに娘を見た。すると、女人が、ほほ、と声を上げて笑った。

「それでこそ織田信長の姪《めい》と申せましょうぞ。そなたの〈女いくさ〉が楽しみというものです」

娘は口もとに微笑を浮かべ、なおも盤上に置かれた白と黒の石に目を注いだままだった。


天正十年（一五八二）十月――

京の大徳寺《だいとくじ》で羽柴秀吉が織田信長の葬儀を執り行って間も無くのころである。

浅井長政の正室であったお市は、夫亡き後、織田家に戻って日を送っていた。このほど、お市は柴田勝家のもとに輿入《こしい》れすることが決まり、岐阜城を出て越前北ノ庄《きたのしょう》に向かう途中で、冬姫の住まう日野城を訪れた。

信長の三男信孝の勧めにより、お市が柴田勝家に嫁することになったことは、冬姫の耳にも入っていた。輿入れとはいっても、再嫁であるためか、行列に華やかさはない。

しかし、具足姿の警固が二百騎もつくという物々しさは、お市の輿入れが織田家での勢力争いと深く関わっているからにほかならない。

信長の死後、嫡孫三法師《ちゃくそんさんぼうし》を織田家の後継者とすることに成功した秀吉と、三男信孝を推しながら果たせなかった柴田勝家との対立は抜き差しならないものになっていた。

勝家とお市の縁組は、織田家の跡目相続を決める清洲会議で秀吉に押し切られた後、急遽《きゅうきょ》決まったのである。

九月十一日、お市は勝家の室として、山城の妙心寺で信長の百カ日法要を営んだ。妹として信長の菩提《ぼだい》を弔い、お市がいまなお織田家の女人であることを世間に知らしめるためだった。これに対して秀吉は、翌十二日に信長の四男で自らの養子にしていた秀勝《ひでかつ》を立て、大徳寺で百カ日法要を営んだ。

信長の二男信雄や信孝らもそれぞれ法要を営み、法要は、織田家の後継者であることをあたかも世間に公言するためのもののようだった。

そして、秀吉が百カ日法要の後に大徳寺で本格的に信長の葬儀を営むと知ると、縁組はしたものの岐阜城に留《とど》まっていたお市は、ただちに北ノ庄の勝家の居城に向かおうと思い立った。

仰々しい警固に守られたお市が日野城の門をくぐると、冬姫は忠三郎とともに身重の体で玄関先まで出迎えた。

「これは、冬殿――」

お市はろうたけた笑みを冬姫に向けた。お市の傍らには、三人の娘たちが従っている。お市と浅井長政の間に生まれた茶々、初、江の三姉妹である。冬姫とは従姉妹《いとこ》の間柄になる。初と江は、まだ幼さの残る面立ちをしているが、長女の茶々は十四、五歳になるであろうか、母に似てひとを惹《ひ》きつける面差しをしている。

大広間に通されたお市に、忠三郎は手をつかえて、

「お市様には、ようこそ、お出《い》でくだされました」

とていねいに挨拶した。お市はわずかに会釈を返し、

「冬殿がご懐妊と承った。北ノ庄に参れば、そうそうお会いいたすこともかなわぬゆえ、いささか気が早いが、祝いを持って参った」

と能面のような表情で告げた。大広間には祝いの品が積まれている。絹、料紙などだが、その中に変わったものがある。四本の脚がついた八寸（約二四センチ）ほどの厚さがある木の台である。

冬姫が目を留めたのに気づいたお市は、

「あれは碁盤じゃ。産後の楽しみにと持って参ったが、冬殿は、囲碁はなされようか」

とさりげなく訊《き》いた。

「いえ、嗜《たしな》んではおりません」

父の信長が囲碁を好んだと聞いたことはある。それを思い出し、不意に涙が滲《にじ》んだ。お市の顔にも感傷めいた表情が浮かんだ。

「兄上は、本能寺にてお果てになる前、囲碁をご覧になったそうな」

「まことでございますか」

冬姫が興を抱いた声をあげると、お市は微笑して、

「しばらく女子《おなご》同士にて話をさせていただけまいか」

と忠三郎に告げた。忠三郎は膝を打って、

「これは気づかぬことで、ご無礼仕《つかまつ》りました」

と言うと、もずだけを残して座をはずした。

忠三郎が大広間から姿を消すとお市は茶々に目くばせした。

「冬殿にあれをお見せいたすがよい」

茶々はうなずくと、自ら碁盤と碁笥を冬姫の傍らに運んだ。碁笥の蓋を取り、黒白どちらの石も取って交互に碁盤の上に並べ始める。

「囲碁は石を置いて、相手の石を囲むのです。囲んだ石は取ることができます。そうやって相手の石を囲んでいって取った陣地を地と呼びます。地が多い方が勝ちですから、戦《いくさ》で領土を広げていくのに似ています」

怜悧《れいり》な表情で話しながらも、茶々の指先はしなやかに動いて盤上を石で埋めていく。

やがて白石と黒石が盤上を覆っていく。しかし、三カ所だけ石が置かれていない隙間があった。茶々は指でそのあたりを差して、

「この白石は黒石に三方を囲まれております。空いているところに黒石を打つことで、白石が取れるのはおわかりでしょうか。まずは、打ってみてはいかがでしょう」

とうながした。

冬姫は戸惑いながら黒石を打ち、白石を取った。すると、今度は打った黒石が三方を囲まれる形になった。すかさず、茶々が白石を打って、冬姫が置いた黒石を取った。

「これは――」

冬姫は目を瞠《みは》った。茶々がいたずらな目差《まなざ》しで言う。

「ほかの空いているところにも打ってください」

冬姫が同じ様に打つと、茶々が素早く取るのだが、石は元通りの並び方をしている。黒石を打てば白石は取れる。だが、打った石は、すぐに茶々に取られてしまうのだ。

空いた三カ所目に黒石を打った時、

「あっ」

と冬姫は小さく声をあげて、指先を見た。棘《とげ》が刺さったような、ちくりとした痛みが走った。石に尖《とが》りがあったのだろうか、と冬姫は訝《いぶか》しげに指先を見つめた。

茶々は意に介さぬ様子で、

「いかがされました」

と声をかけるものの、冬姫が取って空いた所に白石を打った。冬姫が指先から盤上に目を転じた時には、茶々は澄ました顔で黒石を取っていて、最初と変わらない石の形が残っているだけだった。

「何度、繰り返して打とうが同じことですね」

冬姫は盤上の石の並びに気味の悪さを感じた。

「これは、コウと申します。未来永劫《みらいえいごう》の劫《こう》です。それが、三つできた時は三コウというのだそうです。伯父上様が本能寺で最後にご覧になった時には、この三コウができたため、勝負がつかず、そのままになったのです」

信長が死ぬ前に見た碁は未来永劫にわたって繰り返され、決して終わらない碁の並びだった。それを見たため、信長に凶運がもたらされたのではないか、と感じて冬姫は不安を覚えた。すると、お市が碁盤の傍らに近寄り、冬姫に低く言った。

「冬殿におり入って話したいことがあります」

茶々が盤上の石を袖でくるみ、音を立てずに碁笥に戻した。お市は白石をひとつ取り、碁盤に打った。張り詰めた厳しい音がした。

音の鋭さに、控えているもずがぴくりと眉をあげた。

二

お市が日野城を去る行列を、冬姫は緊張した面持ちで見送った。その様子を見て忠三郎が声をかけた。

「いかがされた。具合が悪くなられたのか」

冬姫は頭《かぶり》を振って、いいえ、と小さく答えた。

「お見せいたしたいものがございます」

と言って、忠三郎を連れて大広間の碁盤に導いた。盤上には白と黒の碁石が入り乱れて置かれている。

「これは？」

忠三郎が碁盤の傍らに座ると、冬姫も寄り添うように座り、指を石に向けた。

「お市様は、この白い石が信孝様、柴田勝家殿にお味方する者、黒い石は羽柴秀吉殿に味方する者であると仰せられました」

信孝、勝家に味方する者のうち、武将として名があるのは伊勢長島の滝川一益《たきがわかずます》、北陸の前田利家である。片や、秀吉には信雄、摂津《せっつ》の池田勝入《いけだしようにゆう》がつき、さらに勝家と並ぶ織田家の重臣丹羽長秀も秀吉寄りの動きを見せている。

碁盤の白黒の石のように、互いの陣地を奪おうと睨《にら》みあっているというのが現状だ。

「この黒石が蒲生の日野城じゃ、とお市様は仰せられました」

「この石か──」

忠三郎は興味深げに黒石を見つめた。忠三郎は、秀吉が大徳寺で行った信長の葬儀に参列している。お市から秀吉側の黒石だと見られてもやむを得ないが、日野城だと言って置かれた黒石は三方を白石で囲まれている。

「この三つの白石は？」

「岐阜の信孝様、伊勢の滝川一益殿、そして長浜城の柴田勝豊《しばたかつとよ》殿だそうです」

「なるほど。たしかに、わが日野城は三方を囲まれておる」

忠三郎は苦笑した。

〈本能寺の変〉の後に開かれた清洲会議で、秀吉は三法師を織田家の跡継ぎにすることができた。しかし、同時に信長亡き後の領土の配分では、それまで居城にしていた近江長浜城を勝家に譲り、妥協を図っていた。

長浜城は、勝家が北陸道から京に出るのを抑える重要な城だった。その城を、勝家は甥《おい》で養子にしていた勝豊に預けたのである。

日野城は、言わば羽柴方の最前線として、柴田方の長浜城と対峙《たいじ》する城になっている。信孝や一益が攻め寄せれば、日野城は三方から包囲され、単独で戦わなければならなくなる。

「お市様はこの黒石を、白石に変えてはいかがじゃ、と仰せられたのです」

冬姫は黒石をゆっくり取って、白石を置いた。盤上の中央に白石が並び、西の姫路城を居城とする秀吉の動きを牽制《けんせい》するかのようだった。

お市が碁盤に石を置いていく様子を見た時、

（お市様はこの碁石のように信孝様、勝家殿を動かして、秀吉殿に戦いを挑まれているのではないだろうか）

と冬姫はふと思った。

お市は、秀吉が浅井長政の嫡子万福丸を磔《はりつけ》にしたことをいまも憎んでいるに違いない。それだけに秀吉に抗するには、勝家に嫁すほか道はないと意を固めたのではないか。だとすると、秀吉にとって、お市こそ危険極まりない敵だと言えるかもしれない。

「さて、お市様の申し出に冬殿は何と答えられましたのか」

忠三郎の問いに、冬姫は静かに頭を振った。

「何も答えませんでした。わたくしは、もはや蒲生家の者。忠三郎様が決められたことに従うのみでございます」

「さようか。しかしお市様は何より信長様の妹であられることを誇りとされている御方《おかた》です。信長様の血を引く冬殿は、ご自分に味方されるものと思われていたのではありませぬか」

「さようかもしれませぬが――」

冬姫は目をそらせた。忠三郎は首をかしげて、ちらりともずを見た。ずっと冬姫の傍らに控えていたもずなら、お市との遣《や》り取《と》りを見聞きしたはずだ。忠三郎の意を察したもずは、膝を乗り出して冬姫の顔をうかがった。

「申し上げてもよろしゅうございましょうか」

「もず――」

冬姫は目で制した。すかさず、忠三郎が厳しい声を出した。

「申せ、もず。何があったのだ」

「御方様がお答えになられませぬと、お市様はお怒りになられたのです」

もずは声をひそめて告げた。

冬姫がお市の問いに答えないで黙っていると、茶々が膝を進めた。

「冬様、なにをためらっておられるのです。母上は織田家を守るため、北陸に嫁するのです。織田家の女のひとりとして、冬様もいっしょに戦ってくださりませ」

「蒲生の家を守っていくのが、蒲生に嫁いだわたくしの戦いです」

冬姫が毅然《きぜん》と答えると、茶々はゆっくりと首を横に振った。

「女のいくさはさようなものではないと、わたしは母上に教わりました」

「どのように戦うと言われますか」

「大名家の女が嫁するのは、味方を増やし、領土を得るため。そして、生家を守るために他国へ乗り込むのではありませんか」

それは、冬姫が幼いころ乳母のいおから教わったことだった。しかし、冬姫は蒲生家に嫁してから自らのいくさをするようになった。それは信じるべきひと、いとおしいひとたちを守るいくさだった。忠三郎と結ばれ、その子を身籠ったいま、自分が守るべきものは蒲生家だった。

冬姫は茶々を見返し、きっぱり言った。

「わたくしは、さような女いくさをいたすつもりはございませぬ」

すると、茶々はつめたい笑みを浮かべてお市を振り向いた。

「母上、わたしの思った通りでした」

眉をひそめて、お市はうなずいた。

「まさか、とは思うておりましたが――」

言い終えると同時に、お市は立ち上がった。憤りが滲み出ている。

戸惑いを隠せぬ面持ちで、冬姫は、

「お市様、戦国の世は悲しきことばかりにてございます。されど、怨《うら》みにて報われることは何もないと存じます」

と手をつかえて頭を下げた。お市はつめたく笑っただけで答えず、

「わらわに味方する決心がついたならば、北ノ庄へ使いを寄越《よこ》すのです。その侍女がよいであろう」

とだけ言って、もずに目を遣った。

「この先、さようなことはないと存じます」

冬姫が目を伏せると、お市は微笑《ほほえ》んだ。

「いやいや必ず、冬殿はわらわの助けがいることになるでありましょうぞ。そのための石をひとつ打ちましたゆえなあ」

その声はつめたく、聞く者の心を凍りつかせるようだった。

冬姫は思わず身をすくめた。謎のような言葉を残して、お市は、日野城を去ったのである。


「さようなことをお市様は仰せられたか」

忠三郎は考え込んだ。お市がただの脅しを口にした、とは思えない。日野城を取ろうとお市が思ったのであれば、そのための手を打ったに違いない。それは何なのであろうか。

忠三郎が考えをめぐらせている時、ぐらりと冬姫の体が揺れた。

「御方様――」

　もずが悲鳴のような声をあげて冬姫の体を支えた。

　この日から冬姫は熱に浮かされ寝つくことになった。

三

「冬姫様は毒を盛られたのであろうな」

　秀吉はつぶやいた。山崎の天王山《てんのうざん》山頂にある宝寺《たからでら》城の本丸広間である。秀吉の前には碁盤が置かれ、傍らに忠三郎と日海が控えている。

　忠三郎から、日野城を訪れたお市が冬姫に囲碁を見せたと聞いて、秀吉は日海を呼び寄せ、三コウの意味を問い質《ただ》していた。

　その最中、お市が立ち寄った後、冬姫は突然体調を崩して発熱し、容態が思わしくないのが案じられる、と忠三郎が話したのだ。

　毒を盛られたのではないか、と秀吉に言われて忠三郎は眉をひそめた。

「侍女のもずは、冬殿が打った石に毒針が仕掛けてあったのではないかと申しております。その石は、すぐ茶々様が取られましたゆえ、確かめることはできませぬが」

　秀吉はしばらく思案してから、忠三郎に目を向けた。

「それで、いかがいたすつもりじゃ。お市様は、ご自分に味方するならば毒消しの薬を渡そうというおつもりであろう。冬姫様のお命だけでなく、生まれてくる子の命まで人質に取られたも同然じゃ」

「さようにございます。医師を呼び寄せ、さまざまな薬を与えておりますが、何の毒であったかがわからねば、十分な効き目のある薬が調合できぬとのことで」

忠三郎は苦しげに下を向いた。

「わしは構わぬぞ。冬姫様を助けるために、そなたが勝家につこうと、まことの敵になったとは思わぬ」

「いえ。冬殿とも話し合《お》うて参りましたが、われらが羽柴様を裏切ることは決してありませぬ」

「無理せぬでもよい。冬姫様のお命のほうが大事じゃ」

秀吉は、真剣な表情で言った。

「われらが羽柴様にお味方いたすのは、利害によってではございませぬ。信長様の夢見られた天正の志を継ぎ、天下統一を果たすことができるのは羽柴様だけでございます。天下は、それを差配できる力のある者が動かしていかねばならぬと思うております」

意を決した表情で忠三郎が言うと、秀吉は深々とうなずいた。

「よう言うてくれた。ならば、わしの策を言おう」

「策がありまするか」

すがるように忠三郎は訊いた。

「あるとも――」

頼もしく言い切った秀吉は、碁盤の上に白黒の碁石を交互に置いていった。

「この黒が日野城だとすれば、なるほど三方を囲まれておるな」

鋭い目で盤上を見つめつつ、秀吉は傍らの日海に問いかけた。

「この黒を救うにはいかがいたせばよい」

「すでにおわかりのことと存じまする」

日海は表情を変えずに答えた。秀吉はにやりと笑って、

「こうか」

とつぶやき、黒石を打った。

「長浜城は、北ノ庄への筋が生きておるように見えるが、実はそうではない」

秀吉は、冷徹な目で石を見つめて言葉を発した。

「いま、わしのもとに勝家の使者として前田利家、不破勝光《ふわかつみつ》、金森長近《かなもりながちか》が来て和睦の話を持ち掛けておる。冬になったゆえ、雪で北陸の勝家は動けぬ。それゆえ時を稼ぎたいための和睦話よ。つまるところ、長浜城は孤立しておるということだ。それに、居城であった長浜城を、わしは知りぬいておる。攻め落とすに、造作はいらぬ」

白石を取り、秀吉は言葉を継いだ。

「わしが長浜城を囲んだら、お市様にこう伝えるのじゃ。勝豊殿の首を獲るのはたやすいが、それはせぬ。わしの軍門に降《くだ》ったうえで開城してもらう。さすれば、勝家も甥を見殺しにしたという不名誉を免れるであろう。それが、冬姫様を助ける毒消しの薬をもらう代銀じゃ、とな」

秀吉の言葉に耳をかたむけながら、忠三郎は厳しい表情で盤上を見つめた。

「しかしながら、それでは羽柴様が三方を囲まれることになりはしませぬか」

秀吉はからりと笑った。

「よう気づいた。さすがに信長様から目をかけられた忠三郎じゃ。いま動けば、わしは長浜城だけでなく、岐阜の信孝殿、伊勢の滝川一益を相手にせねばならなくなる。勝家は雪の壁の向こうに閉じ籠り、わしが疲れるのを待って出てくるつもりであろう。お市様の打った石のまことの狙いはそれじゃ」

「それを承知で動かれまするか」

忠三郎は、秀吉の色黒でしわの多い顔を見つめた。

「何の、囲碁とまことの戦は違う。お市様は、いずれそのことがおわかりになられるであろう」

秀吉はそう言うと、再び盤上に目を移し、日野城にあたる黒石にそっと手を伸ばした。

「以前、日野城に行ったおり、わしは冬姫様に叱られたことがあってのう。おのれの向かうべき道を教えられたのじゃ。それゆえ、冬姫様を死なせるわけにはいかぬ」

秀吉はいとおしげに石をなでた。

十二月に入って間も無く、秀吉は五万の軍勢を率いて近江に出陣し、長浜城を囲んだ。時を同じくして、もずと鯰江又蔵が北ノ庄城のお市を訪ねた。忠三郎からの書状を携えている。

ただちにお市は広間でもずと会い、その間、又蔵は広縁《ひろえん》に控えた。忠三郎からの書状を読み終えたお市は顔色も変えず、もずに問いかけた。

「いかがじゃ。冬殿はその後、お健やかに過ごされておられようか」

「お健やかにおわすわけはございませぬ」

もずは怒りに燃える目をお市に向けた。もしお市が毒消しの薬を渡さぬと言うならば、この場で討ち果たそうと心中深く決意していた。広縁に控えた又蔵の目にも殺気が宿っている。

「さようか」

お市はなぜか悲しげな表情で言うと、

——茶々

と次の間に声をかけた。すると、すっと開いた板戸の陰から茶々が進み出てきてお市の傍らに寄り、錦《にしき》の袋を手渡した。

「これを煎《せん》じて冬殿に飲ませるがよい。間無しに元気になられよう」

お市の差しだす錦の袋をもずは急いで受け取った。そして、口を開いた。

「日野城は柴田様にはつかぬとのことでございます。そのことお市様にはご承知いただけたのでしょうか」

「長浜城の勝豊殿の首と引き換えじゃ、と言われてはやむを得まい」

お市はつめたく笑った。

「されば、御方様より、お市様にお伝えいたすよう申しつかったことがございます」

「冬殿がわらわに何を伝えたいと申すのじゃ」

「蒲生は亡き上様の天正の志を継いで参る所存ゆえ、羽柴様につくつもりであるとのことにございます」

それを聞くとお市は口に手をあてて、ほほ、と笑った。

「兄上の志を継ぐ者は、わらわだけじゃ。冬殿は、秀吉につくべきではなかったな」

黙って手をつかえるもずに、茶々が声をかけた。

「冬様に伝えてもらいたいことがある」

もずはうかがうように顔を上げた。茶々はもずの顔を鋭く見つめて、

「母上の志はわたくしが継ぎます。それゆえ信長様の志を継ぐ者はわたくしになるであろう。いつの日か、冬様はわたくしに従うことになりましょう」

と甲高《かんだか》い声で言った。

茶々の高慢な物言いに、もずはたまりかねて口を挟んだ。

「御方様は、亡き上様の姫君にござります。上様の志を継ぐのは、御子である御方様の他にございません。茶々様は、織田家に亡《ほろ》ばされた浅井家の姫様でございます。上様の志を継がれるとの仰せは筋が違うと存じます」

「なんと申した。そなた、わたくしを愚弄《ぐろう》いたすか」

茶々は目を怒らせて立ち上がり、もずに詰め寄った。しばらく、じっともずを見つめた後、茶々はうっすらと顔に嘲笑を浮かべた。

「なにやら、そなたは女子だという気がいたさぬが、まこと女子か」

もずがさっと青ざめ、広縁にいた又蔵が顔をこわばらせて身じろぎした。茶々はその様子をひややかに見つめて、

「さてさて、冬様は妖しき者をお使いじゃ。さようなことで、天正の志を継ぐなどと、よう申せたものよ」

と言い放った。

お市は茶々の言葉を何も言わず聞くだけで、目はあらぬ方を見つめたままだった。

「辛《つら》い思いをさせましたね」

冬姫はもずに声をかけた。

もずが北ノ庄から持ち帰った薬を飲むと冬姫の体調は徐々に回復に向かった。

冬姫が床から起き上がれるようになったある日、もずは又蔵とともに北ノ庄での顚末《てんまつ》を冬姫に報告したのである。縁側に控えた又蔵はくぐもった声で、

「まことに茶々様の申され様は、あまりのことでござった。もず殿はよう耐えられてござる」

と冬姫に告げた。

もずは頭を振った。

「いえ、忍びにとりまして、茶々様のお言葉などさしたることではございません。されど、わたしを見破った茶々様の眼力にはただならぬものがございます。あるいは、御方様の大敵になる方やもしれぬと思い、お話し申し上げたのでございます」

冬姫は深くうなずいて、薬湯を口にした。

(それにしても、お市様と茶々様はなにゆえ、わたしを憎く思われるのであろうか)

そのことが冬姫の心を暗くしていた。

# 四

年が明け、二月に入って寒気の緩むころ、冬姫は無事出産し、蒲生家は喜びに包まれた。初産《ういざん》とは思えぬほどの安産で、生まれたのはつぶらな目をして、口もとが冬姫に似た男子だった。男子が生まれたら、自分の幼名と同じく鶴千代《つるちよ》と名づけるよう、忠三郎は冬姫に言い置いていた。

この間、秀吉は信孝方だった美濃大垣《おおがき》城を取って攻勢を強め、五万の軍勢で岐阜城を囲んだ。

勝家が積雪に閉ざされて動けず、滝川一益も尾張の信雄に阻まれて救援に駆けつけることができないことから、昨年十二月二十日、信孝は秀吉に人質を差し出して降った。勢いにのる秀吉は、年を越して二月上旬、滝川一益を攻めるため七万五千の大兵力で、伊勢に乱入した。

忠三郎も蒲生家の兵を率いて、この軍に加わっていた。このため、鶴千代が生まれたとの報《しら》せを受けても、忠三郎は一益方の滝川儀太夫《ぎだゆう》が籠る城を攻める陣中にいて戻ることもかなわず、わが子の顔を見ることができなかった。

冬姫は、生まれた子の顔を見てもらいたいと、ひたすら忠三郎の帰城を待ち望んでいたが、儀太夫は頑強に抵抗し、弾薬、兵糧《ひょうろう》が尽きて開城したのは、三月に入ってからのことである。このころ一益の本城である長島城も落城の危機に瀕《ひん》していた。

これにたまりかねた柴田勝家は、二月末になって、まだ深く残る雪をかき分けて軍を発した。

秀吉と勝家の本格的な対陣が始まろうとしていた。

勝家自身が北ノ庄から出陣し、近江に攻め入ったのは三月十二日のことである。

この報せが日野城にもたらされると、子を産んでいっそう肌の輝きが増した冬姫の面差しに愁《うれ》いがさした。

（とうとうお市様と敵対することになってしまった）

秀吉が勝てば、お市を死に追いやることになるのだ。同じ織田の血を引く女として、そのようなことになって欲しくはなかった。

（しかし、どうすれば――）

秀吉が勝っても、お市を死なせずにすむことができるだろうか。冬姫はそのことに日々、思いをめぐらせた。

秀吉は勝家の動きを知ると、すぐさま五万の軍勢で北近江に向かった。

この時になって、秀吉が長浜城を取っていたことが、大きく形勢を左右した。三万の軍を率いる勝家は、長浜城が秀吉方となっているため、一気に近江の平野部に攻め入ることができず、山間部の柳ヶ瀬《やながせ》に陣を布《し》いたのである。

それは秀吉を招き寄せるが如《ごと》き陣形だった。

秀吉もこれに対峙して山々に陣を布いたが、猛将勝家が率いる柴田勢の軍容は恐ろしいばかりの威圧感を備えている。迂闊《うかつ》には秀吉も手が出せなかった。しかも、この機をうかがっていた信孝が動き始め、滝川一益も反撃を開始した。

秀吉を三方から囲むという策がとうとう動き始めたのである。あたかも、お市のしなやかな指先で打たれた白石が、秀吉のまわりを取り囲むかのようだった。

この時、秀吉は長浜城に入っていたが、美濃での動きを知ると、

「思うた通りだな。わしを囲んで押し詰める算段か」

と嘲笑《あざわら》った。

柴田方に囲まれた秀吉は、ひそかに反撃の策を練っていたのだ。ただちに二万の兵を率いて岐阜へ向かった秀吉は途中の揖斐川《いびがわ》が雨で増水していることを理由に大垣城に入った。

柴田勢を誘い出すための作戦だった。

大垣から北国《ほっこく》街道を駆け戻れるよう、途中の村々に金を与えて兵糧、松明《たいまつ》などを用意させて準備を整えていた。

果たして、勝家の甥佐久間盛政《さくまもりまさ》は、秀吉方の砦《とりで》を急襲して賤ヶ岳《しずがたけ》まで進出した。これ

を知った秀吉は、すぐに疾風迅雷の勢いで兵を返した。

勝家の堅固な陣形は、盛政の賤ヶ岳奪取によって崩れていた。秀吉はそこに付け込んで猛攻を加え、柴田勢を一気に撃破した。

大勢を決めたのは、賤ヶ岳で羽柴勢に押された際、柴田方の前田利家が兵を退《ひ》いて戦線から離脱したことだった。

それまで、秀吉を囲む白石のひとつであった利家が黒石に転じたのである。これによって柴田方の戦線は崩壊した。


秀吉が勝ったという報せに、冬姫は喜びよりも目の前が暗くなる思いを抱いた。

信孝が勝家に呼応する動きを見せた時、秀吉は信孝の母、坂氏を磔にした。坂氏は岐阜城でともに過ごしてきた女人だった。

〈本能寺の変〉が起きた時、坂氏は帰蝶や鍋の方とともに日野城へ避難したのである。その坂氏にこのような悲運が待ち受けていようとは、思いも寄らぬことだった。

秀吉が信長と縁の深い人物の命を奪ったのは、これが最初だった。これより後、秀吉は織田一族に対しても仮借《かしゃく》ない姿勢で臨み始める。

冬姫は、あらためて戦国の世の厳しさを思い知らされた。

(このままでは、お市様のお命が危うい)

何としても、お市様をお助けせねば。それが果たさねばならない自分の務めなのではないか。冬姫の胸に、父信長につながる人々へのあふれるような思いが湧き出ていた。

五

四月二十三日――

柴田勝家が敗走して戻った北ノ庄城は、羽柴勢の大軍に囲まれ、鉄砲が撃ちこまれた。賤ヶ岳の戦いの敗北により、柴田勢は逃げ散る者が続出し、城に籠った兵は三千にも満たない。いまや、落城は目前に迫っていた。

夕刻になって、嵐のような銃撃音がぴたりと止《や》んだ。

秀吉からの使者が城内へ送られるのだ。兵たちが見守る中、城へ向かって進んだのは、意外なことに女物の輿だった。

輿の傍に、もずと又蔵が付き従っている。

冬姫は、お市に城を出るよう説得する使者に立つことを秀吉に願い出た。

秀吉がこれを許したのは、勝家が信長の娘である冬姫を害することはないであろうことと、お市を説得できるのは、血のつながった冬姫しかいないと思ったからである。

この時、北ノ庄城内では、滅亡を覚悟した勝家が、本丸で一族、近臣らと別れの酒宴を行っていた。

冬姫が城内で輿を降りると、兵たちがかかげる松明の炎が揺れた。冬姫は夜空を見上げた。星が降るように輝いていた。

子を産んで間もない身で、北ノ庄まで来るのは辛かった。鶴千代を乳母に預けるのも後ろ髪を引かれる思いがした。しかし、これは自分がなさねばならないことだ、と冬姫は思った。父信長を慕い続けた叔母のお市を、怨みの闇の中で死なせるわけにはいかない。

ひややかな視線を送ってくる兵たちの間を歩いて、冬姫は本丸へ入った。あたりは落城を前にした凄惨《せいさん》な空気が漂っている。

冬姫がもずと又蔵を従え大広間に入ると、勝家は丁寧に頭を下げて迎えた。

勝家はすでに六十歳を過ぎているが、筋骨たくましく、陽《ひ》に焼けた顔は精悍《せいかん》だった。

「冬姫様、かようなる城へようお出でくだされた」

勝家は心に染み入るような笑みを浮かべ、底響きのする声で言った。冬姫の意を察し、それを喜んでいる様子が見て取れる。

傍らにお市と茶々、初、江が居並んでいるが、無表情に冬姫から目をそむけたままである。茶々だけが、時おり冬姫に敵意を含んだ鋭い目差しを向けてきた。

冬姫が手をつかえて、

「お市様には、城を出てくださいますよう願わしゅう存じ上げ、このようにまかり越してございます」

と落ち着いた声で言うと、勝家は莞爾《かんじ》と笑った。

「わしもそれを願《ねご》うておるのでござる。されど、わが室はなかなか聞き届けてはくださらぬ。冬姫様にお話しいただき、あり難く存ずる」

勝家は冬姫の申し入れに真摯《しんし》に謝意を表した。

しかし、お市は身じろぎして、

「わらわは冬殿と話すことは何もないと思うております。いまさら、秀吉の情けなど受けられようか。それは勝家殿もようおわかりのはず」

と告げた。勝家は困った顔をして、

「さようにかたくなに言われずともよろしゅうござろう。ここにて、われらが聞いておっては、話し難くもあろう。奥の部屋にて茶々殿らも交えて話されてはいかがか」

とうながした。お市がやむを得ないという顔で立ち上がり、冬姫が続いて立とうとした時、勝家は冬姫に向かって、

「頼み入りまするぞ」

と声をかけ、深々と頭を下げた。

(勝家殿はまことにお市様をいとおしく思っておられる)

と冬姫は思った。奥の部屋で、冬姫はひとりでお市と娘ら四人と向かい合った。お市

は物憂げに口を開いた。

「冬殿、無駄なことじゃ。信孝殿の母上、坂氏のことは聞いておろう。無残にも磔にされたそうな。この城が落ちれば、信孝殿の命もあるまい。秀吉はいったん敵となった織田一族を決して許しはすまい」

冬姫は言葉に詰まった。たしかにそうなる恐れは十分にある。しかし、お市に対してだけは、秀吉はそのようなことはできないのではないか。

「羽柴様はかねてから、お市様のことを大切に思うておられます。まことにお市様をお助けいたしたいとの思いを抱いておられるからこそ、わたくしが使者に立つのをお許しなされたのです」

冬姫の言葉に、お市は眉をひそめた。

「秀吉めが、わらわを大切に思うているとな？」

お市がつぶやくのを聞いて、茶々が、

——汚らわしい
と吐き捨てるように言って、膝を乗り出した。

「冬様は、わたしたちに勝ったおつもりなのですか」

「勝ったなどと、そのような……」

戸惑う冬姫に、茶々は言い募った。

「いいえ、勝ったと思っておられるからこそ、かように命を助けてやるなどと恩着せがましく口に出せるのです。このままここで果てようとも、わたしは負けたとは思いません」

「さようなことを申し上げているのではないのです。わたくしは皆様に生き抜いてくださるよう願っているだけなのです」

冬姫はきっぱりと言った。すると、お市がうすい笑みを浮かべた。

「わらわは冬殿がうらやましい」

その声には哀《かな》しげな響きがあった。

「なぜにございましょうか」

「わらわは兄上をお慕いしておった。兄上に喜んでいただきたいがために、命じられるまま浅井に嫁ぎもした。そしていま、織田家を守ろうと必死で戦《たたこ》うておるのも、ただただ兄上を想《おも》うがゆえのことじゃ」

お市の言葉に、冬姫は胸が詰まる思いがした。死が迫る中、お市は信長への真情を娘たちの前で吐露している。

浅井家に嫁いだお市は、かつて六角氏の放った忍びに薬を盛られ、心を操られたこともあった。意に染まぬまま生き長らえ、信長の戦いを助けるため、お市は運命に翻弄され続けてきた。それでもなお、果たせぬ想いを信長に対して抱き続けている。

お市は言葉を継いだ。

「わらわは、そのように努めて参ったが、それでも兄上にいとおしく思うていただけたことはないように思う。したが、冬殿は違う。まさに、織田を裏切るように見える秀吉のもとで生きることをも、兄上はお怒りになることはないであろう。そのためにこそ、知勇に優れた蒲生忠三郎と縁組を決められたのであろうからな」

「さようなことは……」

「ないとは、言わせませぬぞ。冬殿は何もせずとも兄上からいつくしんでもらえた。そなたは、天下の大名たちをひれ伏させた信長の娘。うらやましいと言うたは、そのことじゃ」

お市の目から一筋の涙が落ちた。

「母上様――」

初と江もともに涙を流し、茶々はうつむいて唇を噛《か》んでいる。

冬姫は胸が一杯になって、何も言えなかった。しばらくして、お市は冬姫に顔を向けた。

「されど、冬殿がせっかく来てくれたのじゃ。姫たちをともに死なせるのは忍びないゆえ、この城から出そうと思う」

茶々の顔色が変わった。

「それはなりませぬ。わたしたちは母上様とともに参りとう存じます」

お市はゆっくりと頭を振った。

「よいな、そなたたちには、かねてから申し聞かせたことがあったはず」

お市は茶々の目をまっすぐに見つめた。

「それは――」

茶々の目に涙がたまった。

「そなたら三人にしかできぬことなのですよ」

お市が諭《さと》すようにやさしく言うと、茶々は力を落としうつむいた。

冬姫とともに広間に戻ったお市が、娘たちだけを城から出すと告げると、勝家は涙を流した。

「御方はわしとともに逝ってくだされるのか」

「夫婦《めおと》にございますれば」

お市の声は迷いのない毅然としたものだった。

お市はようやく最期の時を迎えられる場所を見つけたのかもしれない、と冬姫は思った。

冬姫が、茶々、初、江の三姉妹を伴って北ノ庄城から出たのは、間も無くのことである。戌《いぬ》ノ刻（午後八時頃）、冬姫が輿に乗ろうとした時、空に星が流れた。

（あれはお市様の星ではないだろうか――）

冬姫は言いようのない哀しみに包まれた。

城門から輿はゆっくりと出ていった。

冬姫の輿に続いて三姉妹の乗った輿が羽柴方の本陣に着くと、秀吉は喜び勇んで出迎えた。お市が城を出なかったとの報せは届いていたらしく、

「冬姫様、ようしてのけてくだされた。お市様のことは無念ながら、姫様方を助けられてようござった」

と冬姫をねぎらい、茶々にやさしく声をかけた。

「姫様方のことは、この秀吉がきっとお守りいたしますゆえ、ご安心くださりませ」

だが、茶々は秀吉につめたい視線を向けて、気丈に言い放った。

「かつて浅井の小谷城が落城したおり、父長政を失いました。そして、いままた母上を失おうといたしております。わたしが、どういうわけか攻め手はいつも、あなた様でございます。安心などできようはずはありませぬ。それゆえ、命を助けられたからといって、わたしはあなた様に頭を下げはいたしませぬ」

秀吉がはっと胸を突かれたように顔をそむけた時、一瞬、哀しげな表情が浮かんだ。

秀吉は、茶々にお市の面影を見たのではないだろうか。

お市から憎まれ、責められるのは秀吉にとって辛いことだろう。まして、明日には北ノ庄城を総攻めにして、お市の命をも絶たねばならないのだ。

茶々を見つめる秀吉の目には、哀しみと愛《いと》しさが、ない交ぜに浮かんでいた。

北ノ庄城への総攻めは、翌四月二十四日に行われた。

勝家は猛将の名に恥じず頑強に抵抗した後、天守閣に籠って、お市を脇差で刺して最期を見届け、壮絶におのれの腹を切った。

それと同時に、天守閣は仕掛けておいた爆薬によって猛火に包まれた。勝家の後を追って殉死《じゅんし》した家臣は八十余人に及んだという。

北ノ庄城が燃え上がったころ、冬姫は輿で日野城へ戻る途中だった。胸にかけた水晶の数珠《じゅず》を握りしめ、一心にお市と勝家の成仏《じょうぶつ》を祈り続けた。

輿に揺られるうちに、胸がざわめくのを感じた。本陣に連れていった時に茶々を見る秀吉の目が何やら妖しげで気になっていたのだ。

（秀吉殿の目は、茶々殿を見ていたのではなかった。茶々殿の内にお市様を感じておられたのではないだろうか）

それは、不吉なことのような気がした。

案じられるのは、お市が茶々に、

「かねてから申し聞かせたことがあったはず」

と言っていたことだ。さらに、

「そなたら三人にしかできぬことなのです」

というお市の言葉も胸を過《よぎ》る。

(お市様は何をあの姉妹に言い聞かせておられたのだろう)

考えをめぐらしながら冬姫は、

「三人にしかできぬこと」

とつぶやいた。

お市が日野城を訪れた時に見せた、囲碁の三コウがふと脳裏に浮かんだ。三つのコウがそろい、どれだけ石を取ろうと終わることなく繰り返される不吉な形だった。

――まさか

茶々ら三姉妹は、お市が秀吉を亡ぼす〈女いくさ〉のために打った止めの一手なのではないだろうか。

戦慄《せんりつ》を覚えて背筋につめたいものが流れるのを冬姫は感じた。

# 魔鏡の影

## 一

又蔵が、冬姫の居室に蒔絵《まきえ》の箱を捧《ささ》げ持ってきた。

箱に入っていたのは丸い鏡だった。よく見えるようにと、もずが広縁《ひろえん》で箱から取り出した。冬姫の傍らにいた五歳になる鶴千代が物珍しげに覗《のぞ》き込んだ。鏡面は一点の曇りもなく磨かれ、陽光にきらきらと輝いた。裏面には鳳凰《ほうおう》の文様が彫り込まれ、朱房がつけられている。

「見事な鏡ではありませんか」

冬姫が広縁に出て眺めると、鶴千代が、

「母上、あれは何でございましょう」

と声をあげた。冬姫が振り向くと、もずも居室に目を向けた。冬姫は息を呑《の》んで壁を見詰めた。

「これは、どうしたことか」

又蔵も同じ方向を見て驚きの声をあげた。居室のほの暗い壁に光が当たっていた。壁のその部分だけが薄く滲《にじ》んだように白い光の線となって輝いている。その線が徐々にひとの姿となってくっきりと映し出された。

打掛姿のほっそりとした女人《にょにん》だった。しかもその姿からは、匂やかな気高さが漂ってくるようにさえ感じられる。

「母上に似ています」

鶴千代が嬉《うれ》しげに言った。冬姫はもずが持つ鏡に目を遣《や》った。

「その鏡ですね」

壁に映っているのは、鏡に陽《ひ》の光が当たって反射してできたものと思われた。

「まことに怪しく思われます。どのようにしてひとの姿を映し出すことができるのでしょう」

もずが恐れるように言うと、冬姫は首をかしげた。

「鏡にはひとの想《おも》いが籠《こも》ると言います。あれは鏡を持っておられた方の姿かもしれません」

「さようでございましょうか」

もずは気味悪げに応じた。壁に映った女人の姿は、妖怪か怨霊《おんりよう》のようにしか見えないらしい。広縁に控えていた又蔵が咳払《せきばら》いした。

「古《いにしえ》に唐の国から伝わった鏡の中には、陽にかざすと文字や仏の姿を映し出すものがあり、これを魔鏡《まきょう》と呼ぶそうでございます。まさしく、その魔鏡なのではございますまいか」

「魔鏡ですか。さように不思議な鏡があるのですか」

あらためて鏡に見入りながら冬姫はつぶやいた。

「いずれにしても妖しの鏡でございます。高名なる寺へ寄進いたし、魔を祓《はろ》うてもらうがよろしかろうと存じまする」

又蔵が膝を乗り出して言うと冬姫は、さてどういたそうか、とつぶやきつつ、ふと鏡の箱に目を留めた。紅葉の模様を散らした蒔絵が施されている蓋《ふた》がずれて、底板の隅に書状がひそめてあるのが見えた。取り出して開いてみると、端麗な文字で、

——心底のほどご覧いただきたく候《そうろう》
と記されていた。署名は、

——伽羅奢
とある。

「これは何であろう」

冬姫は書状をもずに見せた。見るなりもずは顔色をさっと変えて、

「わかりませぬ」

と言ってうつむいた。かすかに肩が震えている。

天正十五年（一五八七）九月――

冬姫は京の蒲生屋敷にいた。

三年前、蒲生忠三郎は秀吉から、近江の日野六万石から南伊勢十二万石に封じられ、伊勢、松ヶ島の城に入った。名もそれまでの賦秀から、

――氏郷《うじさと》
とあらためている。「郷」は祖先の藤原秀郷からとったものだ。氏郷は飛騨守《ひだのかみ》を名のり、従四位下、侍従に任じられた。このため世間からは、〈松ヶ島侍従〉などと呼ばれている。

賤ヶ岳の戦いで柴田勝家を破った後、織田信雄と対立した秀吉は、信雄を援《たす》ける徳川家康と小牧長久手《こまきながくて》の戦いで対陣した。家康に思わぬ苦杯を喫したものの、秀吉が信雄と和睦すると家康も上洛《じょうらく》して臣従した。

この年の五月に、秀吉は薩摩《さつま》の島津《しまづ》氏を降《くだ》して九州平定を果たしていた。全国の大大

名の中で残るは小田原北条《ほうじょう》氏だけである。秀吉の旭日昇天《きょくじつしょうてん》の勢いは止《とど》まるところを知らず、仕える氏郷も武将として名を高めていた。

秀吉は、関白になるとともに政庁であり豪奢《ごうしゃ》な居館でもある聚楽第《じゅらくだい》を京に建てた。大名の家族は聚楽第か大坂に人質として住むよう申し渡され、冬姫も京に住まいを移していた。

聚楽第には本丸、北ノ丸、南二ノ丸、西ノ丸などがあった。蒲生屋敷は本丸の東側に位置していて、黒田長政《くろだながまさ》や浅野長政の屋敷と隣り合わせており、千利休《せんのりきゅう》の屋敷ともほど近い。

蒲生屋敷は聚楽第に接していたが、徳川、宇喜多《うきた》、毛利、上杉などの大大名の屋敷は聚楽第を南に下がり、堀川《ほりかわ》を越えて横並びに建っている。秀吉の氏郷への信頼がいかに深いかがうかがえた。

九州の陣で、豊前国巌石城《ぶぜんのくにがんじやく》の攻略に武功があったとして、七月に氏郷は秀吉から羽柴姓を下賜《かし》された。このため親しい大名から祝いの品が次々と届いている中で、家臣たちはある贈り主の名を見て当惑した。

――細川越中守《ほそかわえっちゅうのかみ》室

とあったからだ。〈本能寺の変〉の後、秀吉から丹後《たんご》一国を与えられた細川忠興《ただおき》の正室から、なにゆえ祝いの品が届けられたのか、皆一様に首をかしげた。

細川忠興の妻とは、本能寺で冬姫の父織田信長を討った明智光秀の娘玉子《たまこ》にほかならない。

冬姫にとっては父の仇《あだ》の娘である。家臣の中には、

「かような物が届けられたと御方様《おかた》のお耳に入れば御不快であろう」

と言って返却すべきではないか、という者もいた。しかし、それでは細川家との間にしこりを残すことになる。

いま氏郷は伊勢の松ヶ島から西南へ一里（約四キロ）あまりのところにある四五百森《よいほのもり》という丘に新たな城と城下町を造ろうとしている。縄張りを終え、京へ戻ってくるのは、まだ先になると報《しら》せがあった。すぐに氏郷の判断を仰ぐというわけにいかなかった。

細川家からの進物のあつかいに困って家臣たちが頭を痛めていると、もずから聞いた冬姫は、

「ならば、わたくしが見てみましょう」

と言葉を添えた。氏郷は千利休に茶を学び、高弟として評判を得ている。忠興もまた利休の弟子であり、ふたりはともに勇将でありながら風雅の道に通じた文武両道の大名として親しく交際している。

些細《ささい》なことで仲違《なかたが》いするようなことがあってはならないと冬姫は思い、届けられた品

を持ってくるよう申し付けたのだが、鏡箱の中から不審な文が出てきたのである。

「何か知っているのですね。隠さず、申しなさい」

冬姫に厳しく問われ、もずはゆっくり顔を上げ、悲しげに答えた。

「細川様の御正室様には、先ごろキリシタンになられたという噂《うわさ》がございます。キリシタンとしての名をガラシャと申されるそうです」

では、これは伽羅奢《ガラシャ》と名のる玉子が書いた文なのだろうか。冬姫の顔から血の気が引いた。冬姫に宛てた文とは思われない。だとすると、氏郷へ宛てたものに違いない。

二年前、氏郷はキリシタン大名の高山右近《たかやまうこん》の誘いで、洗礼を受け、キリシタンとなっている。洗礼名はレオンという。これはガラシャからレオンへ宛てたキリシタンとしての書状かもしれない。

そう思うと悲しみが湧いて、冬姫は胸に下げた水晶の数珠《じゆず》にそっと手をやった。

氏郷が入信した後も、冬姫がキリシタンになろうとしなかったのは、キリシタンが安土城を焼いたのではないかという疑念が胸にわだかまっていたからだった。イエズス会の宣教師たちは信長を神に背く野望を持っていると非難していたという。

キリシタンの教えは立派なものであるだろうが、そのなすところは違うのではないかとの思いを消せないでいたのだ。

安土城下にイエズス会のセミナリヨが完成したころ、冬姫も見学に訪れた。

「聞かせたいものがある」

と信長が伝えてきたからだった。

冬姫がもずを従えてセミナリヨに入った時、聞き慣れない楽器の音が耳に入ってきた。低く、艶やかな音である。もずが後ろからそっと囁《ささや》いた。

「オルガンと申す楽器でございます。京の南蛮寺で耳にいたしたことがございます」

冬姫が入った一階の部屋は大きく、オルガンが置かれ、その前に修道服を着た日本人の少年たちが整列していた。

信長は少年たちに向かい合う恰好《かっこう》で南蛮の椅子に腰かけている。信長の脇にもう一つ椅子が置かれていて冬姫はそこに案内され、静かに椅子に腰かけた。信長は黙したまま、オルガンの音色に耳を傾けている。少年たちが一歩前に出て歌い出した。

——グレゴリオ聖歌
だった。汚れの無い、高く美しい和声が部屋に響き渡る。冬姫は思わずうっとりと聞き入りながら、そっと信長の横顔をうかがい見た。

信長は目を閉じて考え深い静かな表情をして歌に聞き入っている。その顔には威厳とともに気高さも浮かんでいる。魔王と呼ぶにはふさわしくない神々しささえ漂わせていたように思える。

(あのようにご立派な父上がなぜ、本能寺でお倒れにならればならなかったのか)

それを神の罰だというなら、キリシタンを信じることはできない。

氏郷はキリシタンとなってからも、なんら変わったようには見受けられない。けれど冬姫は、ふたりの間に目に見えない溝ができたように感じていた。

夫婦となってから十七年余り、氏郷は変わりなく愛《いと》おしんでくれていた。鶴千代が生まれてから、ふたりの間にはいっそうの深い絆《きずな》が結ばれ、心が寄り添ってきたように思える。

さもなくば、天下統一を果たそうとしていた父信長が本能寺で討たれるという、激動をふたりして生き延びることはできなかったかもしれない。

それだけに、信仰を同じくする玉子が贈物を寄越《よこ》し、それに文をひそませていたということが胸を騒がせた。まして、その鏡が奇怪な像を映し出すのを見れば、冬姫の心が乱れるのも無理はない。

（もしや、あの女人の姿は玉子殿を写したものではあるまいか）

であるなら、文に書かれた「心底のほど」とは何を示すのか。玉子が自らの姿を見て欲しいと願って、鏡を氏郷に贈ってきたのだろうか。

「まさか――」

壁の白い女人像は、いつしか恐ろしいものとして冬姫の目にうつっていた。

二

十月一日に秀吉は京の北野天満宮《きたのてんまんぐう》で大茶会を行った。

この茶会に向けて、秀吉は京だけでなく堺、奈良、大坂に高札《こうさつ》を掲げ、集めた諸道具を公開するから町人、百姓も集まるよう呼びかけた。加えて、

「この茶会に出席しない者は、今後とも、米を煎《い》って焼塩を加えたようなこがし湯をたてることも許さない」

と脅しさえした。このためもあってか当日、北野天満宮境内の松原では経堂から松《しょう》梅院《ばいいん》にいたるまで立錐《りっすい》の余地もなく、八百余りの茶席が並んだ。

この日は朝から雲ひとつない青空が広がっていた。晩秋の澄明《ちょうめい》な陽差しが降り注ぎ、境内の木々を錦《にしき》にあやなしている。黄葉、紅葉がまぶしいほどに鮮やかだった。

秀吉は自慢の黄金の茶室を天満宮の拝殿に飾り、千利休や今井宗久《いまいそうきゅう》、津田宗及《つだそうきゅう》ら茶《さ》頭《どう》を従え、〈初花《はつはな》〉の肩衝《かたつき》など名物の茶器を使って茶を点《た》て、訪れた者に振舞った。

冬姫はこの大茶会に忍びで出かけようと思い立った。

玉子の夫である細川忠興が茶席を設けると耳にしたからだ。なぜ玉子があのような鏡を贈物としたのか訝《いぶか》しむ気持が募っていただけに、ひそかに忠興の茶席を見ておきたいと思ったのだ。

鏡が映した像を見た後、冬姫はもずから玉子にまつわる話を聞いていた。それは光秀の謀反《むほん》に翻弄された女人の悲しいありようだった。

玉子は、十六歳で光秀と莫逆《ばくぎゃく》の間柄だった細川藤孝の嫡男《ちゃくなん》忠興に嫁いだ。それから四年後に〈本能寺の変〉が起きた時、光秀は藤孝と忠興が味方してくれることを期待したが、ふたりはこれに応じなかった。

主殺しの汚名をかぶった光秀が、いずれ亡《ほろ》ぶと見切ったのだろう。はたして光秀は中国の戦線からとって返した秀吉によって討たれてしまった。天下人となっていく秀吉を憚《はばか》った藤孝と忠興は、離別すると見せて玉子を丹後の味土野《みとの》という人里離れた地に二年に亘《わた》って幽閉した。

玉子はさびしい山中で孤独な日々を過ごしたのである。その後、秀吉の許しがあって玉子は細川家に戻ったが、鬱々として楽しまない日々が続いた。

藤孝、忠興父子が光秀に加勢しようとせず、その没落を傍観したことは、玉子にとって、辛《つら》いことだった。さらに忠興は、玉子を幽閉した際、側室との間に女児が生まれていたにも拘《かか》わらず、なおも玉子に執着した。家臣であろうと玉子に男が近づくことを嫌い、庭先で玉子と言葉を交わした植木職人を斬り捨てたという噂さえある。

謀反人の娘として周囲から白眼視され、忠興からは偏執的な愛情で縛られる玉子の暮らしは息苦しく、堪え難いものだったのではないだろうか。このころの玉子は、一日中、部屋に閉じこもって、子供の顔を見ようとしないことさえあったという。

そんな暮らしから抜け出したいとの思いが玉子をキリシタンに向かわせたのかもしれない。

玉子の侍女いとは学者として名高い公家《くげ》の清原枝賢《きよはらしげかた》の娘だった。枝賢はキリシタンとしても知られ、いともまたマリアという洗礼名を持つキリシタンだった。玉子はいとの手引きで大坂のキリシタン教会に通ううち、

「望めるものならば、身分を取り替え、デウス様への愛のために生きたい」

と、いとに告げるようになった。

今年の四月、忠興が九州に出陣すると、玉子は厳しい監視の目を潜り抜けて、いとから屋敷で洗礼を受け、キリシタンとなった。

洗礼名のガラシャは恩寵《おんちょう》を意味する。

玉子とともに十六人もの侍女が洗礼を受けた。だが、玉子が洗礼を受けたころ、秀吉は九州で伴天連《バテレン》追放令を発していた。高名なキリシタン大名である高山右近は、棄教を拒んだため所領を奪われ、追放処分となっていた。

九州から戻った忠興は、玉子がキリシタンになったと知って激怒し、ともにキリシタンとなった乳母の鼻を削《そ》いで追放した。忠興からどのような仕打ちを受けようとも玉子は屈することなく、信仰を守り続けているという。

このような話をもずから聞いた冬姫は、

〈キリシタンであることが玉子殿にとっては〈女いくさ〉そのものであるのかもしれない〉

と思った。それは玉子に課せられた運命との辛く、厳しい戦いともいえようか。

光秀が父信長を死にいたらしめたことを思うと、冬姫の心中は複雑だった。玉子に対して疎ましさや憎悪の気持がないと言えば嘘《うそ》になる。だが、〈本能寺の変〉により激しく運命を変えられた女としての共感も覚えていた。

口には出せないが、冬姫の胸中には玉子を羨む思いがある。氏郷もまた、いまキリシタンとしての煩悶《はんもん》を抱いていると感じるからだ。

高山右近があくまで棄教を拒み通したため、追放を命じざるを得なかった秀吉は、これ以上、有能な武将を失うことを恐れたためか、小西行長《こにしゆきなが》、黒田如水《じょすい》、そして氏郷らキリシタン大名に厳密な棄教を求めなかった。しかし、それだけに氏郷は自らの信仰のありように深く思いを致しているのではないだろうか。

だが、その苦悩をともにすることができない冬姫には、忠興から受ける苦しみに負けず、信仰を守り通している玉子は眩《まぶ》しくさえ感じる。

だからこそ、ひとに紛れてでも細川忠興の茶席をうかがい見たい。玉子に会うことはかなわないかもしれないが、茶の所作を見れば忠興のひととなりを察することができる

のではないか。茶席をめぐるひとびとで混雑した北野天満宮の境内をめぐるうち、もずが、冬姫の傍らにそっと寄り、

「御方様、あれに細川様の茶席がございます」

と囁いた。又蔵がくぐもった声で、

「さすがに名だたる茶人大名だけに風雅な趣でござるな」

とつぶやいた。茶席は〈影向《ようごう》の松〉の下に設《しつら》えられていた。影向とは神仏が一時この世に姿を現すことである。影向の松とは神が憑依《ひょうい》した松と言えようか。

北野天満宮に祀《まつ》られている菅原道真《すがわらのみちざね》が、九州の大宰府《だざいふ》で没した時、道真が首にかけていた仏舎利《ぶっしゃり》が飛来して、この地の松の枝にかかったという言い伝えがある。

このため影向の松と呼ぶのだという。その松の下に二畳の茶席が作られ、奥に三畳の水屋がある。壁はすべて黒壁で天井は網代《あじろ》となっていた。

茶席では忠興と見受けられる袖無し羽織姿の武士が点てた茶を訪れた者に振舞っている。忠興はこの年二十五歳、眉が秀でて鼻筋のとおった秀麗な顔立ちをしている。

冬姫が通り過ぎようとした時、忠興の茶席から女人が出てきた。金糸で縫い取られた唐織《からおり》の打掛を着たはなやかな姿が目を引いた。傍らに草花模様の小袖に南蛮渡りの更紗《さらさ》の帯をした、侍女らしい若い女が従っている。

（この方が玉子殿であろうか）

見かけると同時に、冬姫は不思議な感慨を覚えた。

（――わたくしに似ている）

通りすがりに女人と会釈を交わした時、冬姫は鏡の中の自分を見るような気がしていた。

かつて冬姫は叔母であるお市の方に似ていると言われた。同じ血を引くだけに、姿形が似るのは当たり前のことと言える。

しかし、いま見かけた女人に感じたのは、血のつながりとは別の互いの心底に通ずるものだった。

もし女人が玉子だとすれば、冬姫とさほど年齢は違わないように見える。ともにすでに子をなした女の美しさが内から匂い立つ盛りの年頃で、その面差しに似通うものがあった。会釈に応じて頭を下げる、その仕草まで姉妹のようにそっくりで、茶席をまわっていた者たちがふたりの姿に見惚《みと》れ賛嘆の目を向けた。

会釈を返す女人の視線に悲しみが籠められていたのを冬姫は瞬時に見て取った。

どのような悲しみを抱えているのだろうかと思いつつ冬姫は通り過ぎたが、自分もまた悲しみを抱えていることに気づいて歩みを止めた。

信長の娘と光秀の娘が出会えば、互いの胸に兆《きざ》すのは、生きていくことの悲哀のほかにないのかもしれない。もずがさりげなく傍に寄って声をひそめた。

「会釈なされた女人が御方様を見送っておられます。やはり、細川様の御内室様と存じます」

冬姫はうなずきながら胸の中で、

（ガラシャ殿――）

とつぶやいた。伽羅奢とは、まさしく伽羅《きやら》の香りのように芳しく豪奢でもある玉子にふさわしい名だと思えた。

三

北野大茶会で玉子と出会ってから、頭を離れない想念が冬姫に生じた。

茶席にいた忠興は評判通り文武に優れた立派な大名だったが、一方で妄執を抱いて玉子を苦しめているという。冬姫は、玉子にとってともに生きるにふさわしい夫は、同じ信仰を抱く氏郷ではないか、と思ってしまう。

氏郷はことし三十二歳になる。戦《いくさ》では常に先陣を切り、武功をあげて秀吉の覚えがめでたいだけでなく、風雅の道にも通じ、その上容姿が優れるなどおよそ武将として欠けるところがない。忠興より年上だけに、落ち着きのある男盛りでもあった。玉子と氏郷が並べば、これほど似つかわしい男女も珍しいのではないかと思えるのだった。

そんなことはあるはずがない、と思いつつも、玉子から贈られた鏡から映し出される女人像がいつも脳裏から離れず、冬姫の心を落ち着かなくさせていた。

化粧のために鏡をのぞくと、そこに見知らぬ女が映っていた。蒼白《そうはく》な顔の眦《まなじり》に朱をさし、目が光を帯びて、唇が血のように赤い。ぞっとして目を閉じた。幼いころに見た〈宇治の橋姫〉の顔だ。胸のうちにあふれる嫉妬が鏡の中の自分を鬼に変えたのだ。

冬姫は鏡に蓋をした。心が鎮まるまで見てはならないと思った。

十日続くはずだった大茶会がその日のみで終わるとの報せがあった。肥後《ひご》の佐々成政の領内で一揆《いっき》が起きたためだとも、秀吉の気まぐれによるものだともいう。もう一日続くのであれば、忠興の茶席を訪れて玉子に会ってみたいと思っていただけに、冬姫にとっては心残りだった。

北野大茶会の日以来、冬姫は食が進まなくなった。玉子は何を伝えたかったのか、もう一度鏡から映し出される像を見て確かめたいとも考えたのだが、それもできかねた。

（――どうしたらよいのだろう）

冬姫が居室で物思いにふけっていると、

「御方様――」

というもずの声が広縁からした。振り向いて見ると、もずの後ろに又蔵が大きな体を小さく丸めるようにして控えている。

「いかがしました」

冬姫が訊《き》くと、もずは顔を上げ、

「又蔵殿は不忠者にございます」

と、怒ったような表情で言った。もずの肩越しに又蔵が困ったように顔をしかめ、ため息をついているのが見えた。

「又蔵、何があったのですか」

冬姫は表情をやわらげて声をかけた。もずは又蔵にちらりと目を遣って、

「細川様の御内室様がなにゆえ贈物を届けられたのか、又蔵殿は存じていたのです。それなのに御方様に申し上げぬとは、まことに不忠の極みにございます」

と厳しい口調で言い募った。又蔵はやむを得ないという顔をして膝を進め、手をつかえた。

「申し上げまする。あの鏡は殿が細川様の御内室様よりご依頼された事を果たされた、礼の品でございます」

冬姫ははっと身じろぎした。

「殿は玉子殿より頼まれ事をされておられたのですか」

「なにぶん、細川家の内情に関わることゆえ、申し上げるのを憚っておりましたが、御内室様からのご依頼のことを仕《つかまつ》りましたのは、それがしでございます」

「なんですと」

驚く冬姫に、もずは身を乗り出して言った。

「実は北野大茶会のおり、すれ違いざまに又蔵殿は細川様の御内室様より目礼され、それに応じられたのです。奇妙なことと思い、最前まで問い詰めておりましたところ、ようやく打ち明けてくだされたのでございます」

「どういうことなのか聞きましょう」

冬姫は又蔵と向かい合った。もずは横から睨《にら》みつけている。又蔵は額に汗を浮かべながら重い口を開いた。


先月のことだった。氏郷は松ヶ島城に向かう前、南蛮寺とも呼ばれる大坂のキリシタン教会を訪れた。又蔵はその供をしていた。

秀吉の伴天連追放令とともに京のイエズス会教会は破却されていたが、大坂天満《てんま》の教会は信者の支えによって細々と存続していた。このころに出された禁教令は主に武家を対象としたもので、町人が日本人修道士の説教を聞くことはさほど咎《とが》められなかった。

ミサの後、修道士がレオン様と呼びかけ、氏郷に耳打ちした。

「ガラシャ様がお頼みいたしたいことがあるとの仰せでございます」

驚いてあたりを見まわすと、信者たちに交じって、いとを伴った玉子が祈りを捧げている。又蔵に控えるよう言い置いて、氏郷が会釈すると玉子は頭を下げてから近づいてきた。

「シメオン様にお頼みいたそうと思うておりましたことなれど、ただいま京におわされぬとのこと。されば、レオン様にお願いいたすほかないのでございます」

玉子は切実な面持ちで声をひそめて告げた。シメオンとは黒田如水の洗礼名である。いま、如水は肥後で起きた一揆を鎮圧するため佐々成政の援軍として肥後に行っている。有力なキリシタン大名で頼むことができるのは氏郷だけなのだという。

「どのようなことでござろうか」

氏郷が応じると、玉子は表情を曇らせて話した。

「わたくしの侍女をひとり、大坂の屋敷から京へ逃がしとうございます。それをお助けいただけたらと存じました」

侍女は洗礼名をルイザというキリシタンだという。玉子がキリシタンになったと知って、忠興はともにキリシタンになった侍女たちへの折檻《せっかん》を行った。いとは公家の娘であり、忠興の縁戚でもあったから免れることができたが、ほかの侍女たちは酷《むご》い仕打ちを受けた。

主だった者の鼻を削いで追放するだけでは飽き足らず、残った侍女たちには些細なことを咎めて折檻を繰り返した。すべては玉子に棄教を迫るための脅しだった。

それでも、玉子は動じないで信仰を捨てなかった。すると忠興は、キリシタンとなった侍女のうち、ルイザを側妾《そくしょう》にすると言い出した。側妾としたうえで棄教させ、玉子に当てつけようという魂胆が透けて見えた。

　このことはルイザを困惑させた。折檻は耐えるにしても、側妾にされ、信仰を踏みにじられるのは堪え難かった。そこで玉子は修道士たちと相談した後、ルイザを京にいる孫四郎《まごしろう》というキリシタンのもとに逃がす手はずを整えた。

　しかし、ルイザは忠興の命によって厳しい監視下に置かれており、屋敷を脱《ぬ》け出すことができたとしても追手がかかれば逃げ切ることは難しい。そのため、ルイザが京へ脱出する手助けをして欲しいというのが玉子の頼みだった。

　氏郷はすぐに又蔵を呼び、玉子の依頼に応じて、ルイザの脱出を助けるよう命じたのだという。

「それがしは細川様家中のことに関わらぬがよいのではないかとは存じましたが、殿に命じられましたゆえやむなく……」

　又蔵の声はしだいに小さくなっていった。

「それで、その侍女は無事に京へ逃がすことができたのですか」

　冬姫は声を低くして訊いた。

「さよう、夜中に玉造《たまつくり》の屋敷から連れ出し、京へ向かいました。途中でやはり五人ほど追手がかかって参りましたが、それがしが素手にてなぐりつけ、退《しりぞ》けました。それがしは笠《かさ》をかぶり、頭巾《ずきん》をしておりましたゆえ、蒲生家の者と気づかれた恐れはございますまい」

又蔵は大きな握りこぶしを見せて、得意顔で答えた。

冬姫は眉をひそめてつぶやいた。

「それでは、あの鏡は玉子殿がその礼として贈ってこられたものだったのですね」

「さようだと存じまする。それがしは、細川家御内室様より進物があったと聞いて、すぐにそうだと気づきましたが、このことが公になれば細川家と蒲生家の争いにもなりかねないだけに黙っており申した」

又蔵は申し訳なさそうな顔をした。

「ですが、なにゆえ、あの鏡には不可思議なことが起きたのでしょう」

冬姫は首をかしげた。玉子が礼の品を贈ろうと思ったわけはわかったにしても、それに籠められた意はまだわからない。

「それはわかりかねまするが。なにゆえ鏡であったかについては、思い当たることがございます。細川家の侍女を送り届けた先の京の孫四郎というキリシタンは鏡師でございました。おそらくあれは孫四郎が作ったものでございましょう」

「キリシタンが作った鏡――」

冬姫は鏡が映し出した女人像を思い浮かべた。もずが膝を乗り出して、

「キリシタンは聖母マリアという女人を信仰して敬《うやま》い崇《あが》めるそうでございます。映し出された女人は聖母マリアなのではございませんか」

と言うと、冬姫は頭を振った。

「北野天満宮でお見かけした方が玉子殿だとすれば、あの女人像は玉子殿を写したものに違いありません」

あの像には、ひとを想う哀しさが感じられる。それだけの想いを誰かが籠めたのではないだろうか。

（玉子殿に会って、どのような御心から鏡を贈ろうと思われたのか確かめよう）

冬姫は大坂に向かおうと心に決めた。

## 四

十日後——

冬姫は輿《こし》で大坂天満の南蛮寺を訪れた。冬にかかる時節になって黄葉がはらりと落ちる様が物悲しさを感じさせるが、よく晴れた日だった。

この日、玉子がミサに出るであろうと、もずが探り出してきていた。だが、いよいよ冬姫が南蛮寺に行くという段になると、

「大丈夫でしょうか」

　ともずは案じて言葉を継いだ。

「わたしは北野天満宮で玉子様が又蔵殿に目礼されるのに気づきました。細川家中にも同じように気づいた者がおるかもしれません。又蔵殿は顔を見られていないと言われますが、あの大きな体は目立ちますゆえ、覚えられているのではないでしょうか」

「それが、わたくしと玉子殿が会うこととどのような関わりがあるというのですか」

　怪訝《けげん》な顔をして冬姫は訊いた。

「玉子様は常に見張られていると思われます。又蔵殿が侍女を助けたことを見破られているならば、御方様が玉子様に会われるのは危のうございます。細川忠興様は御方様が玉子様を助けたのだと邪推されましょう」

「そなたが言うのはもっともなことではありますが、わたくしはどうしても玉子殿に会いたいと思うておるのです」

　冬姫にきっぱりと言い切られ、もずはそれ以上、止め立てすることはできなかった。もずの心配に配慮して冬姫は又蔵を供にしないことにした。そのことをもずから伝えられて又蔵はがっかりした様子だったが、

「やむを得ぬ。わしはわしでやることがあるかもしれぬ」

　とつぶやいて太い腕を組み、何事か考えている風であった。

ぞ」

「何をやるというのです。また、勝手なことをしては御方様にお叱りをこうむります
もずが案じるように言うと、又蔵はあごをなでながら言った。

「あの像はキリシタンの聖母マリアであるとともに生きた女人の像でもある。そのことがわしにはわかるのだ」

「どういうことなのですか」

「わしには御方様が聖母マリアのように見えるからな」

又蔵はうっとりとしてつぶやいたが、はっとして、いま、わしは何も言わなかったぞ、いいな、ともずを脅しつけるように言った。

大坂の南蛮寺は天満橋のほとりに近く、大坂湾の船着場を望む高台にある。

冬姫が訪れた時には十数人の信者が集まり、説教が行われていた。冬姫は目立たぬようにそっと信者たちの末席に腰を下ろした。もずも気を配りつつ傍らに座る。

ミサが始まると修道士がヴィオラを奏でた。その音色を聞くうちに、冬姫は安土のセミナリヨで、父とともにオルガンの演奏と少年たちが歌うグレゴリオ聖歌を聞いた日のことが胸によみがえった。あの時見た信長の横顔は、気高く神々しくさえあった。

（あの父が、玉子殿の父親によって命を絶たれてしまった）

突如その思いが脳裏を駆けめぐり、冬姫の胸に熱いものがこみ上げてきた。

玉子が光秀の娘であると思わないようにしていたが、やはり心の奥深くに父の仇の娘だと思う気持があるのかもしれない。ひょっとしたら、玉子に会おうとするのは、父の仇を討ちたいという秘めたる思いに駆られているからではないか。

乱れる思いを鎮めるように冬姫は目を閉じた。荘厳な讃美歌《さんびか》が冬姫の心を慰めてくれる。いつの間にか冬姫は手を合わせ、祈りを捧げていた。憎しみの連なりを断ち切り、自らの生きる道を見出《みいだ》したいと冬姫は一心に念じた。

やがてミサが終わると信者たちは帰っていった。修道士が冬姫に会釈して別室に退いた後、前列の席にいた白い紗《しゃ》を頭からかぶったふたりの女人だけが残った。

女人たちも帰ろうとして振り向き、冬姫に気づいた様子だ。やはり北野大茶会で見かけたふたりだった。玉子といとに違いない。この時初めて冬姫は、玉子が胸に銀のクルスをかけていることに気づいた。冬姫もいつものように水晶の数珠を胸に下げている。

玉子はゆっくりと冬姫に近づき、頭を下げた。

「いずれお会いできると思っておりました」

「ガラシャ殿ですね。蒲生氏郷の妻、冬にございます」

玉子をガラシャと呼んだのは、光秀の娘としてではなくキリシタンの女人と話をするという意を込めたからで、あえて洗礼名を口にしたのだった。

玉子はかすかにうなずいたが、目には悲しみの色が浮かんでいた。冬姫はその目に引き込まれそうになりながらも言葉を続けた。

「こちらへは、この鏡のことをおうかがいいたしたいと存じて参りました」

冬姫は合図するようにちらりともずに目を遣った。もずは包んでいた布を解《ほど》いて鏡の入った箱を差し出した。いとがそれを見て、

「その品は、お礼として蒲生様にお贈りいたしたものでございます」

と告げた。

「鏡がいかがいたしましたでしょうか」

玉子が訝しげな表情で訊《たず》ねた。

「鏡の箱に、心底のほどご覧いただきたく候と記された文が入っておりました。あれはいかなる意で書かれたのかを、おうかがいしたいのでございます」

「さて、それは――」

玉子は首を傾《かし》げた。

「もず、鏡を――」

冬姫に言いつけられて、もずは鏡を取り出し、窓に近づいた。鏡に陽の光を反射させると、教会の板壁に白い光で象《かたど》られた女人像が浮かび上がった。

「御方様、これは――」

息を吞んで、いとが玉子を振り向いた。玉子はいとと同じように目を見開いて、女人像を見つめている。

「これは、わたくしが蒲生様にお贈りした鏡とは違います」

「違うとは、いかなることでございましょうや。わたくしは、この女人像を玉子殿とお見受けいたしましたが、文にあった心底とは、ご自分の姿を氏郷殿の目に触れさせたいとの思いを示しているのではござりませぬか」

胸に秘めてきた思いを明かし、正面から見据える冬姫に、玉子はゆっくりと首を横に振った。

「わたくしの心底は――」

言いかけた玉子の言葉をさえぎって、男の大きな声がした。

「わしにはわかっておるぞ」

冬姫が振り向くと入口に三人の武士が立っていた。真ん中にいるのは、北野天満宮の茶席で見かけた細川忠興だった。

「そなたが大茶会のおり、見知らぬ武士に目礼したのをわしが気づかぬと思うたか。探らせてみれば、蒲生の家臣であった。おそらく南蛮寺にて忍び逢《あ》うであろうと思うて参ったが、なるほど、ともにキリシタンとあらば、氏郷殿に懸想《けそう》してもおかしゅうはないのう。さようなことが許されると思うておるのか」

忠興は端整な顔を憤りでゆがめて口走った。

「殿――」

玉子は悲しげに目を閉じた。いとが玉子の前に出て忠興を睨み据えた。

「御方様は偽りを申されてはおりませぬ。これは何かの間違いでございます」

「間違いじゃと。その女人像がなによりの証《あかし》ではないか」

刀の柄《つか》に手をかけて、忠興はゆっくりといとに近づいた。いとを斬り捨てるかもしれないと、冬姫は思わず、

「お待ちください」

と声をかけた。忠興は迷惑げな表情で冬姫に目を遣った。

「蒲生の御内室には関わりのなきことでござる。それがしは姦婦《かんぷ》を成敗いたさねばなりませぬ。邪魔立てされるな」

「蒲生の室として申しておるのではありません。織田信長の娘として止めておるのです」

信長の娘と言われて、忠興ははっとした。

忠興は、父藤孝が信長に臣従したのに伴い、少年のころから信長に近侍して薫陶《くんとう》を受けてきた。玉子を妻としたのも信長の命によってである。信長の傍近くに仕えることで、忠興は武将としてのありようを身につけてきた。信長の一挙手一投足が忠興の糧《かて》となり、

いまも体に沁《し》みついている。

「なにゆえ、玉子をかばわれるのでござろうか」

柄から手を放して、忠興は冬姫に向き直った。

「わたくしにとりまして玉子殿は親の仇の娘です。かばう気持など起きるはずがないことはおわかりのはず。されど、先ほどからの玉子殿のご様子は、偽りを申されているようには見受けられませぬ」

「馬鹿げたことを言われまする。あのような証まであっては、何と言い訳しようと通ることではござらぬ」

忠興が大声で言いつつ冬姫に詰め寄ると、もずは近くにあった椅子に鏡を置いて、腰の帯にはさんでいた笛を手にした。もずの動きをちらりと見て、忠興が、

「そなた。蒲生家に仕える忍びか」

言うと同時に、供の武士ふたりが前に出て身構えた。もずが動けばただちに斬ろうと殺気立っている。

もずは笛を手にしたまま素早く冬姫をかばった。異様に目を光らせて、忠興がまたもや柄に手をかけた時、

「しばし、お待ちくだされ。鏡の謎は解けてございます」

くぐもり声を張り上げて、又蔵が入口からずかずかと入ってきた。後ろに町人をひと

り従えている。町人を見るなり、いとが、

「孫四郎殿――」

と声を上げた。又蔵が大きくうなずいて町人を前に押し出した。孫四郎と呼ばれた町人は恐れ入った様子で頭を下げる。

「さよう。鏡に女人像を仕込んだのは、この鏡師でござる。届けられた品は細川家御内室様から頼まれたものとまったく違っており申した」

又蔵は孫四郎の背中をどんと押して前に突き出した。孫四郎は二、三歩よろよろと歩いたかと思うと床に膝をついた。額を床につけるようにして、手をつかえる。

「申し訳ございません。あの鏡はわたくしがすり替えた物で、ガラシャ様のご依頼で作った鏡はこれでございます」

孫四郎は震える手で懐から鏡を取り出し、窓から差し込む陽の光を受けるよう向けた。鏡が輝いて、祭壇の壁に白い像が浮かび上がった。

玉子といとはそれを見て跪《ひざまず》き、敬虔《けいけん》な面持ちで十字を切る。壁に映ったのは、十字架にかけられた、

――イエス・キリスト
の姿だった。

まことに恐ろしく罪深いことをいたしました。

# 五

大坂の教会に通っておりましたある日、ガラシャ様のお姿をお見かけいたしたことがございました。その日から、あの麗しいお姿が目に焼きついて心を奪われてしまったのでございます。

とうてい、かないようのない想いであることは、最初から、わかっておりました。まして、わたしはキリシタンでマリイナという妻がおりますから、ガラシャ様に邪《よこしま》な気持を抱いてはならない、と自分を戒めて参りました。ですが、忘れようとすればするほど、ガラシャ様のお姿が毎晩のように夢に現れるのです。

夢か現《うつつ》かわからぬほど目の前に幻の如《ごと》くお姿を見るまでになりまして、どうにもおのれの心の行き場がなくなってしまったのです。堪え難いほどに思い焦がれる余り、ガラシャ様のお姿を魔鏡の中に仕込もうと思い立ったのでございます。鏡に陽の光を当てて仏像や経文を描き出す魔鏡の作り方を、わたしは存じておりました。

鏡の裏に描こうとする像を彫り込んだうえで、表面を薄く研《と》げば魔鏡はできます。わずかな歪《ゆが》みも許されませんが、懸命に仕上げようと努めれば、思い描いた通りの像を映し出すことができるのでございます。

寝食を忘れて心に描くガラシャ様のお姿を魔鏡に籠めました。そして、壁に映るガラシャ様の像を見ることで胸の想いを治めようとしたのです。ところが、そんなおり、ガラシャ様からふたつのご依頼がございました。ひとつは侍女のルイザ様を匿《かくま》うことで、もうひとつはキリスト様の像を魔鏡に仕込んで欲しいとの仰せでした。ガラシャ様はわたしが魔鏡を作っていると耳にされたことがおありだったのです。関白様が出された伴天連追放令により、大名の奥方様は信仰を隠さねばならないので、ひそかにキリスト様の像に祈りを捧げることができるよう魔鏡に籠めて欲しいとのご依頼でございました。

これでガラシャ様のお役に立てるのだと有頂天になり、喜んでルイザ様を匿い、キリスト様の魔鏡も作りました。でき上がった魔鏡をお届けした後、ガラシャ様が大層お喜びになられたとお聞きしただけで幸せでございました。しかし、ふと思ったのです。ガラシャ様にこの胸の内にある想いをなんとかお届けすることはできないものか、と。

魔鏡に施したガラシャ様のお姿にはわたしの想いが籠められております。この鏡で像をご覧いただければ、尊いお方をお慕い申し上げる気持をガラシャ様はお察しくださるのではないだろうかと思いました。

途方もなく不埒《ふらち》な思いつきだとはわかっておりましたが、その時は、おのれの気持を抑えつけることができなくなっていたのです。

ガラシャ様に想いが伝わりさえすれば死んでもよいと思いました。なぜこれほどまでに狂おしい気持になるのか、わけがわからなくなっていたとしか言いようがありません。ひょっとすると、悪魔《ルシヘル》に魅入られたのかもしれません。それまでとは違う別な自分が胸の中に棲《す》みついているような気がいたしておりました。

ガラシャ様を傍でいつも見ていたい。ガラシャ様のお心の隅にでもよいのです。この想いが届いたら、どんなに嬉しいだろう。そのようなことばかりを日々、念じておりました。

それで、お届けした鏡はまだ仕上げがすんでいないと申し上げて、いったん引き取り、ガラシャ様のお姿を施した魔鏡とすり替えてお届けいたしたのです。まさか、その魔鏡が蒲生様へ贈られる品になろうとは思いも寄らぬことでした。

鏡をお届けした日から、ガラシャ様が鏡の映し出す像をご覧になられて、どのように思われるであろう。お姿を映したこの心を哀れんでくだされるであろうか。それとも疎み、蔑《さげす》まれるであろうか。愚かにもそんなことを思いめぐらして日々を過ごしていたのでございます。

しかし魔鏡は思いもかけないところへ届けられていたのです。鯰江様がわたしのもとへお出《い》でになり、そのことを知らされました。

神は罪深い想いがガラシャ様に届くことを、やはりお許しにならなかったのです。

孫四郎は床に額をつけたまま、時おり嗚咽《おえつ》を洩《も》らしつつ自らの想いを告げた。

玉子は、ゆっくりと孫四郎に近づいて言葉をかけた。

「あなたの想いを疎みも蔑みもいたしません。ひとの想いはありがたいことと思うております。すでにおわかりでしょうが、わたくしの心底にあるのは、イエス様に祈りを捧げることだけなのです」

そう言って玉子は冬姫に顔を向けた。

冬姫は目に涙を浮かべ、

「玉子殿、わたくしの思い違いをお許しください」

と頭を下げた。玉子は頭《かぶり》を振った。

「滅相もございませぬ。わたくしこそ、謀反人の娘でありながら冬姫様にかばっていただいたこと、終生、忘れはいたさぬと存じます」

ふたりは互いを思い遣る目差《まなざ》しで顔を見交わした。その時、忠興がつかつかと孫四郎に歩み寄り、乱暴に蹴りあげた。

孫四郎はうめいて倒れた。すかさず忠興は繰り返し腹を蹴った。孫四郎は血を吐き、気を失った。玉子が悲痛な声をあげた。

「殿、何をなされます」

忠興は振り向いた。

「何をするだと。この鏡師は身分もわきまえず、そなたに懸想いたしたのだ。成敗いたさねばならぬ」

忠興は猛《たけ》り立っていた。玉子と言葉を交わしたというだけで忠興が植木職人を手にかけたという話を思い出した冬姫は、このままでは忠興が孫四郎を斬ってしまうと懸念して、又蔵に命じた。

「この者を連れて京に戻るのです」

「承知仕った」

すぐさま又蔵は床にうずくまっていた孫四郎を軽々と肩に担《かつ》ぎあげた。そのまま外に向かおうとした時、

「待てっ」

と忠興が声をあげて供の武士が立ちはだかった。

「その奴《やつ》を連れていくことは許さぬ」

忠興はひややかに言った。又蔵は忠興を睨みつけた。

「孫四郎殿は、それがしが京より連れて参ったのでござる。連れて戻るに何の不都合もござるまい」

「いや、その男は関白殿下が禁じられたキリシタンだ。しかも魔鏡なるものまで作り、

キリシタンの教えを広めようといたしておるからには、見逃すわけにはいかぬ。わしに引き渡すのだ。それとも関白殿下の命に逆らうつもりか」

秀吉の命だと言われて又蔵は鼻白《はなじろ》んだ。

蒲生の家臣がキリシタンをかばったと秀吉に告げられれば、氏郷に迷惑がかかる。又蔵は当惑して冬姫を見た。冬姫は動じない物腰で忠興に近づき、声をかけた。

「わたくしどもは京へ戻らねばなりませぬ。お通しください」

「冬姫様を通さぬなどとは申しておりませぬ。その男を置いていかれればすむことでござる」

忠興はつめたく言い放った。

冬姫は問いかけるように顔を玉子に向けた。玉子は目に深い色を湛《たた》え、

「御心のままになされてくだされませ。必ずや神のご加護があると存じます」

と、しっかりとした口調で告げた。

冬姫は玉子に会釈し、忠興に顔を向けた。

「細川様、この南蛮寺に参りまして、わたくしは安土のセミナリヨで父とともに、キリシタンの方々の歌声に耳を傾けた日のことを思い出しました」

「それがこの男と何か関わりがござろうか」

忠興は怪訝な顔をして冬姫に言った。

「わが父はキリシタンの布教を許し、庇護《ひご》いたしました。そのことは細川様もお忘れではないと存じまする」

「ではございまするが、関白殿下は、キリシタンを禁ずると命を発せられましたぞ」

忠興は気色ばんで言った。たとえ織田信長の娘であろうとも、いまの秀吉に逆らうことはできないはずだという語気が感じられる。

「存じております。されど、父がなしたることは過《あやま》ちであったと申せましょうか」

冬姫は毅然《きぜん》として言い放った。

「それは――」

「それとも、亡くなった者のなしたることは、過ちであったとされてしまうのでございましょうか」

厳しく立ち向かってくる冬姫の気迫に、忠興は困惑の表情を浮かべた。目を閉じて考える風であったが、しばらくして目を見開き、悔悟の念を浮かべた面持ちで口を開いた。

「いや、それがしは亡き上様より多くのことを教えていただき申した。上様のなされしことに、何ひとつ過ちが無かったことは胸に刻んでおり申す」

忠興は傍らに寄ると床に片膝をついてわずかに頭を下げた。供の武士たちもあわててそれに倣う。

「ご無礼仕りました。お通りくださりませ」

その声音《こわね》からは、先ほどまでの妄執めいたものが消えている。

冬姫は会釈を返し、孫四郎を抱えた又蔵ともずを従え教会を後にした。冬姫の胸には信長への思いが新たに湧いていた。

(わたしは、父上がなされたことを信じて事をなせばよいのだ)

信長は信者にはならなかったが、キリシタンを受け入れた。自分もまた氏郷の信仰を受け止め、見守りつつともに生きていけばよいのだ。氏郷と信仰をともにできない苦しさを覚える日々を送っていた冬姫は、ようやく心が晴れるのを感じた。

あの鏡の像は、そのことを知らしめるために現れたのかもしれない。そんな風にさえ思える。冬姫はゆっくりと輿へ向かった。

その後ろ姿を玉子はいつまでも見送っていた。

——十三年後

関ヶ原の戦いが起きると、大坂方は玉子を大坂城に入れて人質としようとした。玉子はこれを拒み、老臣の小笠原少斎《おがさわらしょうさい》に長刀で胸を突かせるという壮絶な最期を遂げた。キリシタンを嫌った忠興だったが、玉子の死を悼《いた》み、オルガンティーノ神父に依頼して大坂の教会で葬儀を行ったという。

玉子の死は〈義死〉としてキリシタンたちに讃《たた》えられ、ヨーロッパにまで細川ガラシャの名は知られた。後に徳川幕府はキリシタン禁教を徹底させるが、そのおり、隠れキリシタンとなった信者たちは魔鏡にイエスや十字架の像をひそめて祈りを捧げた。

この中には聖母マリアの像もあった。あるいは、ガラシャの面影をマリアに見立てたキリシタンもいたかもしれない。

# 独眼竜の恋

## 一

　奥州の伊達政宗《だてまさむね》が北条氏の小田原城を囲んだ秀吉のもとに参陣したのは、天正十八年（一五九〇）六月七日のことである。

政宗は髪を禿《かぶろ》に切りそろえ、白絹の上衣をまとった死装束の姿でわずかな供廻《ともまわ》りを伴っただけで、小田原に現れた。

すでに死罪は覚悟のうえだという心を形にして見せたのだ。まだ二十四歳だが、政宗は若くして梟雄《きょうゆう》の名を得ている。幼いころ、疱瘡《ほうそう》を患い、右目を失明した。面長のととのった顔立ちをしているが、隻眼《せきがん》の風貌から、もっぱら〈独眼竜《どくがんりゅう》〉の異名で呼ばれた。

　底知れぬ図太さを持つ政宗は、秀吉が小田原攻めを開始しようが、すぐには動かず情勢を遠望していた。秀吉の勝ちが動かぬと見定めて小田原に参陣したのだが、それはいかにも遅かった。

さすがに秀吉はすぐには面会を許さず、底倉《そこくら》山中に押し込め、前田利家、浅野長政らに訊問《じんもん》させた。政宗はこれに滞りなく答えるとともに、千利休を宿所に招いて茶を楽しむ余裕さえ見せた。

政宗は死地に臨んでの豪胆さとともに、したたかさをも併せ持っていることを秀吉に見せつけようとしたのだった。ところが、設《しつら》えられた茶席に利休を迎えた際、政宗は意外な思いを抱いた。利休は相客を伴って訪れ、しかもそれが女人《にょにん》だったのだ。

政宗は茶席に似つかわしくない脂粉の香りに、

(女子《おなご》か――)

と露骨に顔をしかめ、胸中で吐き捨てるようにつぶやいた。利休は膝をつき、

「淀《よど》の方《かた》様にございます」

と低い声で言った。浅井長政とお市の間に生まれた茶々である。

茶々は、母のお市と柴田勝家が北ノ庄城で果てた後、秀吉に庇護《ひご》されていたが、二年ほど前から側室となっていた。昨年、秀吉の世継となる男子の鶴松《つるまつ》を産んだ。懐妊を喜んだ秀吉は茶々に山城国《やましろのくに》淀城を与えた。そのため淀の方と呼ばれるようになった茶々は、側室第一の寵愛《ちょうあい》を誇っている。

秀吉は北条攻めが長引く間の退屈を紛らわせようと、茶々を小田原に呼び寄せていた。

茶々を呼ぶにあたって、秀吉は北政所《きたのまんどころ》にあてて手紙を書き、

――淀の者を呼び候《そうら》わん間、そもじよりもいよいよ申しつかわせ候
茶々に小田原に行くようそなたから命じてくれ、と正室の了解を得る気遣いを見せている。茶々は輿《こし》三十余、馬乗の女房衆六十余騎を引き連れ、小田原に来ていた。緋《ひ》の唐《から》織《おり》の打掛を着た茶々は政宗に向かいあうように座り、何も言わず微笑《ほほえ》みかけた。年頃は政宗と同じぐらいであろうか。政宗はやむなく手をつかえ、

「伊達政宗でござる」

と野太い声で挨拶した。茶々はじっと政宗を見つめ、

「まことに奥州の虎と言われるだけあって厳《いか》めしい風貌をしておるな。殿下はそなたをいかがいたそうか、と思案なされておられるところじゃ」

と告げた。政宗は隻眼でじろりと茶々を見返した。秀吉が小田原に側室を呼び寄せていると耳にはしていたが、いかに寵愛深い愛妾《あいしょう》とはいえ、大名に自ら会う我儘《わがまま》が許されていいものだろうか。訝《いぶか》しく思い、政宗はわずかに眉根を寄せた。しかも一瞬、目にした茶々の容姿が何やら心の奥に秘しているものを思い起こさせる気がして、政宗を苛《いら》立《だ》たせる。

政宗が黙ったままでいると、茶々は口に袖を当てて、含み笑いした。

「さても伊達は荒大名でありまするな。女子とはまともに口を利《き》けぬとみえる」

「これは失礼仕《つかまつ》りました。淀の方様には何用あってお見えになられたのでござろうかと思案いたしおりまして、他意はございませぬ」

政宗が素知らぬ顔で応じると、茶々はひややかに言った。

「思案いたすまでもありませぬぞ。殿下は、そなたに腹を切らせるか、それともそなたがわが物とした会津《あいづ》を召し上げるか考えておられる。したが……」

政宗は茶々に鋭い目を向けた。近隣の大名と攻防を繰り返してきた政宗は、去年六月には会津の蘆名《あしな》氏を亡《ほろ》ぼし、会津四郡、仙道七郡を手中にし、版図《はんと》を百万石にしていた。

「会津を召し上げられるだけで命が助かるならばありがたきことでござるが、そのままではすまぬと仰せられますか」

茶々はまた袖で顔を隠すようにしてふっと声を低めて笑った。そのしぐさを見て、政宗は突如思い至った。先ほどから、胸の内が妙にざわめいて気にかかっていた。茶々がおのれの知る誰かに似ていると感じていたからで、それが誰なのか思い出したのだ。

茶々は母の最上《もがみ》氏に似ているのだ。最上氏は名を義姫《よしひめ》、伊達氏と勢力を競ってきた出《で》羽国《わのくに》の大名最上義光《よしあき》の妹である。

最上氏は政宗より弟の小次郎を溺愛《できあい》してきた。このため、政宗が小田原参陣に遅れたのを好機と捉えて、家督を小次郎に継がせようと考えた。最上氏は、政宗が小田原に出発する前に招いて毒殺しようと企てた。これに気づいた政宗は逆手にとって小次郎を亡き者にし、小田原に向かったのである。

政宗には家族にまつわる陰惨な話がほかにもある。

天正十三年（一五八五）、政宗と対立していた二本松《にほんまつ》城主畠山義継《はたけやまよしつぐ》が降伏を申し出て伊達家を訪れた際、政宗の父輝宗《てるむね》を拉致《らち》して逃走した。これを知った政宗は追撃し、義継を輝宗もろとも射殺した。家督を譲って慈しんでくれた父親を、自らの命によって死なせることとなり、母親からは毒を盛られる。さらにやむを得ないこととはいえ、弟を殺さねばならなかった政宗の胸には荒涼とした風が吹いていた。

母の最上氏は気丈な女人で、輝宗が義光と対陣した際は駕籠《かご》で戦場に赴き、兄をかばって停戦させたり、二年前に義光が政宗を包囲して窮地に陥らせたおりにも、輿で義光のもとに出向いて戦《いくさ》を止めたりした。

その最上氏に、茶々の目もとや、高慢とも聞こえる物の言い様が似ている。国許《くにもと》にいる母親を思い出して、政宗の胸に不意に憎悪にも似た怒りが湧き、睨《にら》み据えるような目で茶々を見つめた。

「わらわは、そなたに頼みがあるのじゃ」

一転してか細い声で言う茶々に、政宗は気を鎮めてふっとひと息吐き、

「何でござろうか」

と訊《き》いた。すかさず、利休は茶を政宗の前に置き、目礼して静かに座をはずした。茶々と政宗の密談を耳にしては危ういと感じたのだろう。間髪をいれぬ、水際立った利休の立ち居振舞いに政宗は舌を巻く思いがした。だが、黙ったまま茶席から出ていく利休の後ろ姿に、茶々は蔑《さげす》むような視線を向けた。

黒々として強い光を放つ茶々の目は激しい気性をうかがわせはするが、どこか儚《はかな》げな色も帯びて風情がある。政宗がそう思った時、茶々は言葉を継いだ。

「そこもとは会津を取り上げられるでありましょう。殿下は会津をさる大名にお与えになられる。わらわは、その大名をそこもとに討ち果たしてもらいたいのです」

「なんと言われまするか――」

政宗は驚きの声を低く上げた。

「その者はわらわになびこうとせぬゆえ、目ざわりなのじゃ。そのうえ、文武にすぐれ、しかも眉目秀麗《びもくしゅうれい》と評判が高い」

茶々はひややかに政宗の顔を見つめた。

「そなたが、その者を討ち取ると言うてくれるのであれば、殿下にそなたの命請いをしてもよいが、どうじゃ」

眉目秀麗という言葉が政宗の胸に棘《とげ》のように刺さった。最上氏の自分への愛が薄いのは、疱瘡を患ったことで容貌が見苦しくなったためだ、と政宗は思っていた。姿形にふれられるのは政宗にとって最も腹立たしく思うことである。

「会津を与えられる大名とは何者でござるか」

政宗は膝を乗り出して訊いた。狭い茶室のことである。もう少し膝を進めれば触れるほど茶々の傍近くになる。

茶々は政宗がにじり寄ったことをいささかも気にする様子もなく、艶然と微笑んだ。

「名を言えば、後戻りはできませぬぞ」

「承知してござる」

政宗は、強い目で茶々を見据えてうなずいた。茶々は不意に膝を進めると政宗の耳もとに顔を寄せ、大名の名を囁《ささや》いた。

――蒲生氏郷

と政宗は茶々の香《かぐわ》しい匂いに包まれながら聞いた。

北条氏が秀吉に降伏し、小田原城を開城したのは七月六日のことである。これに先立って六月九日に、政宗は石垣山《いしがきやま》の陣内で秀吉に謁見《えっけん》した。これによって政宗は、領地を百万石から七十万石に減らされはしたものの死地を脱することができた。

秀吉は小田原開城の後、徳川家康に北条氏旧領の伊豆《いず》、相模《さがみ》、上野《こうずけ》、武蔵《むさし》、上総《かずさ》、下《しも》総《うさ》の六カ国を与え、関東移封《いほう》を命じた。さらに八月九日には会津の黒川《くろかわ》城に乗り込み、天下統一の総仕上げである奥州仕置を行った。

この中で会津四郡と南仙道五郡四十二万石を与えられたのは、茶々が口にした通り、蒲生氏郷だった。

二

京、蒲生屋敷の奥座敷で冬姫は氏郷と向かい合っていた。傍に八歳になった鶴千代がいる。

九月になって小田原、奥州遠征から帰京した氏郷から、

「此度《こたび》は奥羽への移封を仰せつかった」

と聞かされた冬姫は眉を曇らせた。日野から伊勢へ移ってまだ六年しかたっていない。この間、氏郷は四五百森に新たな城を築き、この地を松坂《まつざか》と名づけて城下町を開いた。日野からも商人が移住して、ようやく繁栄してきたところなのだ。

伊勢十二万石から会津四十二万石への転封は大幅な加増には違いないが、奥羽の伊達政宗、関東の徳川家康への抑えの役割を担わされることも目に見えている。大領を得たと手放しで喜ぶわけにはいかない。

「京から遠く離れてしまわれるのですね」

冬姫がため息まじりに言うと、鶴千代が、目を丸くして、

「父上はどこぞに行かれるのですか」

と訊いた。氏郷は淡々と答えた。

「これは関白殿下に御考えがあってのことなのだ」

「と申されますと？」

冬姫は首をかしげた。鶴千代も氏郷の顔を見つめる。

会津で奥州仕置を明らかにする前、秀吉は氏郷を呼び寄せて会津転封のことを告げた。そのおり、秀吉は珍しく気弱な表情を見せた。

「何分、淀がうるそうてな。わしは冬姫様をたいせつにいたさねばと思うておるのじゃが、それが淀の気に入らぬらしい」

「なぜにござりましょうや。淀の方様とわが室は血のつながった従姉妹《いとこ》同士でござりまするが」

「そこじゃ――」

秀吉は苦笑して言葉を継いだ。

「淀は気の強い女子で、わしを意のままにいたしたいと思うておるようじゃ。信長様の姪《めい》であることが誇りとする拠《よ》り所《どころ》であるらしいが、なにせ冬姫様は信長様の娘じゃ。何かと煙たい思いがするのも無理からぬ話じゃが……」

「それはまた――」

氏郷は口をつぐんだ。茶々には冬姫が信長の娘であることに妬《ねた》みがある、と秀吉から告げられれば、命ずるまま会津に赴き、難を避けるしかない。

「そういうことじゃ。此度はこらえて行ってくれまいかのう」

秀吉は、ひとを惹《ひ》きつけるいつもの無邪気な笑顔で、氏郷の肩を叩《たた》いたのだという。

氏郷の話にうなずきはしたが、茶々の胸の奥には、違う思案があるのではないかと冬姫は感じた。

（茶々殿は、お市様が思いを遺《のこ》された〈女いくさ〉を継ごうとしているのではないだろうか）

茶々が思いのままに自らが思い描く世をつくり上げるためには、自分が京にいては目ざわりなのだという気がする。だが、茶々が仕掛けようとしている〈女いくさ〉がどのようなものなのかは、冬姫にも皆目見当がつかなかった。

氏郷は会津移封の話を終えた後、話柄《わへい》を転じて小田原在陣中のことを話し始めた。鶴千代は戦の話に目を輝かせて聞き入った。その中で印象に残ったのが、奥羽の伊達政宗という若い大名の話だった。

「わしは石垣山で殿下に拝謁《はいえつ》した伊達政宗を見た。頭を禿にし、死装束を着て隻眼を光らせた、まことに異相の男であった」

「さようでございますか」

冬姫は、山奥深くひそむ鬼のように髪を振り乱した武将が白装束で佇《たたず》む姿を思い浮かべた。年はまだ二十四歳だというが、聞くだに不穏な若武者だという気がする。

「殿下は謁見のおり、政宗を近くに召し寄せられた。すぐさま、政宗は腰から脇差を取って殿下のお傍衆のもとへ放り、傍らに跪《ひざまず》いたが、その様子は悠揚迫らぬ物腰であった。さらに殿下が小田原城攻めの工夫を話されつつ問い質《ただ》されたのに、受け答えも落ち着いておって、大器であることをうかがわせた」

氏郷は政宗を褒めちぎりはするのだが、何か気にかかることがあるような素振りだった。

「淀の方様には、小田原陣に五月からふた月ご滞在であったと、聞き及んでおります。もしや、その伊達政宗なる武将に、淀の方様がお会いになられたということはございましょうか」

冬姫が何気なく口にすると、氏郷は苦笑して、

「まことにもって冬殿は聡《さと》い。謁見の翌日、殿下は石垣山城中での茶席に政宗を呼ばれた。わしも相客となったが、その茶席になぜか淀の方様がお出ましになられ、政宗に親しく声をかけられたのだ」

と言い、茶席で不審な思いをしたことを話した。

茶々が話しかけるたびに、政宗は氏郷へちらりと目を向ける。その視線には、初めは好奇心が浮かんでいたようであったが、しだいに敵意が籠《こも》り、やがて闘争心を露《あら》わにした。

（この男はわしに敵愾心《てきがいしん》を抱いているのではないか）

妙な違和感を覚えながらも、氏郷はさりげない表情で政宗の目差《まなざ》しを受けとめた。

やがて、秀吉から奥州仕置のことを聞かされ、政宗が一年前に奪い取ったばかりの会津が自分に与えられると知って、政宗の目に敵意があったわけに得心がいったという。

「淀の方様は、伊達殿と通じておるやもしれませぬ」

冬姫が気がかりそうな面持ちで言った。

「まさか、とは思うが、時期が時期だけに用心せねばなりませぬな」

氏郷は考え深げにうなずいた。

秀吉の政権下で旧織田勢力は徐々に追い詰められていた。秀吉が織田信孝、柴田勝家を倒すために結んでいた織田信雄は、その後、徳川家康と結んで秀吉に抗した。後に信雄は秀吉と和して尾張、伊勢の大領を与えられはしたが、家康の関東移封に伴い徳川の旧領に移るよう命じられ、これを拒んだ。秀吉は激怒して信雄の所領を没収し、下野へ追放した。

かつて天下を制した織田家の凋落《ちょうらく》を物語るものだった。それだけに信長の娘である冬姫を正室としている氏郷にもどのような影響が及ぶかわからなかった。

「淀の方様は、織田家の者が目障りなのかもしれませぬ」

冬姫はさびしげにつぶやいた。鶴千代が冬姫を不安げに見上げた。信長の姪であることを誇りとする茶々にとって、織田家の血筋の者たちが却《かえ》って疎ましく思えるのかもしれない。

信雄が所領を失った背景に、あるいは茶々の意向があったのではないかと冬姫は危惧《きぐ》していた。もしそうだというのであるならば、会津に移る蒲生家にも何かの罠《わな》が仕掛けられるのではないか。

(そのようなことがあって欲しくはない。わたしの杞憂《きゆう》であればよいのだけれど)

冬姫は思わず鶴千代の肩を抱き寄せた。


冬姫の憂えが現実のものとなったのは、ほんのひと月余り後のことだった。奥州仕置で没収された大崎義隆《おおざきよしたか》、葛西晴信《かさいはるのぶ》の領地三十万石は、秀吉の馬廻《うままわ》り衆で、それまでわずか五千石の身分だった木村吉清《きむらよしきよ》に与えられた。

吉清は勇躍して上方で新たな家臣を召し抱えたうえで奥羽に乗り込んだ。だが、小身《しょうしん》から成りあがった吉清は大領の仕置に慣れず圧政を行い、地侍の反発を招いた。決起した地侍の一揆《いっき》に吉清はたちまち敗北し、佐沼《さぬま》城へ追い詰められてしまった。

このため氏郷と政宗は援軍を出すよう命じられた。新領地に赴き会津の黒川城に入ってから、わずかしかたっていない氏郷にとって一揆を鎮圧するのは難事だった。

（政宗が率先して働けば、鎮圧も容易かろうが、あの男は何を考えているかわからぬ）

氏郷には警戒する気持があった。奥羽の一揆は吉清の不手際によって起きたものだが、それにしても一揆勢の決起が早すぎる気がする。誰か唆《そそのか》した者がいるのではないか、と氏郷は疑っていた。

しかし、援軍を出す命には従わねばならない。まずは十月二十九日には出陣しようと思い定めていたところ、思いがけないほどの大雪となった。山野は一面の積雪に覆われ、田畑や道の区別がつかない。兵を動かすのに雪を掻《か》き分け進むのは困難が伴う。

「これが、奥羽の雪か――」

氏郷は家臣たちと顔を見合わせて困惑するばかりだった。取りあえず出陣を見合わせ、ようやく天候が回復した十一月五日に、雪を掻いて城を出ようとした時、城門の前に蓑《みの》を着け、笠《かさ》をかぶったふたりの武士が立っていた。

ひとりは大男の鯰江又蔵で、もうひとりは前髪をつけた小姓姿のもずだった。出陣するばかりのところで、具足姿の氏郷はすぐさま大広間にふたりを呼び寄せ、床几《しょうぎ》に腰かけて口を開いた。

「いかがいたした。冬殿や鶴千代になんぞ、あったのか」

気がかりそうに訊く氏郷に又蔵はゆっくりと頭を振った。

「御方様《おかた》は御息災にてお変わりございませぬが、このたびの奥羽での一揆をご案じなされ、われらに殿のもとへ参るようお命じになられたのでございます」

氏郷はほっとしながらも苦笑した。

「戦のことなら、案ずるには及ばぬ。いまだかつてわしは戦に負けたことはないぞ」

「それは御方様も御承知のことでござります。戦で後れを取られる殿ではござりませぬが、なにやら危うきことが起こるのではないか、と御方様は案じておられます」

「危うきことじゃと？」

氏郷は首をかしげた。冬姫は氏郷の身にどのような災厄が降りかかると危惧したのだろうか。

七日前、京の屋敷で冬姫は又蔵ともずを呼び寄せ、

「なにやら、胸騒ぎがいたしてなりませぬ。そなたたちが奥州まで出向いて、殿をお守りいたして欲しいのです」

と言った。又蔵が訝しげに、

「殿は軍勢に守られております。めったなことはないと存じまするが」

と言うと、もずが膝を乗り出した。

「実は、わたくしも殿の身が案じられてなりません」

又蔵はもずを振り向いた。

「何を、さように心配いたすのだ」

「たとえば、毒にございます」

「毒飼いか」

又蔵がうめくと、冬姫は眉を曇らせて言った。

「伊達様は小田原に参陣なさろうとされた際、母である最上氏から毒を盛られそうになられたらしい、と殿からうかがいました。実の母から命を狙われるなど、伊達様はどのようなお気持になられたことでしょう。さような目にあわれた方はひとに心を開くのは難しいと思われます。何か事あるおりに、殿に対してどのように振舞われるか案じられてなりませぬ」

毒を盛られて命を狙われた者は自らもひとに毒を盛るのではないか、と冬姫は政宗に疑念を抱いた。奥羽に赴いた氏郷は、伊達家と誼《よしみ》を通じなければ何事もうまく運ばないだろう。だが、氏郷にとって一揆鎮圧のために手を携えねばならない政宗こそが、もっとも危険な敵かもしれない。

そう考えた冬姫は、政宗の魔手から氏郷を守らせるため、もずと又蔵にははるばる奥州まで行くよう命じたのだという。

又蔵から冬姫の懸念を聞いた氏郷は、思い当たるふしがあるようで、

「あいわかった。その方らはわしとともに参れ」

と言うと床几から立ち上がった。氏郷は広場へ戻ると芦毛《あしげ》の馬に跨《また》がった。率いる兵は六千。いずれも日野、伊勢時代から手塩にかけてきた精兵である。

金色に輝く三蓋笠《さんがいがさ》の馬印を押し立て、馬上の氏郷は銀の鯰尾《なまずお》の兜《かぶと》をかぶり、凜々《りり》しい武者姿だった。蒲生の戦では常に鯰尾の銀兜の武者が先陣を駆けることは、諸大名にも知れ渡っていた。

蒲生勢は城門を出ると、果てなく続く雪原を粛々と進み始めた。

三

一揆討伐にあたっては、土地柄に詳しい伊達勢が先導役を務めるとの報《しら》せを受けていた。蒲生勢は雪を掻き分け軍を進め、十一月七日には伊達領と接する二本松に着いたが、政宗は悠然と構えて動く素振りを見せなかった。その様子を見た氏郷は、ひややかな笑みを浮かべて、

「かまわぬ。われらは進むまでのことだ」

と伊達勢を追い越す勢《せ》いで進軍を始めた。これに驚いて、伊達勢もようやく動き始めた。さながら蒲生勢に急き立てられるかのように伊達勢が先導していく形になった。

だが、進軍する途中、蒲生勢が伊達領内で宿を借りたいと頼んでも領民は応じること

はなく、さらに鍋釜も貸してはくれず、薪《まき》も売らなかった。すべては政宗の指示によるものだとしか思えなかった。

蒲生勢は苦難を強いられはしたが、十四日には伊達領のはずれの大崎領をのぞむ黒川郡舞野《まいの》まで両軍は進んだ。そこに至って政宗はようやく、

「戦評定《いくさひょうじょう》をいたしたい」

わずかな家臣を従えただけで氏郷の陣を訪れた。隻眼、異相の若い武将が姿を見せると、蒲生勢には緊張が走った。誰もが一揆勢より政宗の動きを警戒していた。政宗は、蒲生勢のただならぬ様子を尻目に床几に腰を下ろして言葉を発した。

「一揆鎮圧の手立てでござるが」

おもむろに顔を向ける政宗に氏郷は答えた。

「されば、まず佐沼城に籠っている木村吉清殿を救い出さねばならぬであろうが、それがしは道不案内ゆえ、本街道を進もうと存ずる。伊達殿は何方《いずかた》なりと進まれるがよろしかろう」

氏郷は、伊達勢の働きを頼みにしていないとの気概を込めて言った。

「さようか。さすがは、織田信長様より薫陶《くんとう》を受けられた蒲生殿じゃ。それがしの力など当てにされぬところは頼もしゅうござる」

政宗は鷹揚《おうよう》にうなずきながら、さりげなく言葉を継いだ。

「われらの陣を見ていただければ、さほど役立たぬことはないとおわかりくだされようほどに、それがしがかように蒲生殿の陣中に参ったごとく、われらの陣へ参られませぬか。茶など進ぜたいと存ずる」

氏郷は無表情に政宗の誘いを聞いていた。傍らの又蔵ともずがしきりにめくばせして止めようとするが、氏郷は素知らぬ顔で平然と答えた。

「ならば、さっそくにおうかがいいたそう」

「ほう――」

政宗は感嘆の声を上げたが、それ以上は言わず、氏郷の家臣たちを見まわしたうえで、すぐに床几を立った。去り際、では疾《と》く参られよ、と言い置いて政宗は家臣とともに馬で駆け去った。

又蔵ともずは不安そうに顔を見交わすだけで、手立てを考える暇もなく氏郷に政宗の陣中に供するよう命じられた。両軍の陣地は二里（約八キロ）ほど離れている。氏郷がふたりを従えて馬で赴くと、幔幕《まんまく》を張った政宗の本陣にはすでに茶席が設えられていた。

「それがしが参ること、伊達殿にはお見通しであったような」

氏郷が微笑むと、政宗も頬をゆるめた。

「挑まれて退《しりぞ》かれる蒲生殿ではないと承知いたしてござる」

阿吽《あうん》の呼吸でふたりは向かい合って床几に座った。すぐさま小姓が茶碗《ちゃわん》を捧《ささ》げてきた。

氏郷は、茶碗を横目で睨みつつ、傍らに控えているもずに声をかけた。

「沈麝円《ちんじゃえん》を――」

もずはぎょっとした顔をしたが、懐から錦《にしき》の布袋を取り出すと、袋の紐《ひも》をゆるめて中の丸薬を掌《てのひら》に受け、氏郷に手渡した。政宗は氏郷に皮肉な目を向けた。

「それは、何でござろうか」

「奈良の寺で作られておる毒消しの薬でござる。この者らはそれがしの妻が身どもの安否を気遣い、京より遣わした者たちでござる。毒を盛られた時の用心にと、かようなものまで持たせて寄越《よこ》しておりましてな」

「なるほど、それがしの供する茶を飲む前に毒消しの薬を飲まれまするか」

政宗は口辺にひややかな笑みを浮かべた。だが、氏郷は首を横に振った。

「いや、これは飲み申さぬ」

氏郷は毒消しの薬をさりげなく地面に落とした。鋭い目差しで見つめる政宗に向かって、氏郷は口を開いた。

「それがしは伊達殿とこれよりともに手を携えて戦をいたさねばならぬ。かような時に味方を疑《うたご》うては戦ができ申さぬゆえ、飲まぬのでござる」

政宗は氏郷の言葉を聞き流すかのように目を逸《そ》らした。

「身どもが母親から毒を盛られたことは聞き及んでおられよう。親子の間でさえ毒を盛る。まして、たまたま味方になって戦をするだけの間柄で毒を盛らぬと言い切れようか」

「それがしは、母から疎まれ、継嗣《けいし》を弟君に替えたいと言われた方を存じており申す」

氏郷の言葉に、政宗は初めて興味を抱いたような顔をして視線を戻した。

「それは、どなたでござろうか」

「織田信長様でござる」

「なるほど、亡き織田右府《うふ》様は誰をも信じられず、おのれだけを信じてわが道を歩まれたそうな。それでなければ、天下は取れまい」

政宗はわが意を得たりとばかりに膝を打った。氏郷は政宗に憐憫《れんびん》の目を向けた。

「それがしも若いころはさように思うておりました。されど、近頃では信長様の御心はまた別であったのではないかとの考えを抱くに至り申した」

「織田右府様にどんな心があったと言われるのだ」

政宗は嘲《あざけ》るように言った。氏郷の言葉が詭弁《きべん》にしか聞こえないようだ。

「わが妻は信長様の娘であるが、ひとを思うて止《や》まぬ心を持っておる。娘として生まれた者はいつしか父親の志と心を受け継いで、それを果たそうと意を尽くすようになり申す。わが妻のよき心映えを、信長様も持っておられたはずと思えるのでござる」

氏郷が真摯《しんし》な面持ちで話すと、

「何を馬鹿げたことを――」

政宗は口をゆがめかけて、ふと真顔になった。

「蒲生殿の御正室は冬姫様と申され、淀の方様とは従姉妹であられたな」

「いかにもさようじゃが」

「では、ご尊顔は似ておられるか」

「いや似てはおりませぬな」

氏郷は怪訝《けげん》な顔をして政宗をうかがい見た。

「さようか、似てはおられぬか……」

政宗が茫然《ぼうぜん》として何事か考え込んでいる間に、小姓が茶碗を捧げてきた。氏郷が手に取ろうとした瞬間、もずが又蔵に目で合図した。すかさず又蔵が、

「お毒見いたす、ご免――」

と言って茶碗を横合いから奪い取ると同時に、手に力を込めた。たちまち茶碗に罅《ひび》が入り、音を立てて砕けた。物思いしていた政宗が、はっとした様子で又蔵に目を向けた。

「これは、粗相いたして申し訳ござりませぬ」

又蔵が落ち着いて手をつかえると、

「なんの、茶が熱すぎたのであろう。粗相をいたしたのはこちらの方だ」

政宗は傲然と笑い飛ばした。

翌日から蒲生勢は大崎領に入ったが、政宗は腹痛を言い立てて動こうとしなかった。氏郷はかまわず先発して、街道筋の一揆の拠点となっている城を次々と落としていった。政宗は見せかけの攻撃を繰り返すばかりではかばかしい働きを見せず、その様はあたかも一揆と内通しているかのような鈍い動きであった。氏郷は一揆勢の籠る城を攻めつつ、背後の政宗への警戒を怠らなかった。

ほどなく一揆の本拠地となっている城を落とした氏郷は、政宗が背後に迫っているのを察知してすぐさまこの城に入って防御を固めた。ゆっくりと兵を進めていた政宗が、氏郷の備えを一見すると城内に使者を送って、

「城攻めをされるのなら、われらも寄せ手に加えていただきとうござった。先鋒《せんぽう》を命じられながら後れをとっては、関白殿下のお覚えが悪《あ》しくなり申す」

と苦情めいたことを告げるのに、氏郷は顔をしかめて、

「なにをいまさらぬけぬけとしたことを申す」

と使者には返事も与えず、城壁に立って政宗の率いる軍勢を一望した。雪原に黒々とうずくまるかのような伊達勢はいつでも城攻めにかかれるという闘気に満ちている。一揆勢に対して生ぬるい攻撃しか行わなかった軍勢とは到底思えない。

「油断のならぬ男だ」

氏郷のつぶやきが聞こえたのか、伊達勢はゆるゆると遠ざかり始めた。城内から打って出れば、いつでも反撃できる備えを固めての後退であることは見て取れる。

政宗は、ようやく動き出して一揆勢の城を落とし、間も無く佐沼城の木村吉清を救出した。しかし、このころ氏郷は政宗が一揆方と通じていたという証拠を手に入れていた。

須田伯耆《すだほうき》という伊達家の家臣が氏郷のもとに駆けこみ、

「一揆は伊達の下知《げじ》によるものです」

と申し述べた。政宗の父輝宗が畠山義継に拉致されて亡くなったおり、伯耆の父は追い腹を切った。だが輝宗の死に負い目を感じていた政宗はこれを認めず、殉死《じゅんし》あつかいしなかった。伯耆はこのことを怨《うら》んで、政宗の陰謀を暴いたのだという。

さらに蒲生の手勢が伊達家の飛脚を捕らえたところ、政宗が一揆勢に送った密書が出てきた。氏郷はこれらの証拠を秀吉に送り、

——政宗に叛意《はんい》あり

と訴えた。このため政宗は、秀吉から訊問のため召し出されることになった。

天正十九年（一五九一）正月三十日、政宗は出羽国米沢《よねざわ》城を出立し、京へ向かった。

その際、

「この政宗ほどの者が並の磔柱《はりつけばしら》にかけられたとあっては無念である」

として、行列の先頭には金箔《きんぱく》を置いた磔柱を押し立てていた。

二月五日、京の蒲生屋敷で、

「金箔の磔柱ですか」

冬姫は驚きの声をあげた。

「さよう、まったくもって伊達様は婆娑羅《ばさら》なお振舞いをなされます。それがしは、金の磔柱を見たおり、開いた口がふさがりませなんだ」

又蔵が感心したような口振りで答えた。婆娑羅とは権威に反発し、華美な装束で身を飾る傾《かぶ》き者《もの》のことを言う。

二月四日、政宗が京に入ると、金の磔柱を押し立てた行列のきらびやかさに加えて、小田原参陣の際と同様に死装束を身にまとった政宗のふてぶてしさが沿道のひとびとを驚嘆させた。

「まことに伊達様は派手やかなお振舞いをなされますね」

冬姫が考えを巡らすように言うと、もずは膝を進めた。

「されど、伊達様は恐ろしいほど用意周到の方と見えました。このたびのこと、何やら訝しゅうございます」

一揆を裏で扇動したことを家臣に密訴され、さらに一揆勢に宛てた密書まで露見するとは、あまりにお粗末なやり方と言える。

冬姫はゆっくりとうなずいた。

「わたくしもさような気がいたしておるのです。これは何かの罠かもしれませぬ」

政宗が誰かを罠にかけようとしているのであれば、狙われるのは氏郷のほかに考えられない。冬姫は不安を覚えて、思わず胸にかけた水晶の数珠《じゅず》を握り締めた。

「伊達様のお調べは九日にあるのだそうでござる」

くぐもった声で告げる又蔵に、冬姫は気がかりな様子で言った。

「九日と言えばあまり日がありませんね」

京に出てきた政宗が何事かを企《たくら》んでいるのであれば、なんらかの手を講じなければならないだろう。だが、聚楽第で行われる取り調べを冬姫がうかがい知ることはできない。

冬姫は当惑しながら中庭に目を遣《や》った。白梅が今を盛りと咲いている。梅の白い色が一揆鎮圧に赴いた氏郷のいる奥州の雪を思わせた。

## 四

二月九日――

聚楽第の大広間で政宗への訊問は行われた。

秀吉は、政宗ほど優れた武将をできれば生かして使いたいと考えていた。政宗が一揆を唆したのは事実だろうと思っていたが、弁明に筋が通っていれば、見逃してやるつもりだった。

石田三成《いしだみつなり》が、須田伯耆の訴えや一揆勢に宛てた密書について問い質すと、政宗は冷静に答えた。

「須田伯耆は父親が追い腹切ったにも拘《かか》わらず、重く用いられなかったため、それがしを怨んだものでござろう。それゆえの訴えにて、もとより偽りでござる。さらに密書も、それがしの祐筆《ゆうひつ》を務めていた者が仕組んだ偽書でござる」

「偽書と言われるが、花押《かおう》はまったく同じに見え申す」

花押は、自らの署名を図案化したもので、印判とは別に書き判ともいう。本人でなければ書けないよう形を複雑にしてある。特に政宗の書き判は、鶺鴒《せきれい》の花押と呼ばれ、鳥の形に似せた巧緻《こうち》極まりないものだった。

三成の厳しい追及に、政宗は、くっくっと忍び笑いをもらした。

「これ、無礼であろう」

三成が叱咤《しった》すると、政宗は顔を引き締めた。

「かかることもあろうかとそれがしはかねてより花押に細工を施しており申した」

「細工じゃと」

秀吉が目を剝《む》いて大声を出した。

「さよう。これまで、それがしが差し上げた書状を御披見願わしゅう存じまする。いずれの書状の花押にも鶺鴒の目にあたるところに針で刺した穴があるはずでござる。これは、それがしが誰にも言わず、自らやっておること。それゆえ穴が無い書状は偽物でござります」

政宗が平然と言い退《の》けると、ただちに伊達家からの書状を取り寄せるよう命じられた。小姓が盆の上に十数通の書状を載せて持ってきた。

秀吉はその書状を一通ずつ確かめていったが、しだいに驚嘆の表情が顔に広がった。

「なるほど、確かに鶺鴒に目が開いておる」

政宗は膝を進めた。

「されば、それがしの無実は明らかでござる。さらに申せば、かような偽りの訴えをなした蒲生はそれがしを陥れようとしたに相違ございませぬ。ただちにお仕置あって然《しか》るべきかと存じます」

滔々《とうとう》と大声でまくし立てる政宗の顔を、秀吉はじっと見つめた。

「そうか、それが狙いじゃったか」

「狙いなどとは恐れ多うございまする。それがしは、正しきお裁きを望んでおるにすぎませぬ」

政宗は手をつかえて頭を下げた。秀吉は神妙な政宗に皮肉な目を向けていたが、突如、傍らに控える小姓を振り向いて、

「念のためじゃ。一揆勢への密書をあらためるゆえ、持って参れ」

と申し付けた。ただちに小姓は先ほど証拠として提出された密書を捧げ持って行き、広げて秀吉に差し出した。

「いかにものう」

秀吉は密書をじっくり眺め、おもむろに政宗に目を転じた。無表情なつめたい目差しをしている。

「そちも、自らの目で確かめてみるがよい」

秀吉は、政宗の前に、投げ出すように書状を放った。政宗は眉をひそめて書状を手に取り、花押を見ると同時にぎくりとして目を見開いた。

「鶺鴒の目は開いておらぬのじゃな」

秀吉が意地悪げに問い質すが、政宗は何も答えず黙ったままだった。政宗が手にしている書状の花押には、他の書状と同様、鶺鴒の目に穴が開いていた。

（馬鹿な、こんなことがあるはずはない）

政宗の額に汗が滲《にじ》んだ。自ら密書を認《したた》め、鶺鴒の目に穴を開けなかったのは間違いない。いつの間に、誰が穴を開けたのだろうか、と政宗は内心うろたえた。

政宗は秀吉をうかがい見た。政宗の胸に、秀吉がとっさに開けたのではないかという疑心が生じていた。しかし、秀吉の素振りにはそのような気配は見られない。何より、秀吉がやったのであれば、目が開いていると言い立てたはずだ。

政宗は混乱しながらあたりを見まわした。秀吉に書状を持っていった小姓の横顔が目に留まると同時に、

（こ奴《やつ》だ――）

と政宗は直感した。その小姓が、氏郷が政宗の陣を訪れた際に供をしていたひとりだと思い出した。

冬姫に命じられたもずが、聚楽第の小姓になりすましていた。政宗の弁明を聞いていたもずは、秀吉のもとに密書を持っていく際、瞬時に懐にしていた吹矢の針で書状に穴を開けたのである。

秀吉は目を細めて政宗を見た。

「そなたの申す通り、正しき裁きをいたさねばならぬが、そなたに非がなかったとも言えぬようじゃ。それとも、その書状を皆に披露して、あらためてどのような裁きをいたすがよいか決めるがよいか」

「いえ、さようなことは望んでおりませぬ」

政宗は、がくりと肩を落とした。これまで謀《はかりごと》をめぐらして、仕損じたことはなかった、と政宗は唇を嚙《か》み締めた。

それから程なくして、京に上ってきた氏郷と政宗を和解させるために、前田利家の屋敷で宴が催された。この日は浅野長政、細川忠興、佐竹義宣《さたけよしのぶ》、有馬晴信《ありまはるのぶ》、金森長近などの大名も立会人として招かれた。

政宗は礼法に従い肩衣をつけているが、腰には一尺八寸（約五四・五センチ）もある朱鞘《しゅざや》の大脇差を差している。和解の席に大脇差を差して出るとは不穏であること夥《おびただ》しい。氏郷も負けじと雨鞘（雨に濡《ぬ》れてもすべり難《にく》い実戦的な鞘）の脇差である。ふたりは向かい合って座ったが、殊更、言葉を交わそうとはしなかった。利家が冗談めかして、

「伊達殿は随分と派手な物を差しておいでだ」

と言うと、政宗は無愛想に答えた。

「なにせ、遠国《おんごく》のことでございますから」

遠国から上洛《じょうらく》したため武骨な大脇差しか持っていないというのか、それとも田舎から出てきたから、用心が必要だと言いたかったのだろうか。よくはわからないながらも、氏郷は穏やかに笑みを浮かべた。

利家は氏郷の表情を見て安堵《あんど》したらしく、すぐに膳を運ぶよう申し付け、朱塗りの大盃で酒をまわした。一同がひと渡り酒を飲むと、ようやく場がなごんだ。

氏郷が不意に立ち上がり、

「伊達殿、庭を拝見仕りましょうぞ」

と声をかけて広縁《ひろえん》に出た。政宗は訝しげな顔をしながらも氏郷に続いた。前田屋敷の中庭は梅林のようになっている。白梅が可憐《かれん》に花を散らしていた。

その時、梅の枝向こうに見える渡り廊下を打掛姿の女人が進んでいるのが見えた。

政宗は思わずその女人に見惚《みと》れた。白梅の精と見紛《みまご》うほどの楚々《そそ》とした佇《たたず》まいに目を奪われていた。

氏郷は冬姫に目を遣って、さりげなく言った。

「それがしの妻にござる」

「あの御方が冬姫様でござるか……」

「前田殿の嫡男利長殿の御正室は、信長様の息女永姫《えいひめ》様にて、わが妻とは姉妹の間柄ゆえ、たまにこの屋敷をお訪ねいたす。先ごろ、奥羽にてお話しいたした時、淀の方様と似ているかとお訊《たず》ねでありましたゆえ、お目にかけようと存じましてな」

冬姫は政宗たちに気づいた様子で、小腰をかがめて会釈をした。

政宗はあわてた素振りで礼を返した。冬姫はそのまま渡り廊下を過ぎて奥へと向かった。その物腰を政宗は呆然と立ち尽くして見送り、つぶやいた。

「蒲生殿、それがしは小田原参陣のおり、淀の方様にお目にかかり申した」

「さようでござったな」

「淀の方様はわが母によう似ておられる。燃える火の如《ごと》く、まわりの者を焼き尽くさずにはおられぬ気性をお持ちじゃ。されば、女子とは皆、さような者かと思うて参りました」

政宗にとって、母の最上氏は慕わしくもあり、恐ろしくもある母だった。淀の方に会った時、母に似た女人だと政宗は、感じた。

「わが妻はいかようにご覧になられたか」

氏郷は興味深げに政宗に目を向けた。

「さよう、奥羽であっても、聚楽第であっても冬姫様の手の者が蒲生殿を守っておられた。想《おも》うひとを寄り添う影のように守り抜かれる御方のようにお見受けいたし申した。まるで、暖かな春の風に包まれたような気がいたす」

「淀の方様は炎にて、わが妻は春風でござるか」

氏郷が小声で言うと、政宗は厳しい表情になった。

「なればこそ、お気をつけなされるがよろしかろうと存ずる。それがしが蒲生殿に仕掛けたのは淀の方様のご意向に従ってのこと。それがしがしくじり申したからといって、手を緩める淀の方様ではござるまい」

氏郷は政宗の顔を見据えた。

「さほどの大事をなにゆえ、打ち明けられるのでござろうか」

「さて、なにゆえでござろう。春の風に吹かれて少々酔いがまわった、とでも申すほかござらぬ」

政宗は白梅に目を遣りつつ静かに答えた。さすがに、ひと目見た冬姫に恋慕の情を覚えたからだ、とは口にできなかった。

馥郁《ふくいく》たる梅の香に包まれて、ふたりの武将は各々の想いを胸に畳んで澄み切った空を見上げた。

五

奥州での一揆はさらに続いた。南部信直《なんぶのぶなお》の一族九戸政実《くのへまさざね》という者が叛《そむ》いて、その勢いは侮《あなど》り難いものがあった。

秀吉は、ただちに豊臣秀次《とよとみひでつぐ》を総大将に蒲生氏郷、伊達政宗、さらに徳川家康、上杉景勝、石田三成、浅野長政ら六万の大軍を送った。頑強に抵抗した政実も大軍には抗しえず、九月に一揆は鎮圧された。

これに伴い、新たに奥州仕置が行われた。政宗は旧大崎、葛西領を与えられたものの、他の領地を削られ、つまるところ、五十八万石となった。

一方、氏郷には政宗から没収した領地が加増され、七十三万四千石となった。この所領は、後の検地によれば九十二万石もの大領であることがわかった。

このため氏郷は豊臣政権下で徳川家康、毛利輝元《もうりてるもと》、前田利家に次ぐ大大名となったのである。

天正二十年（一五九二）夏——

氏郷は会津の黒川城を若松《わかまつ》城と名を改め、本格的な領地経営に乗り出した。大勢が落ち着いたころ、冬姫は会津に移った。このころ十歳になった鶴千代は「厳しく育てたい」との氏郷の考えで京の南禅寺《なんぜんじ》に預けていた。わが子と離れて暮らすことは、冬姫にとってつらかったが、風邪を引きやすい鶴千代を雪深い会津に来させるのもためらわれた。

氏郷が改修した若松城は、七層の天守閣を持つ名城だった。氏郷とともに天守閣に上った冬姫は、城下を一望して、

「会津はまことにうるわしきところでございますね」

とつぶやいた。北東に目を向ければ、磐梯山《ばんだいさん》の山容が青々と美しい。

「さよう。奥州はひとの心の澄みやかなところだ。懸命に努めれば、争いごとなど起きぬ、豊かな地になるのではないかと思うておる」

「殿でおわせば、必ずやなされましょう」

「さて、どうであろう」

そう言って笑った氏郷の顔色が、心なしか悪いように見えた。

「殿、どこか御不快なところがおありなのではござりませぬか」

冬姫が案じるように見つめると、氏郷は遠くに目を遣ったまま透き通るような微笑を浮かべた。

「冬殿は、亡き信長様が天正の国を造りたいと願われていた、とよく話しておられたな。わしは、この地に亡き信長様の志を継いだ国を造りたいと思う」

「天正の国を、でございますか？」

「そうだ。わしはキリシタンゆえ、領主が自ら正しき道を歩めば、国はおのずから栄えるものであることを神の教えによって学んだ。ひとを怨まず、憎まず、互いを思い遣って生きていける国をこの地に築きたいのだ」

氏郷は、信長の志を継ぎたいと願う自分の意を大事に思ってくれているのだと、冬姫は胸が熱くなった。それと同時に、政宗が、淀の方に気をつけるよう氏郷に告げたという話を思い出した。

「殿、かほどの大領の主となられたのです。ひとの妬《ねた》み、憎しみもさぞや受けられましょう。お身の上にお気をつけなされてくださりませ」

冬姫が気遣う言葉をかけると、氏郷は深くうなずいた。

「わかっておる。淀の方様に用心いたせと申すのであろう。しかし、わしがいま気にかかるのは別なことだ」

「さようでございますね」

冬姫は西南の空に目を向けた。

氏郷が案じているのは、これからの天下の行く末であるだろうと、冬姫にもわかっていた。この年、秀吉は朝鮮出兵を命じていた。

ようやく戦国の世が終わったと思い、ほっとしていたひとびとは新たな戦へ駆り出されることになった。朝鮮へ渡海したのは主として西国の大名だったが、東国からはただひとり、伊達政宗が自ら願い出て出陣していた。

奥州一揆の際に受けた疑いを晴らそうという政宗の苦肉の策だった。出陣のおり、政宗は三千の兵にはなやかな軍装を凝らして秀吉を喜ばせた。

間も無く氏郷も、朝鮮出兵の本拠地として秀吉が九州肥前《ひぜん》に築いた名護屋《なごや》城へ赴かねばならない。天下を覆う暗雲はすでに漂い始めていた。

# 花嵐

## 一

文禄二年（一五九三）十月十二日——

冬姫は胸苦しい思いとともに朝を迎えた。

秀吉は昨日から御所で〈禁中能〉を催していた。およそ五十人の武将が能を演ずるという、かつてない舞台に蒲生氏郷も立たねばならない。

〈禁中能〉は三日間にわたって行われる予定だという。氏郷は一日目の最後に演ずることになっていたが、折悪《おりあ》しく雨が降り出して舞台の中断を余儀なくされ、日が暮れたため、二日目であるきょう務めることになった。

昨夜、氏郷は意を決したような表情をして冬姫に胸中を明かしていた。

「わしは太閤《たいこう》殿下を諌《いさ》めたいと思うておる」

「やはりさようになされまするか」

冬姫は目を伏せた。氏郷の意図するところはわかってはいるものの、絶大な権力を誇る秀吉に諫言《かんげん》が届くだろうかと冬姫は懸念を抱いた。

去年の四月、〈唐入り〉を唱えた秀吉は、前線基地として肥前に名護屋城を築き、対馬《つしま》から十六万の大軍を朝鮮へ渡海させた。

――壬辰倭乱《イムジンウェラン》

と朝鮮で呼ばれる朝鮮出兵の始まりだった。四月十二日に小西行長の率いる第一軍が釜山《プサン》に上陸し、五月三日には早々と朝鮮の都城である漢城《ハンソン》を陥落させたが、ほどなく農民らによる義兵の決起に悩まされるようになった。十二月には朝鮮の宗主国である明の援軍が朝鮮に入り、日本軍に迫った。

一進一退を続けて戦線が膠着《こうちゃく》状態になった日本軍は、年が明けて今年四月から明との間で和睦交渉を行っている。五月に明の講和使が名護屋城を訪れて秀吉と対面し、七月には休戦状態となった。

八月に入って淀君がお拾《ひろ》い（秀頼《ひでより》）を産むと、秀吉は狂喜して大坂へと戻った。

このころから秀吉は能に熱中し、自らも舞うようになっていた。朝鮮に十数万の兵を送りながら能に熱中する権力者の姿はひとびとに異様な思いを抱かせた。

秀吉が〈唐入り〉を唱えたおり、

「太閤殿下は死に場所を見失い、血迷うたか」

と氏郷が罵《ののし》ったと世に伝えられた。氏郷が言った言葉とは違っていたが、朝鮮に攻め入ることに反対だったのは間違いない。氏郷の考えを察していた秀吉は、〈唐入り〉についていて、ひそかに氏郷が諫言しても聞く耳を持たなかった。

名護屋城に在陣中、茶席に呼ばれた氏郷は、突如吐血した。冬姫の命で氏郷の傍らに影のように従うもずが、携えていた毒消しの薬を飲ませ、命に別条はなかったものの、何者かが毒殺を図ったのは明らかだった。もずは必死になって、

「茶席で毒を盛られたならば逃れようがございません。病と称して、会津にお戻りになられてくださりませ」

と訴えたが、氏郷は、

「いま、わしが太閤殿下の傍を離れれば、朝鮮との講和について諫言する者がいなくなる」

と言ってまわりの者がどのように言葉を尽くして戻るよう言い添えても諾《うべな》わなかった。

氏郷は、石田三成や小西行長らが進めている講和交渉の内実を洩《も》れ聞いている。それは、明には秀吉が降伏したと伝え、秀吉には明が和睦を求めてきたと思い込ませるというきわどいものだった。

秀吉が真実を知れば、激怒して和平は遠ざかるに違いない。そうさせぬためには、自ら秀吉を説くしかないと氏郷は考えていた。秀吉がお拾い誕生の報《しら》せで大坂に戻るおり、

氏郷は付き従った。そして此度《こたび》の〈禁中能〉で舞うにあたって、ある決意を胸に秘めていた。

氏郷は世阿弥作の〈鵜飼《うかい》〉のシテ（主役）、地獄の鬼を演ずる。

〈鵜飼〉は禁漁の川で漁をしたことによって村人に殺された鵜飼の亡霊が語る罪業をめぐる話で、生きていくことの苦しみを描いた哀切な能である。鵜飼は殺生禁断の川で密漁をしたため、村人に捕らえられ、簀《す》巻《ま》きにされて殺される。取り巻いた村人に向かって両手を合わせ、

――かかる殺生禁断の所とも知らず候《そうろう》。向後の事をこそ心得候べけれと命だけは助けてくれと嘆願するが許されない。しかも殺された後は、殺生の罪によって地獄に堕《お》ちるのだ。

亡霊からこの話を聞いた僧が、『法華経《ほけきよう》』によって男の成仏《じようぶつ》を祈る。そこへ地獄の鬼が登場して男が『法華経』の功力《くりき》によって成仏したことを告げるという話だ。

殺生を行う者は地獄へ堕ちる。朝鮮での戦《いくさ》は止《や》めるべきだ、と能の演目で秀吉を諌めるつもりだと氏郷は冬姫に告げた。

「殿のお考えはわかりますが、近頃の太閤殿下は、かつての秀吉様とは別人になられたように思われます。果たして殿のお心をおわかりくださされましょうか」

気がかりを伝え、冬姫はため息をついた。かつての秀吉は英気溌剌《はつらつ》として、ひととし

ての器量も大きく感じられた。変わり始めたのはいつのころからであっただろう。

茶々を側室にして以降、秀吉は少しずつ変わっていったように思える。

いま、秀吉のもとには氏郷の妹とらが側室として上がり、三条《さんじょう》殿と呼ばれている。

三条殿が言うには、日頃の秀吉は昔ながらの大気《たいき》な様子を見せているが、淀殿のもとで過ごした後は苛立《いらだ》ちを隠さず、険悪さを露《あら》わにするという。

（秀吉殿の心の移ろいはどうしたことなのか）

かつて秀吉が日野城を訪れた際、もずが秀吉の中にはふたつの心があるのではないかと言ったことがあった。日野城に泊った日の夜、冬姫を襲おうとした時の秀吉は、悪しき秀吉だった。あの悪しき秀吉が心の大部分を占め、途方もない妄念を抱いているように感じられる。そうでなければ、朝鮮に兵を送るなどということはしなかっただろう。〈人たらし〉の秀吉は影をひそめ、陰険で疑り深い面が表立ってきているのではないかと思え、冬姫は不安を覚えた。

諫言することを思い止《とど》まるよう告げたいが、氏郷の厳しい表情を見ると、それもできかねた。考えあぐねた冬姫が口を開こうとした時、

「冬殿、案ずることはない。わしは亡き信長様の志を継ぎ、天正の世をつくりたいと願《ねご》うてきた。正しき道を過《あやま》たずに歩まねばと思うておる」

氏郷は笑みを含んだ声音《こわね》で言った。冬姫は口にしかけた言葉を呑《の》んで氏郷を見つめる

だけだった。

重苦しい思いを抱いて眠れぬ夜を過ごした冬姫は、禁裏《きんり》に向かう氏郷の背を、

（どうか、氏郷様の身に何事も起こりませぬように）

と天に祈る思いで見送った。


〈禁中能〉の舞台は、後陽成《ごようぜい》天皇始め公卿《くぎょう》、女房たちが坐《ざ》した寝殿の広間から見渡せる中庭に設《しつら》えられていた。〈老松《おいまつ》〉、〈定家《ていか》〉などの演目に続いて氏郷の出番となった。

〈鵜飼〉の地獄の鬼は〈小べし見〉の面をつける。〈べし見〉は〈癋見〉と書く。〈大べし見〉は天狗《てんぐ》や魔性に用いられる面だが、〈小べし見〉は小振りで口もとが引き締まっていて閻魔《えんま》や鬼神の面として使われることが多い。世阿弥は〈鵜飼〉によって初めて〈小べし見〉面を用いたとされる。

〈小べし見〉面をつけた氏郷が橋掛りをゆっくりと進み出る。唐冠《とうかんむり》をかぶり、狩衣《かりぎぬ》に半切《はんぎり》の袴《はかま》を着用した絢爛《けんらん》たる能装束の姿だ。鵜飼が無事に成仏したことを告げる、厳しさを内に秘めた舞は、見る者を粛然《しゆくぜん》とさせる趣があった。

このころ能観賞において抜きん出ているとされていた公卿の近衛信尹《このえのぶただ》が、演じ終えた氏郷に、

「――見事なり」

と賞賛する声をかけた。

この日、秀吉と前田利家、徳川家康は氏郷の次に、〈耳引《みみひき》〉という狂言を演じた。狂言に登場する主人が、家来の太郎冠者《たろうかじゃ》に客に失礼があってはならないと立ち居振舞いを自分のする通りにせよと言い付ける。太郎冠者は、言い付けを守って主人から言われた言葉をそっくりそのまま客に言う。驚いた主人が太郎冠者の耳を引っ張れば、太郎冠者は客の耳を引っ張る。怒った主人が打擲《ちょうちゃく》すると、太郎冠者は客をなぐってしまうという話だ。

三人は懸命に演じたが、氏郷の清爽な舞の後ではいかにも生彩を欠いて見えた。秀吉は苦笑して、

「やれやれ、氏郷にはかなわぬのう」

とため息をついた。利家はうなずきながら、

「先ほどの殺生を犯した者が地獄へ堕ちる話は、われらには身につまされるところがありますな」

とつぶやいた。すると家康がさりげなく、

「さても蒲生は肝が太うござる。殿下の御前でようもあのような舞を演じられたものよ」

と言い添えた。

苦虫を嚙《か》み潰したような顔で秀吉はじろりと横目で家康を見た。武士は戦で殺生をするが、鵜飼は鵜に魚を獲らせる。朝鮮出兵に武将たちを追い使う秀吉を、殺生の罪業によって地獄に堕ちた鵜飼になぞらえて氏郷が能を舞ったと、家康はほのめかしたのだ。

「氏郷め」

と秀吉が憤りを隠さず歯ぎしりする様子を家康はひややかな目で見ていた。

この日、伏見《ふしみ》屋敷に戻った氏郷を出迎えた冬姫は、

「お疲れではございませぬか」

と案ずる面持ちで声をかけた。

「能を演じただけのことゆえ、さほど疲れてはおらぬ」

氏郷は微笑《ほほえ》んで答えたが目は厳しさを湛《たた》えている。居室に入ってひと心地がついてから、氏郷はおもむろに冬姫に語りかけた。

「わしが〈鵜飼〉を演じた思いを、太閤殿下がお察しくだされればよいのだが」

「まことにさように存じまするが、わたくしには、何より殿のお身の上が案じられてなりませぬ」

冬姫は思い詰めた様子で氏郷に目を向けた。

「もずを始め家臣たちは、わしが太閤殿下に憎まれはせぬかと案じて会津に戻るように

勧める。だが、わしは京、大坂に留《とど》まり、何としても講和が成るのを見届けたいと念じておる。武将として戦で殺生を重ねてきたが、わしはキリシタンだ。これ以上、無益な戦が行われるのを見過ごしにはできぬ」

「殿の仰せはもっともと存じます。されど、あの方が何かをたくらんでいるのではないかと思えてならないのです」

「淀の方か」

「さようでございます。あの方はわたくしを厭《いと》い、殿をも害そうとなさっておられるように存じます。殿が〈唐入り〉に異を唱えられれば、あの方の思うつぼにはまりはせぬかと危ぶまれます」

「もしさようだとしても、わしはやらねばならぬと思うておる。たとえ身が危うかろうともな」

氏郷は静かに諭《さと》すような口調で言った。

冬姫は目を落としてうなずいた。もはや氏郷の決意は変わらないと察していた。氏郷はキリシタンとして、生命を賭《と》して秀吉を諫めようとしている。だが、そのために氏郷が命を奪われるようなことになったら、自分はどう生きてゆけばいいのだろうか。

鶴千代は十一歳となったが、まだ南禅寺で学問に励んでおり、元服もしていない。氏郷に面ざしが似て、将来が楽しみではあるものの、年端もいかぬ鶴千代に蒲生家を背負えといっても無理な話だ。

冬姫は惑いつつも、氏郷の考えに従ってこれより先の道を歩むしかないと思い定めていた。明との和睦交渉がうまくいきさえすれば、すべては安穏に収まるはずだ。いまはそのことを願うしかなかった。

翌十三日の〈禁中能〉で秀吉は、氏郷に当て付けるかのように能を五番演じ、宮中の女房たちに見物させた。野卑で傲岸な舞だったが、女房たちは秀吉に阿《おもね》って口々に褒めそやし、秀吉は満足げな表情をした。

二

翌文禄三年（一五九四）二月二十七日――

秀吉は吉野山《よしのやま》に上り、かねてより念願だった花見を果たした。作り髭《ひげ》に作り眉をつけ、おはぐろを施した異様な姿だった。

豊臣秀次、家康、利家らが随行し、北政所《きたのまんどころ》や淀の方らも供をして、五千もの兵が供奉《ぐぶ》した。武将たちでは加藤清正《かとうきよまさ》、宇喜多秀家《うきたひでいえ》、細川幽斎《ほそかわゆうさい》、さらに朝鮮から帰陣したばかりの伊達政宗も加わっていた。これに公家《くげ》、茶人、連歌師なども連なっている。

氏郷は冬姫とともに一行の中にいた。随従のひとびとは秀吉の好みのまま、皆華やかに装いを凝らしていたが、氏郷と冬姫はひときわ目立っていた。

吉野が桜の名所とされるのは、役《えん》の行者《ぎようじや》が金峯山寺《きんぷせんじ》を開く時、蔵王権現《ざおうごんげん》を桜の木に刻んだことに始まるといわれる。その後、信者たちが神木である桜の苗木を奉納し続け、吉野川の〈六田の渡し〉から、大峰《おおみね》連峰にいたるまで、山容を這《は》い登るように爛漫《らんまん》と咲き誇る雄大にして華麗な景色となった。山裾から頂上に向かって下千本、中千本、上千本、奥千本などと言い習わされている。

秀吉は二日間にわたって吉水院《よしみずいん》に滞在して花見を楽しんだ。この間、歌会、茶会、能が催され、桜見物の合間にひとびとを楽しませた。

氏郷と冬姫がゆったりと桜を眺めているところに、昨年の〈禁中能〉のおり、氏郷の能を激賞した近衛信尹が話しかけてきた。

「氏郷殿が御正室と花を眺める様はなんとも雅《みやび》やなあ」

長烏帽子《ながえぼし》、狩衣姿の信尹が満面の笑みを浮かべてふたりに目を向けている。

「恐れ入ります」

氏郷と冬姫がそろって頭を下げると、信尹は扇を持った手を振った。

「なんの恐れ入ることがありますやろ。わしが元服のおり、加冠の役を務めてくれたのは、亡き織田右府殿であった。わしの名の信の一字は右府殿からもろうたのやから、御正室とは姉弟のようなものじゃ」

信尹は関白近衛前久《さきひさ》の子で、この年、三十歳。公家ながら武張《ぶば》ったことが好きで、信長の近習《きんじゅう》とは昔から親しかった。

「もったいなき仰せにございます」

冬姫が応じると、信尹は秀吉が北政所や淀の方ら側室たちを連れて、桜を楽しむ様子を遠く眺め遣《や》り、訊《き》いた。

「太閤が吉野で花見をしたかったのは、なにゆえかおわかりか」

「古来より桜の名所だからではござりませぬか」

冬姫は首をかしげて答えた。

「吉野はその昔、天武《てんむ》の帝《みかど》が決起されたところや。天智《てんじ》の帝が亡くなられた後、帝の御《み》子《こ》であった大友皇子《おおとものおうじ》と叔父の大海人皇子《おおあまのおうじ》の間で争いが起きましてな。大海人皇子はわずかな供廻りを従えただけで吉野へ逃れられましたのや。そしてこの地から出陣され、大友皇子との争いに勝たれて天武の帝となられた。つまり吉野の桜は天下人を寿《ことほ》ぐ桜や、いうことや」

「さようでございましたか。太閤殿下にふさわしき桜でございます」

信尹の皮肉な物言いに答えながら、冬姫は吉野の山々を覆い尽くすかのような桜に目を遣った。

「まことにめでたい桜やが、咲き誇った花はいずれ散る。そのこともよおく考えられよ」

意味ありげに話す信尹に、氏郷は怪訝《けげん》な目を向けた。信尹は扇で口をおおって声をひそめた。

「わしは〈禁中能〉のおり、そなたの能を誉《ほ》めた。無論、見事な舞やったからやが、それだけやない。太閤の前で〈鵜飼〉を舞《も》うた、そなたの思いがわかったからや」

氏郷は素早くあたりをうかがった。もずと鱠江又蔵が近くに控えるだけである。

「いかなることでござりましょう」

「わしはな、近く、帝より勅勘《ちょっかん》を被《こうむ》ることになる。お叱りを受け、流罪になるやろと思う」

「流罪に？　なにゆえでござりまするか」

「去年、名護屋城に赴いて、渡海したいと太閤に頼んだからや」

信尹は顔をしかめて見せた。

「それは、また――」

「案じることはない。実はな、これは帝とわしが仕組んだことや。朝鮮へ渡海したいと言い出したわしを帝がお叱りになられたのは、太閤を叱る代わりで、帝の御心《みこころ》は朝鮮での戦を早《はよ》う止めさせたいというところにあるのや」

「まことでござりまするか」

氏郷は息を呑んだ。

「帝は〈鵜飼〉を舞うたそなたの気持をおわかりくだされておられる。わしが能を誉めそやしたのは、そういうこともあったからや。きょうは、そのことを言うとこうと思うてな」

「ありがたき仰せを承りました」

氏郷が頭を下げると、信尹は氏郷の耳もとに顔を寄せて、

「そやけど、気をつけることや。いまの太閤はおのれに逆らう者を決して許さへん。そなたの身が案じられると帝も仰せになっておられる」

「もったいなきお言葉でございます」

氏郷の後ろで冬姫も緊張した面持ちで頭を下げた。すると、信尹はひとの耳目を警戒するかのように、わざと声を高くした。

「冬姫殿に天武の帝の御歌をお教えいたそう」

まわりの者にのどかに聞こえるかのような声だ。

「どのような御歌でございましょうか」

冬姫は笑顔で応じた。信尹は、

淑《よ》き人の　良しとよく見て　好しと言ひし　吉野よく見よ　良き人よく見

と『万葉集』にある天武天皇の和歌を高らかに詠《うた》った。

古《いにしえ》の立派なひとが誉め称《たた》えた吉野をよく見なさい。良いひとであるお前たちも、この吉野をよく見なさい、という意味だ。この歌は、天武天皇が皇后（後の持統《じとう》天皇）と六人の皇子とともに吉野に上り、自らが亡き後、皇位継承の争いなどを行わないよう誓わせた際に詠ったともいわれる。冬姫は我知らず、

「吉野よく見よ　良き人よく見――」

と口の中で繰り返していた。まるで、信尹が今年の吉野の優れた桜をよく見なさい、目の前にいる良きひとの氏郷をよく見て心に留めておきなさい、と言っているように思えた。

冬姫は氏郷に顔を向けた。氏郷も同時に見返して、

「良きひとをよく見ておかねばの」

とつぶやいた。

吉野の山々に桜吹雪が舞い上がる。

（なぜかしら氏郷様との別れが近いような気がしてならない）

胸に突如深い悲しみが込み上げてきて、冬姫は思わず氏郷に寄り添った。

吉野での花見を堪能した後、秀吉は三月三日に高野山《こうやさん》に参詣して亡き大政所《おおまんどころ》の菩提《ぼだい》を弔う法会《ほうえ》を行い、大坂城へと戻った。

四月に入って、信尹は勅勘により薩摩へ流罪となった。信尹は四十五人の供とともに薩摩坊津《ぼうのつ》へ赴き、島津氏の庇護《ひご》を受けた。信尹が許されて京に戻るのは三年後のことである。

秀吉は四月にも〈禁中能〉を行ったが、この時は武将たちに演じさせることはなく、金春大夫《こんぱるだゆう》に秀吉自身の生涯を能にした〈明智討ち〉など太閤能と称される演目を舞わせた。あたかも自らの功績を帝に見せつけるかのような振舞いだった。

三

夏になり、氏郷は再び吐血した。このころ秀吉は伏見に城を築いており、氏郷はその手伝い普請《ぶしん》を命じられて伏見に留まっていた。秀吉は築城が進むのを楽しみにしながら、しばしば茶会を行った。

ある日、茶会に出席した氏郷は伏見屋敷に戻ってから、いきなり血を吐いた。以前と同様、すぐさま毒消しを飲んで一命は取り留めたものの、氏郷の衰弱は激しかった。食物が喉を通らず、やせ衰えて病床に臥《ふ》したまま、意識が回復しないことも多々あった。

冬姫は昼夜を問わず寝食を忘れて看病した。鶴千代も南禅寺から戻り、氏郷の枕頭に付き添った。それにも拘《かか》わらず氏郷の容態は回復せずに、数カ月が過ぎ、年が明けた。

年があらたまってからの氏郷は、気分の良い時には病床に起き上がり、冬姫や鶴千代と語らうこともできるようになった。

「わしの看取りでそなたらが倒れては蒲生の家は立ち行かぬ。たまにはゆるりと休みなされ」

氏郷がやさしく言うと、冬姫は頭《かぶり》を振った。

「わたくしは、殿のお傍でかようにお世話できて嬉《うれ》しゅうございます。本復なされましたら、なにとぞ会津にてご静養くださりませ」

「さようにいたそう」

と言ってから、氏郷はふと思い付いたように言葉を添えた。

「できれば高山右近殿にお会いしたいと思うておるのだが」

「高山様でございますか」

冬姫は表情を曇らせた。

右近は秀吉が伴天連《バテレン》追放令を発した後も棄教を拒んだため、所領を奪われ、追放された。いまは前田利家のもとに身を寄せ、加賀にいるはずだ。

氏郷が会いたいと望んでいる旨を伝えれば加賀から出て来はするだろうが、秀吉がいる伏見に入ることは、右近にとって危ういことなのではないか。さらに気がかりなのは、キリシタンは亡くなる前に宣教師に懺悔《コンヒサン》を行うということだ。もしや氏郷は、右近に懺悔するつもりなのではないだろうか。それで右近に会いたいと言っているのかもしれない。

(氏郷様は、もはや最期の時が近いと思われているのではあるまいか)

不吉な予感がして、冬姫は胸が騒いだ。

氏郷は、冬姫の面差しに浮かんだ苦悶《くもん》の表情をやわらげるように、

「右近殿と昔のことなど語り合いたいと思うただけゆえ、何も案ずることはない」

と言い添えた。冬姫は返す言葉もなく、うなずくしかなかった。


又蔵が加賀に走り、右近を伴って伏見屋敷に戻ったのは二月に入ってのことだった。

氏郷は、さらにやせて透き通った表情を浮かべるようになっていた。着くなり病床を見舞った右近は氏郷を励ました。鶴千代が枕頭に座り、もずと又蔵も部屋に控えている。

「病とうかがいましたが、顔色も常と変わりなくお見受けいたしまする。神のご加護をお信じくだされ」

氏郷は横になったまま表情をやわらげて応じた。

「お言葉かたじけのう存ずる。高山殿に危うき伏見までお越しいただいたのは、懺悔を聞いていただきたいがためでござる」

氏郷の言葉を聞いて、冬姫はやはりと思い、目を閉じた。鶴千代が、

「父上」

と悲しげに声をあげた。

「それがしは朝鮮での戦の和睦が果たされるのを望んで参ったが、見届けることができ申さぬ。それが無念でござる」

「ひとの力には限りがあり申す。それゆえにこそデウスにおすがりいたさねばならぬと存じまする」

右近は静かに言った。

「まことにさよう存じまする。それがしは信長様の志を継ぎたいと願うて参りました。太閤殿下もそれは同じでござりましたろうに、捨松君《すてまつ》が生まれ、幼くして亡くなられてからひとが変わられたように存ずる。いまはお拾い様のことだけに囚《とら》われておいでじゃ。もともとひとをいとおしむ気持がお強い方だが、それだけに、その思いが妄執になられた——」

氏郷は言葉を切って冬姫に顔を向けた。

「その妄執を煽《あお》り、操っている者がおる」

「あの方でございますね」

冬姫の言葉に氏郷はゆっくりとうなずいた。

「わしが逝けば、淀の方はわが蒲生家を取りつぶそうと図るであろう。冬殿は淀の方と戦わねばならなくなろう」

「もとよりわたくしは覚悟いたしております」

冬姫がきっぱり答えると、氏郷は口辺に笑みを浮かべ、冬姫が胸元にさげた水晶の数珠《じゅず》に目を遣った。

「さすがに信長様の姫君じゃ。近頃わしは、岐阜城にて冬殿に初めて会《お》うた時のことをしきりに思い出す。幼くしてすでに、目に信長様と同じ光を宿しておられた。そう言えば、冬殿がいつもお守りのように胸に下げておられた水晶の数珠が切れて散ったおり、わしは懸命に珠《たま》を探してつないだものよ」

氏郷は楽しげな口調で言いながら目を閉じた。冬姫は、はっとして氏郷に取りすがった。

「殿――」

氏郷はかすかに口を開いて、

――吉野よく見よ　良き人よく見

とつぶやくように言い、眠りにつくが如《ごと》くに事切れた。

氏郷は脳裏に吉野の山に舞い散る桜吹雪を浮かべているかのようにかすかに微笑んだまま逝った。冬姫の目から涙があふれ、鶴千代が号泣した。右近は氏郷のために神へ祈る言葉を口にし、もずと又蔵は肩を震わせて嗚咽《おえつ》した。

文禄四年（一五九五）二月七日のことだった。辞世の歌は、

限りあれば吹かねど花は散るものを心みじかき春の山風

である。花はいつかは散るものなのに、なぜ気短にも散らせてしまおうと春の山風は吹くのかという儚《はかな》さを湛えた歌だ。

享年四十、激動の生涯であった。

氏郷の死は、その日のうちに大坂城の秀吉のもとへ伝えられた。石田三成から報告を受けた秀吉は、

「そうか。はや氏郷は逝ったか」

と暗い表情でつぶやいた。傍らで茶々は無表情にその報せを聞いている。

「そなたが三成に命じてことあるごとに氏郷に毒を盛らせておったことを、わしは知っておるぞ。氏郷はわしが毒を盛らせたと思うたであろう」

「ご存じでおられたのなら、殿下がお命じになられたも同じでござりましょう」

「なにゆえ、それほど蒲生を憎むのじゃ」

秀吉が訊くと、前に控えた三成がうかがうような目で茶々を見た。

「蒲生を憎んだわけではございませぬ。お拾い様の妨げになると思うたまででございます。さようじゃな、三成――」

茶々にうながされて三成が、

「〈唐入り〉に異を唱えておられた蒲生殿の声は禁裏にも達し、帝までさような思いになられたと聞き及びますれば」

と説く声を、秀吉は苛立《いらだ》たしげに遮った。

「明は和を請うて来ておるのであろう。朝鮮での戦は間も無く終わる。氏郷がいかに申そうが、構わぬではないか」

「さりながら殿下の思《おぼ》し召《め》しに逆らう者は、いずれ関白秀次様を擁しようと図るでありましょう。さすれば秀次様に力が集まり、お拾い様が天下の主となる妨げになるは必定」

「さようかのう……」

「されば、蒲生殿は手始めにて、次は秀次様の始末をお考えいただかねばなりませぬ」

秀吉が何も言わず顔をそむけると、茶々が口を開いた。

「いや、それに手を付ける前に蒲生の家を取りつぶすのが先じゃ。冬姫殿は織田の血筋でありながら、織田家のために戦《たたこ》うた、わが母を見捨て、北ノ庄で果てさせた女子《おなご》じゃ。

その罪を贖《あがの》うてもらわねば、母が浮かばれぬ」

秀吉がぎょっとした顔で目を向けると、茶々は含み笑いした。

悲しみも癒えぬうちに、冬姫のもとに追い討ちをかけるような思いがけない話がもたらされた。氏郷亡き後、嫡男《ちやくなん》の鶴千代に家督が相続されるはずだったが、秀吉がこれに難色を示しているという。

伏見屋敷を弔問に訪れた前田利家が、ひそかに冬姫に告げた。

「太閤は鶴千代殿がまだ十三歳と若いゆえ、二十歳を過ぎれば旧領を安堵《あんど》するが、それまでは江州《ごうしゆう》日野の四万石だけを宛《あて》がうという考えだ」

「それはまことでございますか」

冬姫は驚きのあまり声を震わせた。二十歳になれば旧領を安堵するなどという話は、その場しのぎに違いない。実際には会津九十二万石を取り上げようというのだ。

「おそらく、石田三成らの策謀によるものであろうが、わしがそうはさせぬゆえ、安堵いたして待っておられよ。なに、冬姫殿は何と申しても亡き信長様のご息女じゃ。太閤もそのことをゆめ忘れてはおらぬであろうほどにな」

利家は篤実な顔を向けて言った。ねんごろな利家の言葉に頭を下げつつも、冬姫は安心などできはしないだろうと思っていた。

利家が辞した後、冬姫はひとり居室に籠《こも》り、家の行く末に思いを致した。石田三成の背後に茶々がいるのは間違いない。茶々は信長の娘である自分を蹴落とさずには気がすまないのだ。だとすると、いかに利家が奔走しようが、いずれ蒲生家はつぶされることになるのではないか。

（わたくしが出家して寺へ入れば、蒲生家を救えるかもしれない）

冬姫が思い悩んでいると、もずが広縁《ひろえん》から声をかけてきた。又蔵も傍らに控えている。

「御方様《おかたさま》、わたしに淀の方様を討つことをお命じくださりませ。わたしは、甲賀の杉谷善住坊から人を殺《あや》める術を仕込まれています。又蔵殿も手伝ってくれると存じますゆえ、必ずしてのけて見せまする」

又蔵がもずの言葉に大きくうなずいた。

「何を申しておるのです。さようなことはできませぬ」

「なにゆえお許しくださされませんのでしょう。淀の方こそが殿の仇《あだ》ではござりませんか」

「殿はキリシタンであられた。戦には出られたが、おのれのための殺生をなされたことは一度とてない」

冬姫がきっぱり言うと、もずは目に涙を溜《た》めて言い募った。

「それでは、あまりに口惜《くちお》しゅうございます」

うつむいて肩を震わすもずの姿に冬姫は憐憫《れんびん》の情を催した。

（もずは、心底氏郷様を女子の気持で慕《しと》うてくれたのだ）

新たな悲しみを伴って氏郷との別れを嘆く心持が湧いてくる。会えぬいまとなって、いとおしむ想《おも》いはさらに募るものだと、冬姫は思い知らされるのだった。

蒲生家の相続について、利家は妻のまつとともに、秀吉と北政所のもとへ赴き陳情した。秀吉も利家の熱心な嘆願を拒むわけにもいかず、北政所の口添えもあって、鶴千代が会津九十二万石を相続することが決まった。鶴千代は元服し、秀吉の一字をもらって藤三郎秀隆《とうざぶろうひでたか》と名のった。また、秀吉の命により、徳川家康の娘振姫《ふりひめ》を妻とした。

四

三年後の慶長《けいちょう》三年（一五九八）正月——

蒲生家は秀隆の家中統率がよろしからずとして、会津から下野宇都宮《うつのみや》十二万石に転封された。実に八十万石もの大減封だった。

蒲生家で七万石を得ていた筆頭家老の蒲生郷安《さとやす》が権勢に驕《おご》り、家中の者たちと対立したことに端を発していた。郷安は秀隆の寵臣《ちょうしん》だった小姓を上意討ちの名目で殺害するという事件を起こし、加藤清正に預けられた。

このことを咎《とが》められて減封となったのだが、もともと郷安は石田三成と親しく、騒動を起こしたのは、三成の意を受けてのことだともいわれた。

秀吉は、文禄五年（一五九六）九月に明との和睦交渉が決裂すると、昨年二月には再び朝鮮への出兵を号令し、十四万の大軍を渡海させている。朝鮮での戦の終結を最期まで願った氏郷の思いも踏みにじられた。

冬姫は秀隆が宇都宮へ向かった後も伏見屋敷に留まるよう命じられていた。秀吉が冬姫を側室にしようと慮《おもんぱか》っているのではないかと世間では噂《うわさ》された。

秀吉の真意は定かではないが、この年の三月十五日に行われた醍醐寺《だいごじ》での盛大な花見に加わるよう求められた。

秀吉は、幼いお拾いを始め北政所や茶々ら側室を勢ぞろいさせ、女房衆まで含めたおよそ三千人で花見を行った。冬姫は目立たぬよう一行に紛れていた。寺域では各大名が紋入りの幔幕《まんまく》を張って趣向をこらした茶屋を設けている。

華やかに着飾って秀吉に付き従った側室は、茶々のほかに松の丸殿、三の丸殿、加賀殿だった。松の丸殿は京極氏の娘で、浅井長政は叔父にあたり、茶々とは従姉妹《いとこ》になる。しかも京極氏は浅井氏の主筋であることから、茶々に対して競争心を抱いているともっぱらの評判だった。

三の丸殿は信長の六女で、冬姫には異母妹になるが、氏郷の養女として側室入りしていることから冬姫との縁は深い。加賀殿は前田利家の三女で、花見には利家の正室まつも加わり、ひさびさの対面に顔をほころばせている。

いずれ劣らぬ見目麗しい側室たちだったが、花見の宴席で諍《いさか》いが起きた。秀吉から受ける盃《さかずき》の順で北政所の次に誰が受けるか茶々と松の丸殿が争ったのだ。茶々より先に、松の丸殿が盃に手を伸ばそうとした時、

「わらわが先じゃ」

と茶々が権高《けんだか》に言った。増上慢な茶々の様子を側室中、美貌第一といわれる松の丸殿がひややかに見て、

「わたくしが先かと存じますが」

と撥《は》ね返すように言い出した。茶々の顔付きが険悪になるのを見たまつが、すかさず歩み出て、

「さて、身分はともかく、年ならばわたくしが上ゆえ、先にいただきましょう。後はお年の順ということにいたしまするか」

と言うと、秀吉が愉快そうに笑い出し、北政所は、

「さすがにまつ殿はうまい裁きをされる」

と誉め上げた。それが気に入らなかったのか、茶々は床几《しょうぎ》から立ち上がって桜に近づき、

「この枝が欲しいのう」

とつぶやいた。すぐさま小姓のひとりが進み出て、脇差で枝を斬り落とした。花びらも散らさぬ見事な腕前だった。小姓が片膝ついて恭《うやうや》しく差し出す枝を、茶々はにこりとして袖に受け、末席に控えた冬姫の傍らに歩み寄った。

「氏素性を問うならば、自分こそが一番じゃと蒲生殿は思うておられるのではありませぬか。なにせ、織田信長様の二女様でござりますゆえなあ」

「滅相もござりませぬ。いまは殿下に仕える家の者にございます」

「いまは、と申したな。昔は違うと言いたいのでありまするか」

茶々は刺すような視線を冬姫に向けた。冬姫はやるせない思いがして胸が痛んだ。なぜこれほどまでに、茶々は絡んでくるのだろうか。茶々の怒りの矛先《ほこさき》をかわそうと冬姫はさりげない口調で言った。

「昔のことは、すべて流れゆく川の水のように過ぎたことにございます」

「そうは参らぬ。わらわは信長様の妹、お市の娘であることが何より心の支えじゃ。なればこそ、かように側室の中に身を置こうが堪《こら》えておることもできる。それゆえ、信長様の娘じゃと大きな顔をするそなたが目障りでならぬ」

「ご無体な申され様でござりまする。さようなお言葉を口にされるとは、織田の血を継ぐ女人《にょにん》のものとは思えませせぬ」

冬姫が毅然《きぜん》として言い返すと、茶々の顔色が変わった。

「おのれ、言わせておけば――」

手にした桜の枝を振り上げて冬姫を打とうとしたその時、

――無礼者
甲高《かんだか》い声が響いた。茶々がはっとして声がした方を振り向いた瞬間、きらりと光る物が宙を飛び、茶々の頰に突き刺さった。

茶々は悲鳴をあげつつ手にした枝で刺さった物を払い落とした。あたりに桜の花びらが舞う。地面に散った花びらに混じって、もずが笛で放った吹矢が落ちていた。

「曲者《くせもの》だ。捕らえよ」

近侍していた三成が大声で叫んだ。侍女たちに紛れこんでじりじりと後退《あとずさ》りしていたもずは走って逃げ出した。後を追おうとする武士たちを、又蔵が駆け寄ると次々に張り倒し、そのままもずを追うように走り去った。

冬姫は突然の成り行きに驚き、姿を消したもずと又蔵の身を案じた。

三成は冬姫に詰め寄った。

「ただいまの狼藉者《ろうぜきもの》は蒲生様のご家来でござりましたな」

「さようでござりましたでしょうか」

「ほう、とぼけられるおつもりならば、問い質《ただ》さねばなりませぬな」

嗤《わら》って三成が近づこうとした時、

「お待ちなされ」

と女人の声がした。振り返った三成の目に、白い頭巾《ずきん》をかぶり、濃紫《こむらさき》の衣を着た尼が立っているのが見えた。

「これは興雲院《きょううんいん》殿」

三成は嫌な顔をした。だが、興雲院と呼ばれた尼僧は構うことなく、三成と冬姫の間に割って入った。冬姫に顔を向け言葉をかけた。

「冬様、おひさしゅうございます」

「お鍋の方様――」

思いがけないひとに出会い、冬姫は息を呑んだ。尼僧は信長の側室であり、蒲生家との因縁から、たびたび冬姫を付け狙ったお鍋の方だった。

「いまは北政所様にお仕えいたし、興雲院と名のっております」

微笑む興雲院の目差《まなざ》しに、かつての敵意は感じられなかった。

「さようでございましたか」

冬姫の胸に不思議な懐かしさが込み上げる。

「実は冬様に、ある方をお引き合わせいたしたいと存じまして、きょうの花見に出て参ったのでございます。早速に参りましょう」

興雲院が冬姫の袖を引くと、三成があわてて声をかけた。

「何をなされておる。いま、淀の方様に吹矢を放った者が逃げ申した。その詮議をいたさねばならぬゆえ、蒲生様をわれらに引き渡されよ」

じろりと三成を睨《にら》んで興雲院が言い放った。

「吹矢じゃと。さようなものを、わたくしは見ておらぬ」

「何を馬鹿な。ここに、吹矢が――」

地面に目を遣った三成はあっと声を上げた。茶々の頰に刺さって落ちたはずの吹矢がない。茶々が憤って声を高くした。

「その尼が、いましがた吹矢を拾《ひろ》うて袖に隠したに違いない」

興雲院は恐れる風も見せず、ひややかな笑いを浮かべた。

「さても困ったものよ。淀の方様は、蜂に刺されたくらいで大げさに騒いでおられますな」

茶々が目を見開き、言う言葉を探してまごついている間に、北政所が言葉を挟んだ。

「そう言えば、わたくしは先ほど、蜂を見ましたぞ。そのあたりを飛んでおりましたなあ」

すると、まつが興雲院と三成の間に立って、

「わたくしも蜂を見てございまするぞ」

とにこやかに言った。三の丸殿がかばうように冬姫の前に出て、

「わたくしもはっきりと目にいたしましたぞ」

ときっぱりした口調で告げた。加賀殿はまつに寄り添うように立ち、

「ほんに、蜂は恐《こお》うございまするなあ」

とはんなりした声でささやきかけた。松の丸殿もゆっくりと歩み出て、まつに並び、

「淀殿は、どうやら蜂に嫌われておられるような」

とつめたく笑いかけた。女たちは冬姫をかばい立てする花の垣根となって立ちはだかった。興雲院は、

「冬様、こちらへ」

と手を引いて冬姫を連れていく。三成があわてて、

「皆様、おどきくだされ」

と声をかけるが、女たちは顔を見合わせ、たおやかに笑い合うだけだ。

「退《ど》かせたくば、わたくしに手をかけてお退かせなさるがよい。されど、知っての通り、わが夫利家殿は稀代《きたい》の頑固者にて、女房に手をかける者は、たとえ権勢随一の石田殿であろうと、許しはいたしませぬぞ」

　毅然として言い放つまつに、三成は返す言葉も無く立ち尽くし、茶々は唇を噛《か》んだ。

秀吉はその様子を見ながら、何も言わなかった。

## 五

用意していた輿《こし》に冬姫を乗せて興雲院が案内したのは、五条にある小さな寺だった。訪《おとな》いを告げると、前もって言い付けられていたらしい小坊主が小さな部屋に案内した。庭に桜の木があった。一本だけ庭の隅にひっそりと小ぶりな花を咲かせている。

小坊主が運んできた茶を喫しながら、興雲院がしみじみとした口調で言った。

「なにゆえ、わたくしがかように差し出たことをするかと思われましょうが、信長様が亡くなられ、氏郷殿も逝かれたいま、かつての織田家に縁《ゆかり》のある女たちは助けあわねばならぬのではないか、と近頃思うようになって参りましてなあ」

「まことにいろいろなことがございました」

〈本能寺の変〉で信長が倒れ、織田家の女たちが日野城に逃れて来た日のことが、昨日のことのように思い出される。あの日、鍋の方始め側室たちは信長の死を悲しみつつも反目し、謗《そし》り合った。しかしいまや皆、秀吉の大きな力に屈し、茶々が権勢を誇る世で生きていかなければならない。

冬姫が昔日に思いを致していると、興雲院は気を取り直すように言った。

「過ぎた日のことばかりを思うておっても致し方ありませぬ。冬殿にお話しいたしたいのは、これからのことでございます」

訝しげな面持ちで冬姫は目を戻した。興雲院は話を続けた。

「先ほどはまつ様にお助けいただきましたなれど、前田様は近頃、病を抱えておられます。太閤殿下に万一のことがあれば、今後は徳川家康殿をお頼みするしか淀の方と石田三成に抗する道はございませぬ。北政所様はさように思い定めておられます」

「これよりは徳川殿と結べと言われまするか」

冬姫は顔を曇らせた。氏郷は前田利家と親しく、家康とは常に距離を保ってきた。秀吉から会津に封じられたのも、家康を監視するという役割があってのことだった。それだけに両家の間には相手を警戒するところがある。

「蒲生家には家康殿の姫君が輿入れされましたなれど、いまだに徳川殿と腹を割って話し合うほどの間柄ではござりますまい」

興雲院の念を押すような言葉に冬姫はうなずいた。

「いま蒲生が徳川様を頼ろうにも伝手《つて》はござりませぬし、さようにいたそうとも徳川様は蒲生をお信じくださらぬのではござりませぬか」

「さればこそ、お引き合わせいたそうと存じたのです」

興雲院が言い終わらぬ前に襖《ふすま》が開いて、白い頭巾をかぶった尼僧が入ってきた。その顔を見て、冬姫ははっとした。

――五徳様

尼僧は信長の長女で、かつて家康の嫡男信康に嫁した五徳だった。

「冬殿、ひさかたぶりじゃ」

微笑みながら上座に腰を下ろした五徳に、冬姫は頭を下げた。

「ご無沙汰いたしております」

「なんの、わたくしは夫信康殿と姑殿が死を賜った後は、世を捨てたも同然の暮らしを送っております。かように冬殿にお会いできるとは思いませなんだ」

五徳が感慨深げに言うと、興雲院が膝を進めた。

「冬殿、五徳様なれば、徳川殿への橋渡しがおできになりましょう」

「まことでござりまするか」

冬姫はうかがうように五徳を見た。家康の正室築山殿が武田勝頼に通じ、信康もこれに加担していると五徳が信長に訴えたため、ふたりは死ななければならなかったと世に伝えられている。徳川家にとって、五徳は二度と関わりを持ちたくない女人のはずではないか。そのような冬姫の懸念を察したのか、五徳は話を始めた。

「ひとはわたくしが訴えたがため、信康殿が切腹し、築山様が死を賜ったと思うておるであろう。だが、家康様のお心が一度はゆらぎ、わたくしを徳川家から追い出すよう築山様に命じられたことは冬殿も知っておられよう。おふたりが死を賜ったのはそのためであった。それだけに家康様は心苦しく思われたのでありましょうか、わたくしになにくれとなく、よくしてくだされます。わたくしがお話しいたせば、冬殿ともお会いいただけようと存じまする」

「それはまことにありがたいことでございます」

「そこまではわたくしもできまするが、その後、家康様をお味方につけられるかどうかは冬殿しだいでございましょう」

五徳が答えると、興雲院はほほと笑った。

「どれほどのことも無く冬殿はなされましょう。幼きころより、わたくしが仕掛けた罠《わな》を見事にくぐり抜けられたお方じゃ。徳川殿とて恐れることはありませぬ」

冬姫は頭を下げて言った。

「お願い申します。徳川様にお引き合わせくださりませ。かならずや蒲生の家を守って見せまする」

「それでこそ、冬殿じゃ」

五徳がにこりとして顔を向けると、興雲院は大きくうなずいた。

「これが、織田家の女の最後のいくさになりましょうな」

庭の桜が花びらをしめやかに散らしている。

十日後の夕刻、家康が蒲生家の伏見屋敷をひそかに訪れた。家康は福々しい顔で冬姫

の話を聞いた後、

「織田と徳川の結びつきは昔からのもの。冬姫殿がおられる蒲生家は、それがしにとっては織田家同様でござる。盟を結び、今後とも助けあって参ろうと存ずる」

と力強く言った。そして、

「朝鮮での戦を早く終わらせたいという気持は、それがしも氏郷殿と同様でござった。だがそれがしは表立って、そのことを口にできませなんだ。氏郷殿には申し訳なきことをいたしたと思うており申す」

とため息まじりに付け加えた。

家康が辞去した後、冬姫は広縁に出て庭を眺めた。屋敷の庭の隅はすでに闇が濃くなっている。暗くなっていく庭木と石に目を遣っているうちに、ふと、ひとがうずくまっているのに気づいた。大柄な男のようだ。

――又蔵ですか
冬姫はそっと声をかけた。醍醐の花見の日以来、もずと又蔵は消息を絶ち、伏見屋敷にも戻って来なかった。大きな黒い影がにじり寄って、

「さようでござります」

とくぐもった声で低く答えた。冬姫の胸が騒いだ。水晶の数珠がかちかちと鳴った。

「もずはいかがしました。一緒ではないのですか」

又蔵は顔を伏せ、泣くような声で答えた。

「もず殿は相果ててございます」

「なんと――」

冬姫は言葉を呑んだ。


醍醐の花見で淀の方に吹矢を放ったもずは又蔵とともに逃げた。追ってきた警固の武士は又蔵がことごとく殴り倒した。無事に逃げ切れたかと思った矢先、忍びの集団に追われていることに気づいた。三成の放った忍びたちだった。もずと又蔵は蒲生家の旧領である日野へ逃れようとしたが、道々、忍びに襲われ続けた。

三日前、山中で野宿をしていたおりに、もずと又蔵はいきなり忍びの襲撃を受けた。忍びと斬り結んで戦ったが、やがてもずが深手を負った。又蔵は夥《おびただ》しく出血するもずを背負って、暗い山道を逃げた。途中でもずが苦しげな息遣いで言い出した。

「又蔵殿、わたしはもはや助からぬ」

「しっかりするのだ。日野まで戻れば匿《かくま》ってくれるところもある。気を確かに持つのだ」

又蔵が声を励まして言うが、もずはあえぎながら、

「もはや生きられぬことは、自分のことゆえ、わかります。頼みがあるのですが聞いて

ください ますか」

「気弱なことを申すでない。じゃが頼みとはなんじゃ」

「わたしは女のなりをしていても、まことは男です。死んだ後、この身をひとにあらためられるのは辛《つら》いのです。わたしを、誰の目にもつかぬところに埋めて欲しいのです」

もずは切れ切れの声で言った。ともに力を合わせて冬姫を守りつづけてきた相棒の命の灯が消えようとしている。又蔵はたまらず、

「わかった。まかせておけ。もず殿を誰の目にもふれさせぬ」

と叫んで山道を走った。心の内を言い遺《のこ》して安心したように、もずはいつ知れず又蔵の背で冷たくなっていた。


「そうだったのですか……」

冬姫は袖で涙を押さえた。もずと初めて会ったのは、冬姫が日野城に輿入れする途次だった。あの日からずっと、もずは冬姫とともに生きてくれた。家臣というより友のように、冬姫はもずを頼りに日々を過ごした。

「御方様、もず殿を褒めてくだされ。実は花見の日、それがしともず殿は淀の方を狙おうとしており申した。そのおり、もず殿は殺生をせぬという御方様のお言いつけを守り、吹矢に毒を塗りませなんだ。毒を使い、物陰から狙えば、誰にもつかまらず、仕損じな

かったに違いありませぬ」

「では、わたしが淀の方に打擲《ちょうちゃく》されるのを見過ごせず、もずは姿をさらしたまま吹矢を放ったというのですか」

冬姫は唇を噛んだ。又蔵は両手で膝を握り締め、うめくように言った。

「もず殿にとって、御方様は誰よりも大切な方でござりました。それゆえ、淀の方ごときに辱《はずかし》めを受けられるのは許せなかったのでござりましょう」

冬姫は刻々と闇を濃くする空を見上げた。

宵の明星が涙で滲《にじ》んで見える。

信長と帰蝶、お市の面影が浮かんだ。戦国の世を苛烈に生きたひとたちだった。氏郷は濁世《じょくせ》を踏み越えて、おのれの信じる道を歩んだ。皆、それぞれに生きた。しかし、もずはどうだったのだろう。

おのれがおのれ自身であることよりも、冬姫に仕え、支えとなって生きる道を選んでくれた。自らの欲望のためには親子、兄弟であろうと争う乱世に、ひとのために生きようとするもずに出会うことができたのだ。

それだけに別れはあまりに辛い。だが、どれほど嘆こうとも涙を振るい、生き抜くことが〈女いくさ〉なのだ。

冬姫は自分にそう言い聞かせた。

又蔵が号泣する声が、満天の星が瞬く夜空に響いていった。

秀吉はこの年八月、伏見城で没した。二年後の慶長五年（一六〇〇）九月、関ケ原《せきがはら》の戦いで徳川家康は石田三成の西軍を破って天下を手中にした。

蒲生秀隆は徳川方につき、宇都宮で上杉景勝の軍を牽制《けんせい》した。この功により、六十万石を与えられて会津に復帰し、名を秀行《ひでゆき》と改めた。しかし慶長十七年（一六一二）、秀行が三十歳の若さで逝くと後を継いだ忠郷《ただざと》、忠知《ただとも》も若くして亡くなり、嗣子が無かったため蒲生家は寛永《かんえい》十一年（一六三四）に廃絶となった。

蒲生家の行く末を見届けた冬姫は、七年後の寛永十八年、この世を去った。織田信長の娘として戦国の世を彩って生きた、紅《あか》い流星のような生涯だった。

# 解　説

村木　嵐

ご存知の方も多いように葉室さんはとてもハンサムなロマンスグレーの紳士だ。私も初めてお目にかかったとき、藤沢周平《ふじさわしゅうへい》の小説から主人公がそのまま抜け出したような人だと思った。銀髪が爽やかに波打って、物腰からは誠実そのもののお人柄が伝わってくる。そのうえ口調が穏やかで理知的で、その場にいた誰もが葉室さんに魅了されていた。

その潤いのある優しげな声で、だが葉室さんはマシンガンのように話し続けていた。今から思えばちょうど「小説すばる」に『冬姫』を連載しておられた時期だった。けれども葉室さんがそこで情熱的に語っていたのは、『冬姫』の〈女いくさ〉とはまったく関わりのない建物の話だった。

書斎に戻れば『冬姫』と格闘中であることなどおくびにも出さず、淡々と自身の次の（？）戦いに照準を合わせている。男の人のいくさとはそういうものかもしれないと、私はずいぶん後になって気づいたのだった。

『冬姫』は織田信長の二女として生まれ、長じて蒲生氏郷《がもううじさと》の妻になった「白梅の精と見紛うほど」美しい姫の物語である。冬姫は多くの人々とめぐりあい、交錯し、今へと続く歴史のタペストリーをていねいに織り上げていく。私たちはここでもまた葉室さんを通して歴史そのものに頬を寄せ、手で触れることができるのだ。

冬姫の父・信長は周囲の人に鍋や茶筅《ちゃせん》、五徳、酌《しゃく》といった妙な名前をつける癖があったそうだが、冬姫だけはそれを免れ、凪《な》いだ湖面を思わせる優美な名を授かった。母親が誰かは物語中盤まで明かされないが、どうやら信長も冬姫のことだけは格別に遇しており、冬姫はそのために思わぬ嫉妬にもさらされる。それというのも戦国の世に信長のそばで生き、信長に翻弄されなかった者はないからだ。あの戦乱の日々に信長ほど輝いた武将はいなかった。

冬姫は天下布武に邁進《まいしん》する信長の間近で、「武家の女は槍《やり》や刀ではなく心の刃《やいば》を研いでいくさをせねばならないのです」と言い聞かされて育っていく。そしてじっさい信長を取り巻く女たちは、冬姫の母も、叔母にあたるお市の方も、いとこの淀君も、並の武将どころではないいくさをしてのける。女たちにとって戦国とは、命がけで産んだ子をときには敵国へ人質にやり、いくさ場へ送り出さねばならない無情の日々だった。そんな女たちが物語の中で繰り広げる戦いは背筋が凍るほど恐ろしい。だが困難に真正面から立ち向かっていく姿は、ページを繰る手が幾度も止まるほど気高く美しかった。

冬姫を殺そうとした鍋の方（信長の側室）は、信長を動かして敵国に奪われていた已の子を取り返す。信長を慕う妹・お市の方は、妖術にかかりながらも懸命に信長上洛の道を拓《ひら》こうとする。ある者は信長に美濃を取らせるために子を持たないと決め、またある者は芸を極めるために人殺しの道具に使われても舞うことをやめなかった。

もしも神話や伝説、あるいは奇譚《きたん》を――物語の本筋ではないゆえに――小道具と呼ぶことが許されるなら、葉室さんの小説はその小道具たちがおのおの磁場を持ち、ときに読者を軽々と別の次元へ跳躍させる。

茶々たち、お市の方の娘三人をなぞらえた囲碁の三コウは、その道で禁じ手とされている未来永劫に続く勝負のことだという。この物語で〈女いくさ〉を暗示する小道具は、蜘蛛《くも》をけしかけあう合戦や毒消しの秘薬、平安の昔にさかのぼる鏃《やじり》、夜叉《やしゃ》・姫夜叉と呼ばれる魔笛や魔鏡と、どれもがそれぞれの女にふさわしい磁場を生み、熱をおびた余韻を残していく。

ただたとえば『銀漢の賦』の漢詩や『いのちなりけり』の和歌のように、『冬姫』でもっとも惹《ひ》かれた小道具を一つ挙げるとすれば、それは湖に映える〝蓑火《みのび》〟だっただろうか。

私は霧にけぶる水辺にたたずみ、その女（ここでは名は明かせない）の侍女の一人になって心ゆくまでそのさまを眺めることができた。

湖畔の船繋《ふながか》りに小舟を寄せる武士。蓑を濡らす雨のしずくはやがて、蛍がまといつくように寂静《じやくじよう》と光を放つ。ぽつ、ぽつと、光の粒は徐々に数を増し、ついには武士の身体を包みこむ――

蓑火の神々しさ、すさまじいまでの美しさと恐ろしさ。それらを味わうためだけでも、この小説には他のどの葉室作品にもまして読まれるべき魅力があった。

冬姫の夫・蒲生氏郷は信長のもとで人質になっていた少年である。それが信長に目をかけられて冬姫を与えられ、期待通りに戦国を一心不乱に駆け抜けていく。

だが戦国を経たのち蒲生家は一体どうなったのか。蒲生といえば私などは氏郷の名が出てくるばかりで、関ヶ原で東西どちらに与《くみ》したのかも知らなかった。取り潰されたとは聞かなかった気がするが、かといって明治まで残っていたとも思えない。信長に似ていると言われたにしてはひっそりと歴史から姿を消したようでもあり、だとすれば冬姫はどんな生涯を送ったのだろう。

冬姫と氏郷が綺羅星《きらぼし》のような人々と交わっていけばいくほど謎はふくらんで、私は夢中で読み進んだ。

冬姫は乱世にあって、已が已であるよりも、一人の人間として他者のために生きようとした人だった。強い風にあおられてもたじろがず、信長から秀吉、家康へと連なる時代の覇者にも果敢にいくさを挑んでいった。

物語の終盤、ずっと反目していた鍋の方や異母姉の五徳が冬姫のために力を尽くす。冬姫もまた信長が本能寺で斃《たお》れた直後、女とは生まれ来る命を守るものだという一点に賭けて安土城の女たちを結束させる。

人はどんな状況でも他者を信じることができ、生を選ぶことができる。はかない命を慈しみ、生きることを渾身《こんしん》の力で肯定できる。それが葉室さんが私たちに語りかけていることなのではないか。

信仰を保つことが〈女いくさ〉だった細川ガラシャや、夫・家康から置き去りにされて城にさえ入れてもらえなかった築山殿のように、『冬姫』を彩る女は誰もが悲しい生を生きている。夫を心底愛し、生家の繁栄のみを希求するというくびきからは解き放たれていた冬姫でさえ、己の中に嫉妬に狂う宇治の橋姫の姿を見てしまう。

この世がなぜこれほど悲しみに満ちているのか、冬姫は水晶の数珠《じゆず》を手繰りながら自問する。

「わたしにはひとの心はわかりません。でも、悲しみはわかるような気がいたします」

氏郷はキリシタンでもあり、当時には珍しく側室を持たなかった武将である。冬姫と氏郷はかたく信頼で結ばれて一筋の道を歩いて行くが、当時はそれが今とは比較にならないほど難しかった。だからこそ生家に縛られず蒲生家の女として生きることを望んだ冬姫はそれだけで〈女いくさ〉の勝者だが、冬姫が心を揺さぶられるのは勝ち負けとは別のところのものだった。

多分、生きるというのは悲しいことだ。生きていれば誰もが、ときに絶望的な悲しみに押しつぶされる。だが『冬姫』の女たちは運命に打ちのめされるばかりではない。現代に生きる人々があの震災からも津波からも立ち上がってきたように、冬姫たちも深い悲しみの淵から前を向く。生きることが戦うことにほかならなかった過酷な時代に、女たちは愛するがゆえの悲しみを、それでも愛することで乗り越えようとする。

天正二十年（一五九二）、氏郷は領地の会津に移り、若松城を改修する。

「奥州はひとの心の澄みやかなところだ。懸命に努めれば、争いごとなど起きぬ、豊かな土地になるのではないかと思うておる」

天守閣から冬姫とならんで城下を一望し、氏郷はその地に信長の願っていた天正の国を造ることを決意する。

「ひとを怨《うら》まず、憎まず、互いを思《おも》い遣《や》って生きていける国をこの地に築きたいのだ」

はるかな昔、氏郷がそう祈りをこめた土地が会津だったことが、現代の私たちにはとりわけ象徴的だ。

葉室さんの小説のゆるぎないテーマの一つは、何があろうと怯《ひる》まずに生きていくということなのだ。

夫と強い愛で結ばれ、二人の子供に恵まれた冬姫は、あざやかに〈女いくさ〉を戦い抜いた。叔母のお市の方や、家康の嫡男に嫁いだ姉の五徳と比べても、冬姫は戦国には希有《けう》なほど満ち足りた生涯を送ったといえるだろう。

だがその冬姫でさえ幼い日から絶え間なくいくさを経験し、晩年は一人で蒲生家の行く末を見届けることにもなった。信長の子というきらびやかな渦の中央で生まれた姫が、ついには私たちと同じ一人の人間として胸に迫ってくる瞬間だ。

ひとたび戦争になれば、どこにも勝者がいないことを私たちは知っている。人はどれほどいくさを繰り返しても、その一生には勝ちも負けもない。

だがいくさを描くことを通して読者を勝敗ではない境地に導くことは、間違いなく作家としての勝利である。

葉室さんの小説には負けがない。『冬姫』を読み終えたとき、誰もが自分の体が篝火に包まれたように輝いていると思えるはずだ。

（むらき・らん　作家）

集英社文庫

冬《ふゆ》　姫《ひめ》

2014年11月25日　第1刷
2014年12月16日　第2刷

定価はカバーに表示してあります。

著　者　葉室《はむろ》　麟《りん》
発行者　加藤　潤
発行所　株式会社　集英社
東京都千代田区一ツ橋2-5-10　〒101-8050
電話　【編集部】03-3230-6095
【読者係】03-3230-6080
【販売部】03-3230-6393(書店専用)

印　刷　凸版印刷株式会社
製　本　凸版印刷株式会社

フォーマットデザイン　アリヤマデザインストア
マークデザイン　居山浩二


ISBN978-4-08-745246-4 C0193